“ निसियास उनसे विदा होकर सिकंद्रिया के कब्रिस्तान के निकट पेचदार गलियों में विचारपूर्ण गति से चला। इस मार्ग में अधिकतर कुम्हार रहते थे, जो मुर्दों के साथ दफन करने के लिए खिलौने, बरतन आदि बनाते थे। उनकी दुकानें मिट्टी की सुंदर रंगों से चमकती हुई देवियों, स्त्रियों, उड़ने वाले दूतों और ऐसी ही अन्य वस्तुओं की मूर्तियों से भरी हुई थीं। उसके मन में विचार आया, कदाचित् इन मूर्तियों में कुछ ऐसी भी हों, जो महानिद्रा में मेरा साथ दें और उसे ऐसा प्रतीत हुआ मानो एक छोटी प्रेम की मूर्ति मेरा उपहास कर रही है।

निसियास को मृत्यु की कल्पना से ही दुःख हुआ। इस विषाद को दूर करने के लिए उसने मन में तर्क किया—'इसमें तो कोई संदेह ही नहीं कि काल या समय कोई चीज नहीं। वह हमारी बुद्धि की भ्रांति-मात्र है, धोखा है। जब इसकी सत्ता ही नहीं तो वह मेरी मृत्यु कैसे ला सकता है? क्या इसका यह आशय है कि अनंतकाल तक मैं जीवित रहूंगा? क्या मैं भी देवताओं की भांति अमर हूं?' **”**

पुनर्संस्करण: 2025

FiNGERPRINT! HINDI
प्रकाश बुक्स

Fingerprint Publishing
@FingerprintP
@fingerprintpublishingbooks
www.fingerprintpublishing.com

All rights reserved. No part of this publication may be reproduced, transmitted, or stored in a retrieval system, in any form or by any means—electronic, mechanical, photocopying, recording, printing, or otherwise—without prior permission from the publisher.

This edition, including cover © Prakash Books.

ISBN: 978 93 5440 635 5

अलंकार

संत पापनाशी के पापी बनने और पापी थायस के
निष्पाप होने की एक अनोखी आध्यात्मिक कहानी!

लेखक

प्रेमचंद

FiNGERPRINT!

अलंकारः एक आध्यात्मिक यात्रा

'अलंकार' उपन्यास में मुंशी प्रेमचंद ने अपने लेखन की एक सामान्य और प्रचलित-सी लीक से हटकर अध्यात्म-दर्शन को लेखन का विषय बनाया। इस उपन्यास की प्रमुख महिला चरित्र थायस है। उसका प्रारंभिक जीवन बड़ी विषम परिस्थितियों में बीता। उसकी माता एक लालची स्त्री थी। माता ने थायस को बाल्यकाल से ही अपने सौंदर्य से लाभ उठाने की सीख दी थी। थायस एक अपूर्व सुंदरी थी। माता की सीख और अपने सौंदर्य के बल पर थायस मतवाले मल्लाहों के कमरबंद से पैसे निकलवाने में निपुण हो गई थी। वह अपने अश्लील वाक्यों और बाजारी गीतों से उनका मनोरंजन करती थी। इसी वातावरण ने अंततः उसे वासना के गहरे अंधकूप में धकेल दिया।

थायस की भेंट एक दिन पापनाशी नामक संत से हो गई। पापनाशी प्रभु यीशू का परम भक्त था। उसने थायस को वासनामय जीवन के दुखद अंत का ऐसा आध्यात्मिक उपदेश दिया कि उसके रोगंटे खड़े हो गए। थायस के भय को प्रकट करते हुए प्रेमचंद **'अलंकार'** में लिखते हैं–

> *"...आप भी मेरे भोग-विलास को पाप न समझिए। मैं रूपवती हूं और अभिनय करने में चतुर हूं। मेरा काबू न अपनी दशा पर है और न अपनी प्रकृति पर। मैं जिस काम के योग्य बनाई गई हूं, वही करती हूं। मनुष्यों को मुग्ध करने के निमित्त ही मेरी सृष्टि हुई है। आप भी तो अभी कह रहे थे कि मैं तुम्हें प्यार करता हूं। अपनी सिद्धियों से मेरा अनुपकार न कीजिए। ऐसा मंत्र न चलाइए कि मेरा सौंदर्य नष्ट हो जाए या मैं पत्थर तथा नमक की मूर्ति बन जाऊं। मुझे भयभीत न कीजिए। मेरे तो पहले से ही प्राण सूखे हुए हैं। मुझे मौत का मुंह न दिखाइए–मुझे मौत से बहुत डर लगता है।"*

पापनाशी मानवीय दुर्बलता का एक अच्छा उदाहरण है। वह धार्मिक होते हुए भी कट्टरता और असहिष्णुता के कारण धर्म की सभी सीमाएं लांघने के लिए

उत्तेजित हो उठता है। सामान्य जीवन में भी प्राय: यह देखने में आता है कि एक स्वार्थी व्यक्ति अपने उन सभी क्रिया-कलापों को उचित और धर्म के अनुकूल मानता है, जिन्हें यदि कोई अन्य करे तो वह उन्हें अनुचित और धर्म के विपरीत ठहराता है। पापनाशी की भी यही दशा थी। उसके बहुत-से विचार स्वार्थ से परिपूर्ण और धर्म के विरुद्ध थे। प्रेमचंद पापनाशी की मनोदशा प्रकट करते हुए एक स्थान पर लिखते हैं–

पापनाशी धर्मोत्साह से इतना उत्तेजित हो रहा था कि थायस की देह को लोहे के सांगों से छेदने में भी उसे संकोच न होता जिसका सौंदर्य उसकी कलुषता का मानो उज्ज्वल प्रमाण था। ज्यों-ज्यों वह विचार में मग्न होता था, उसका प्रकोप और भी प्रचंड होता जाता था। जब उसे याद आता था कि निसियास थायस के साथ सहयोग कर चुका है तो उसका रक्त खौलने लगता था और ऐसा जान पड़ता था कि उसकी छाती फट जाएगी। अपशब्द उसके होंठों पर आ-आकर रुक जाते थे और वह केवल दांत पीस-पीसकर रह जाता था। सहसा वह उछलकर, विकराल रूप धारण किए हुए थायस के सम्मुख खड़ा हो गया और उसके मुंह पर थूक दिया। उसकी तीव्र दृष्टि थायस के हृदय में चुभी जाती थी!

थायस ने शांतिपूर्वक अपना मुंह पोंछ लिया और पापनाशी के पीछे चलती रही। पापनाशी उसकी ओर ऐसी कठोर दृष्टि से ताकता था मानो वह सदेह नरक है।

'**अलंकार**' में प्रेमचंद ने एक आध्यात्मिक यात्रा का अद्भुत प्रस्तुतीकरण किया है जिसका अक्स सहज ही पाठक के मन अंकित हो उठता है।

प्रकाश बुक्स ने '**अलंकार**' को नए कलेवर और नए गेटअप के साथ अनुपम आयोजन के अंतर्गत '**फिंगरप्रिंट हिंदी**' में प्रकाशित किया है।

'**अलंकार**' एवं प्रेमचंद के अन्य उपन्यासों के साथ ही सुप्रसिद्ध उपन्यासकार शरत्चंद्र, बंकिमचंद्र, नोबेल पुरस्कार विजेता रवींद्रनाथ टैगोर, आचार्य चाणक्य, स्वामी विवेकानंद, खलील जिब्रान, महात्मा गांधी, एडोल्फ हिटलर, डेल कार्नेगी, जोसेफ मर्फी, नेपोलियन हिल, शेक्सपियर आदि को भी '**फिंगरप्रिंट हिंदी**' के अंतर्गत प्रकाश बुक्स ने प्रकाशित करने का आयोजन किया है।

हमें आशा ही नहीं, बल्कि पूर्ण विश्वास है कि प्रस्तुत पुस्तक '**अलंकार**' एवं प्रकाश बुक्स द्वारा '**फिंगरप्रिंट हिंदी**' में प्रकाशित अन्य सभी पुस्तकें आपके लिए अत्यंत रोचक, रोमांचक एवं ज्ञानवर्द्धक सिद्ध होंगी।

–एम.आई. राजस्वी

धनपतराय से मुंशी प्रेमचंद तक

'कलम का सिपाही', 'कलम की शान', 'कलम का जादूगर', 'कथा सम्राट' और **'उपन्यास सम्राट'** जैसी अनेक उपाधियों से अलंकृत मुंशी प्रेमचंद का जन्म वाराणसी के निकट 'लमही' नामक ग्राम में 31 जुलाई, 1881 को हुआ था। उनका वास्तविक नाम धनपतराय श्रीवास्तव था। उनके पिता अजायबराय डाकखाने में मुंशी के रूप में मामूली-सी नौकरी करते थे, जबकि उनकी माता आनंदी देवी एक सामान्य गृहिणी थीं।

धनपतराय की आयु जब मात्र 8 वर्ष थी तो उनकी माता का स्वर्गवास हो गया। 15 वर्ष की अल्पायु में धनपतराय का विवाह उनसे अधिक आयु की एक युवती से कर दिया गया। कदाचित् यह एक अनमेल विवाह था जिसे न चाहते हुए भी सामाजिक मर्यादा के लिए उन्हें स्वीकार करना पड़ा। विवाह के लगभग एक वर्ष बाद ही उनके पिता की मृत्यु हो गई। इस कारण घर का सारा बोझ उन्हें उठाना पड़ा। उस समय उनकी आर्थिक स्थिति अत्यंत दयनीय थी।

धनपतराय यानी प्रेमचंद ने प्रारंभिक शिक्षा के तौर पर अपने ही गांव लमही के एक छोटे-से मदरसे में मौलवी साहब से उर्दू और फारसी का ज्ञान प्राप्त किया। सन् 1890 में उन्होंने वाराणसी के क्वीन कॉलेज में एडमिशन लिया और सन् 1897 में इसी कॉलेज से दूसरी श्रेणी में मैट्रिक की परीक्षा उत्तीर्ण की। आर्थिक स्थिति अच्छी न होने के कारण उन्हें पढ़ाई छोड़ देनी पड़ी, लेकिन प्रतिकूल परिस्थितियों के बावजूद सन् 1919 में उन्होंने स्नातक की परीक्षा उत्तीर्ण की।

प्रेमचंद का पत्नी के साथ वैचारिक मतभेद होने के कारण दांपत्य जीवन सुखद न था। सन् 1905 में गृह-क्लेश होने पर उनकी पत्नी मायके चली गईं और फिर लौटकर नहीं आईं। प्रेमचंद ने भी पत्नी को लौटा लाने का प्रयास नहीं किया और अंततः इस अध्याय का पटाक्षेप हो गया।

प्रेमचंद आर्य समाज से अत्यंत प्रभावित थे और विधवा विवाह का समर्थन करते थे। इसी के प्रभाव में सन् 1906 में उन्होंने एक बाल विधवा शिवरानी देवी से विवाह कर लिया। शिवरानी देवी से उनकी 3 संतानें हुईं। इनमें दो बेटे श्रीपतराय और अमृतराय तथा एक बेटी कमला देवी थीं।

प्रेमचंद ने बिगड़ती घरेलू आर्थिक स्थिति को संभालने के लिए कड़ा संघर्ष किया। उन्होंने सबसे पहले एक वकील के यहां उसके बेटे को पढ़ाने के लिए 5 रुपये मासिक वेतन पर नौकरी की। धीरे-धीरे वे प्रत्येक विषय में पारंगत हो गए, बाद में इसी कारण उन्हें एक मिशनरी विद्यालय में प्रधानाचार्य के पद पर नियुक्ति मिली। स्नातक परीक्षा पास करने के बाद उन्हें शिक्षा विभाग में इंस्पेक्टर के पद पर नियुक्त किया गया। महात्मा गांधी से प्रभावित होने के कारण वे अधिक समय तक सरकारी नौकरी न कर सके और पद से त्यागपत्र देकर लेखन के माध्यम से देशसेवा में जुट गए।

प्रेमचंद आरंभिक दौर में अपने वास्तविक नाम धनपतराय के बजाय नवाबराय के नाम से लेखन कार्य करते थे। उनका **'नवाबराय'** नाम उनके चाचा महावीरराय द्वारा प्रेम से दिया गया संबोधन था। यद्यपि उन्होंने मात्र 13 वर्ष की आयु से ही लेखन कार्य आरंभ कर दिया था, तथापि उनके साहित्यिक जीवन का आरंभ सन् 1901 से माना जाता है। इस समय उन्होंने उर्दू में नाटक और उपन्यास लिखे।

प्रेमचंद का पहला अपूर्ण उपन्यास **'असरार-ए-मआबिद'** (देवस्थान रहस्य) उर्दू साप्ताहिक **'आवाज-ए-खल्क'** में 8 अक्तूबर, 1903 से 1 फरवरी, 1905 तक धारावाहिक रूप में लेखक नवाबराय के तौर पर प्रकाशित हुआ। उनका दूसरा उपन्यास उर्दू में **'हमखुरमा व हमसवाब'** और हिंदी में **'प्रेमा'** के नाम से सन् 1907 में प्रकाशित हुआ।

सन् 1910 में नवाबराय के नाम से प्रेमचंद की रचना **'सोज-ए-वतन'** (राष्ट्र का विलाप) अंग्रेज सरकार की आंख का शूल बन गई। हमीरपुर के जिला कलेक्टर ने प्रेमचंद को तलब करके उन पर सीधे-सीधे जनता को भड़काने का आरोप लगाया। उन्होंने **'सोज-ए-वतन'** की सभी प्रतियां जब्त कर लीं और सख्त हिदायत दी कि अब वे कुछ नहीं लिखेंगे। यदि उन्होंने शासनादेश का उल्लंघन किया तो उन्हें कारावास में डाल दिया जाएगा।

प्रेमचंद कलेक्टर साहब का यह शासनादेश सुनकर सन्न रह गए, तब उर्दू पत्रिका **'जमाना'** के संपादक और उनके मित्र मुंशी दयानारायण निगम ने उन्हें एक नए नाम से लेखन कार्य जारी रखने की सलाह दी। उन्होंने नए नाम के रूप में **'प्रेमचंद'** उपनाम भी सुझाया। अपने मित्र की सलाह मानते हुए इसके बाद प्रेमचंद ने इसी उपनाम को सदा-सर्वदा के लिए धारण कर लिया।

बहुमुखी प्रतिभा के धनी प्रेमचंद ने कहानी, उपन्यास, नाटक, समीक्षा, लेख, संस्मरण और संपादकीय जैसी विभिन्न विधाओं पर लेखनी चलाई। विशेष रूप से उनकी ख्याति कथाकार के रूप में हुई। उनके जीवनकाल में ही सुप्रसिद्ध

उपन्यासकार शरत्चंद्र चट्टोपाध्याय ने प्रेमचंद को **'उपन्यास सम्राट'** कहकर संबोधित किया।

प्रेमचंद के उपन्यास और कहानियों में जीवन की यथार्थ वस्तुस्थिति, मार्मिक तथ्यों एवं गहन संवेदनाओं से ओत-प्रोत चरित्र-चित्रण मिलते हैं। प्रेमचंद के प्रमुख उपन्यास **'प्रेमा'** (1907), **'सेवासदन'** (1918), **'प्रेमाश्रम'** (1922), **'रंगभूमि'** (1925), **'कायाकल्प'** (1926), **'निर्मला'** (1927), **'गबन'** (1931), **'कर्मभूमि'** (1932) और **'गोदान'** (1936) हैं। उनके अंतिम उपन्यास **'मंगलसूत्र'** पर लेखन कार्य चल ही रहा था कि लंबी बीमारी के बाद 8 अक्तूबर, 1936 को उनका देहावसान हो गया। इस उपन्यास का शेष भाग उनके पुत्र अमृतराय ने पूरा किया।

प्रेमचंद के प्रथम कहानी संग्रह **'सोज-ए-वतन'** की पहली कहानी **'दुनिया का अनमोल रतन'** को सामान्यतः उनकी प्रथम कहानी माना जाता है, लेकिन प्रेमचंद कहानी रचनावली के संकलनकर्ता डॉ. कमल किशोर गोयनका के अनुसार, **'जमाना'** उर्दू पत्रिका में प्रकाशित **'इश्क-ए-दुनिया और हुब्ब-ए-वतन'** (सांसारिक प्रेम और देश-प्रेम) प्रेमचंद की पहली प्रकाशित कहानी है।

प्रेमचंद के जीवनकाल में उनके कुल नौ कहानी संग्रह—**सप्त सरोज**, **नवनिधि**, **प्रेम पूर्णिमा**, **प्रेम पचीसी**, **प्रेम प्रतिमा**, **प्रेम द्वादशी**, **समरयात्रा**, **मानसरोवर** (भाग 1 व 2) और **कफन** प्रकाशित हुए। उनकी मृत्यु के उपरांत उनकी कहानियों को **'मानसरोवर'** शीर्षक से 8 भागों में प्रकाशित किया गया।

प्रेमचंद के नाम के साथ मुंशी संबोधन कब और कैसे जुड़ गया, इस बारे में यह मत दिया जाता है कि प्रेमचंद ने आरंभिक दौर में कुछ समय तक अध्यापन कार्य किया था। उस समय अध्यापक के लिए प्रायः **'मुंशीजी'** कहा जाता था। अतः प्रेमचंद को भी **'मुंशी प्रेमचंद'** कहा गया। एक अन्य मत के अनुसार, कायस्थों में नाम के आगे 'मुंशी' लिखने की परंपरा के कारण प्रेमचंद के प्रशंसकों ने उनके नाम के आगे भी मुंशी लिखकर उन्हें सम्मानित किया।

एक तार्किक और प्रामाणिक मत इस बारे में यह भी है कि **'हंस'** नामक पत्र प्रेमचंद और कन्हैयालाल माणिकलाल मुंशी के सह-संपादन में निकलता था। इस पत्र में संपादक के रूप में **'मुंशी, प्रेमचंद'** छपा होता था। यहां 'मुंशी' से अभिप्राय के.एम. मुंशी से था। कालांतर में **'मुंशी, प्रेमचंद'** का कौमा विस्मृत कर केवल **'मुंशी प्रेमचंद'** लिखा जाने लगा। इससे आभास हुआ कि प्रेमचंद ही मुंशी हैं। अब 'मुंशी' की उपाधि प्रेमचंद के नाम के साथ इतनी रूढ़ हो चुकी है कि मात्र 'मुंशी' से ही प्रेमचंद की विद्यमानता का बोध होने लगता है।

प्रेमचंद के विभिन्न उपन्यासों एवं कहानियों का न केवल भारतीय और विदेशी भाषाओं में अनुवाद हो चुका है, बल्कि उन पर बहुत-सी लोकप्रिय फिल्में और धारावाहिक भी बन चुके हैं। सन् 1938 में प्रेमचंद के उपन्यास **'सेवासदन'** पर, सन् 1963 में **'गोदान'** पर और सन् 1966 में **'गबन'** पर लोकप्रिय फिल्में बनीं। सन् 1977 में उनकी कहानी **'शतरंज के खिलाड़ी'** पर, सन् 1981 में **'सद्गति'** पर और सन् 1977 में **'कफन'** पर तेलुगु में बनी **'ओका उरी कथा'** फिल्में लोकप्रिय हुईं। सन् 1980 में उनके बहुचर्चित उपन्यास **'निर्मला'** पर बना धारावाहिक दर्शकों द्वारा बहुत सराहा गया।

प्रेमचंद यद्यपि आज हमारे बीच में नहीं हैं, तथापि उनका रचना-संसार भारत की ही नहीं, वरन् विश्व की अनेक भाषाओं में अमरत्व प्राप्त कर चुका है। विश्व के हर स्थान, हर वर्ग और हर व्यक्ति में प्रेमचंद की कोई-न-कोई कथावस्तु मंडराती, चहलकदमी करती नजर आती है। कोई भी पाठक इस अहसास को अपने आसपास, इर्द-गिर्द और नजदीक से महसूस करना चाहे तो प्रस्तुत पुस्तक **'अलंकार'** इसका जीता-जागता प्रमाण है।

1

संत पालम ने फिर कुदाल हाथ में ली और धरती गोड़ने लगे। वे फल से लदे हुए एक अंजीर के वृक्ष की जड़ों पर मिट्टी चढ़ा रहे थे। वे कुदाल चला ही रहे थे कि झाड़ियों में सनसनाहट हुई और एक हिरन बाग के बाड़े के ऊपर से कूदकर अंदर आ गया। वह सहमा हुआ था, उसकी कोमल टांगें कांप रही थीं। वह संत पालम के पास आया और अपना मस्तक उनकी छाती पर रख दिया।

पालम ने कहा–"ईश्वर को धन्य है जिसने इस सुंदर वन्य-जंतु की सृष्टि की।"

इसके पश्चात् पालम संत अपने झोंपड़े में चले गए। हिरन भी उनके पीछे-पीछे चला। संत ने तब ज्वार की रोटी निकाली और हिरन को अपने हाथों से खिलाई।

पापनाशी कुछ देर तक विचारमग्न खड़ा रहा। उसकी आंखें अपने पैरों के पास पड़े हुए पत्थरों पर जमी हुई थीं।

उन दिनों नील नदी के तट पर बहुत से तपस्वी रहा करते थे। दोनों ही किनारों पर कितनी ही झोंपड़ियां थोड़ी-थोड़ी दूरी पर बनी हुई थीं। तपस्वी लोग इन्हीं में एकांतवास करते थे और जरूरत पड़ने पर एक-दूसरे की सहायता करते थे। इन्हीं झोंपड़ियों के बीच में जहां-तहां गिरजे बने हुए थे। प्राय: सभी गिरजाघरों पर सलीब का

आकार दिखाई देता था। धर्मोत्सवों पर साधु-संत दूर-दूर से वहां आ जाते थे। नदी के किनारे जहां-तहां मठ भी थे। जहां तपस्वी लोग अकेले छोटी-छोटी गुफाओं में सिद्धि प्राप्त करने का यत्न करते थे।

ये सभी तपस्वी बड़े-बड़े कठिन व्रत धारण करते थे, केवल सूर्यास्त के बाद एक बार सूक्ष्म आहार करते। रोटी और नमक के सिवाय और किसी वस्तु का सेवन न करते थे। कितने ही तो समाधियों या कंदराओं में पड़े रहते थे। सभी ब्रह्मचारी थे, सभी मिताहारी थे। वे ऊन का एक कुरता और कनटोप पहनते थे; रात को बहुत देर तक जागते और भजन करने के बाद भूमि पर सो जाते थे। अपने पूर्वजन्म के पापों का प्रायश्चित्त करने के लिए वे अपनी देह को भोग-विलास ही से दूर नहीं रखते थे, वरन् उसकी इतनी रक्षा भी न करते थे, जो वर्तमानकाल में अनिवार्य समझी जाती है। उनका विश्वास था कि देह को जितना कष्ट दिया जाए, वह जितनी रुग्णावस्था में हो, उतनी ही आत्मा पवित्र होती है। उनके लिए कोढ़ और फोड़ों से उत्तम श्रृंगार की कोई वस्तु न थी।

इस तपोभूमि में कुछ लोग तो ध्यान और तप में जीवन को सफल करते थे, पर कुछ ऐसे लोग भी थे, जो ताड़ की जटाओं को बटकर किसानों के लिए रस्सियां बनाते या फल के दिनों में कृषकों की सहायता करते थे। शहर के रहने वाले समझते थे कि यह चोरों और डाकुओं का गिरोह है, ये सब अरब के लुटेरों से मिलकर काफिलों को लूट लेते हैं, किंतु यह भ्रम था। तपस्वी धन को तुच्छ समझते थे, आत्मोद्धार ही उनके जीवन का एकमात्र उद्देश्य था। उनके तेज की ज्योति आकाश को भी आलोकित कर देती थी।

स्वर्ग के दूत युवकों या यात्रियों का वेश धरकर इन मठों में आते थे। इसी प्रकार राक्षस और दैत्य हब्शियों या पशुओं का रूप धरकर इस धर्माश्रम में तपस्वियों को बहकाने के लिए विचरा करते थे। जब ये भक्तगण अपने-अपने घड़े लेकर प्रातःकाल सागर की ओर पानी भरने जाते थे तो उन्हें राक्षसों और दैत्यों के पदचिह्न दिखाई देते थे। यह धर्माश्रम वास्तव में एक समरक्षेत्र था, जहां नित्य और विशेषतः रात को स्वर्ग और नरक, धर्म और अधर्म में भीषण संग्राम होता रहता था। तपस्वी लोग स्वर्गदूतों तथा ईश्वर की सहायता से व्रत, ध्यान और तप से इन पिशाच-सेनाओं के आघातों का निवारण करते थे। कभी इंद्रियजनित वासनाएं उनके मर्मस्थल पर ऐसा अंकुश लगाती थीं कि वे पीड़ा से विकल होकर चीखने लगते थे और उनकी आर्त-ध्वनि वन्य-पशुओं की गरज के साथ मिलकर तारों से भूषित आकाश तक गूंजने लगती थी। तब वही राक्षस और दैत्य मनोहर वेश धारण कर लेते थे, क्योंकि यद्यपि उनकी सूरत बहुत भयंकर होती है, पर वे कभी-कभी

सुंदर रूप धर लिया करते हैं जिसमें उनकी पहचान न हो सके। तपस्वियों को अपनी कुटियों में वासनाओं के ऐसे दृश्य देखकर विस्मय होता था जिन पर उस समय धुरंधर विलासियों का चित्त मुग्ध हो जाता, लेकिन सलीब की शरण में बैठे हुए तपस्वियों पर उनके प्रलोभनों का कुछ असर न होता था और ये दुष्टात्माएं सूर्योदय होते ही अपना यथार्थ रूप धारण करके भाग जाती थीं। कोई उनसे पूछता तो कहते हम इसलिए रो रहे हैं कि तपस्वियों ने हमको मारकर भगा दिया है।

धर्माश्रम के सिद्ध पुरुषों का समस्त देश के दुर्जनों और नास्तिकों पर आतंक-सा छाया हुआ था। कभी-कभी उनकी धर्म-परायणता बड़ा विकराल रूप धारण कर लेती थी। उन्हें धर्म-स्मृतियों ने ईश्वर-विमुख प्राणियों को दंड देने का अधिकार प्रदान कर दिया था और जो कोई उनके कोप का भागी होता था, उसे संसार की कोई शक्ति बचा न सकती थी। नगरों में, यहां तक कि सिकंद्रिया में भी, इन भीषण यंत्रणाओं की अद्‌भुत दंतकथाएं फैली हुई थीं। एक महात्मा ने कई दुष्टों को अपने सोटे से मारा, जमीन फट गई और वे उसमें समा गए। अतः दुष्टजन, विशेषकर मदारी, विवाहित पादरी और वेश्याएं—इन तपस्वियों से थर-थर कांपते थे।

इन सिद्ध पुरुषों के योगबल के सामने वन्य-जंतु भी शीश झुकाते थे। जब कोई योगी मरणासन्न होता तो एक सिंह आकर पंजों से उसकी कब्र खोदता था। इससे योगी को मालूम होता था कि भगवान उसे बुला रहे हैं। वह तुरंत जाकर अपने सहयोगियों के मुख चूमता था और कब्र में आकर समाधिस्थ हो जाता था।

अब तक इस तपाश्रम का प्रधान एंटोनी था, पर अब उसकी अवस्था सौ वर्ष की हो चुकी थी। इसी कारण वह इस स्थान को त्यागकर अपने दो शिष्यों के साथ जिनके नाम मकर और अमात्य थे, एक पहाड़ी में विश्राम करने चला गया था। अब इस आश्रम में पापनाशी नाम के एक साधु से बड़ा और कोई महात्मा न था। उसके सत्कर्मों की कीर्ति दूर-दूर तक फैली हुई थी। कई अन्य तपस्वी थे जिनके अनुयायियों की संख्या अधिक थी, जो अपने आश्रमों के शासन में अधिक कुशल थे, लेकिन पापनाशी व्रत और तप में सबसे बढ़ा हुआ था। यहां तक कि वह तीन-तीन दिन अनशन व्रत रखता था रात को और प्रातःकाल अपने शरीर को बाणों से छेदता था और वह घंटों भूमि पर मस्तक नवाए पड़ा रहता था।

उसके चौबीस शिष्यों ने अपनी-अपनी कुटिया उसकी कुटी के आस-पास बना ली थीं और योग-क्रियाओं में उसी के अनुगामी थे। इन धर्मपुत्रों में ऐसे-ऐसे मनुष्य थे जिन्होंने वर्षों डकैतियां डाली थीं, जिनके हाथ रक्त से रंगे हुए थे, पर महात्मा पापनाशी के उपदेशों के वशीभूत होकर अब वे धार्मिक जीवन व्यतीत करते थे और अपने पवित्र आचरणों से सहवर्गियों को चकित कर देते थे। एक

शिष्य, जो पहले हब्श देश की रानी का बावर्ची था, नित्य रोता रहता था। एक और शिष्य फलदा नाम का था जिसने पूरी बाइबिल कंठस्थ कर ली थी और वाणी में भी निपुण था, लेकिन जो शिष्य आत्म-शुद्धि में इन सबसे बढ़कर था, वह पॉल नाम का एक किसान युवक था। उसे लोग मूर्ख पॉल कहा करते थे, क्योंकि वह अत्यंत सरल हृदय था। लोग उसकी भोली-भाली बातों पर हंसा करते थे, लेकिन ईश्वर की उस पर विशेष कृपादृष्टि थी। वह आत्मदर्शी और भविष्यवक्ता था। उसे इलहाम हुआ करता था।

पापनाशी का जन्मस्थान सिकंद्रिया था। उसके माता-पिता ने उसे भौतिक विद्या की ऊंची शिक्षा दिलाई थी। उसने कवियों के श्रृंगार का आस्वादन किया था और यौवनकाल में ईश्वर के अनादित्व, बल्कि अस्तित्व पर भी दूसरों से वाद-विवाद किया करता था। इसके पश्चात् कुछ दिन तक उसने धनी पुरुषों की प्रथानुसार इंद्रिय सुख-भोग में व्यतीत किए, जिसे याद करके अब लज्जा और ग्लानि से उसे अत्यंत पीड़ा होती थी। वह अपने सहचरों से कहा करता था, 'उन दिनों मुझ पर वासना का भूत सवार था।' इसका आशय यह कदापि न था कि उसने व्यभिचार किया था; बल्कि केवल इतना कि उसने स्वादिष्ट भोजन किया था और नाट्यशालाओं में तमाशा देखने जाया करता था। वास्तव में बीस वर्ष की अवस्था तक उसने उस काल के साधारण मनुष्यों की भांति जीवन व्यतीत किया था। वही भोगलिप्सा अब उसके हृदय में कांटे के समान चुभा करती थी। दैवयोग से उन्हीं दिनों उसे मकर ऋषि के सदुपदेशों को सुनने का सौभाग्य प्राप्त हुआ। उसकी कायापलट हो गई। सत्य उसके रोम-रोम में व्याप्त हो गया, भाले के समान उसके हृदय में चुभ गया। बपतिस्मा लेने के बाद वह साल-भर तक और भद्र पुरुषों में रहा, पुराने संस्कारों से मुक्त न हो सका, लेकिन एक दिन वह गिरजाघर में गया और वहां उपदेशक को यह पद गाते हुए सुना–"यदि तू ईश्वरभक्ति का इच्छुक है तो जा, जो कुछ तेरे पास हो, उसे बेच डाल और गरीबों को दे दे।" वह तुरंत घर गया, अपनी सारी संपत्ति बेचकर गरीबों को दान कर दी और धर्माश्रम में प्रविष्ट हो गया और दस साल तक संसार से विरक्त होकर वह अपने पापों का प्रायश्चित्त करता रहा।

एक दिन वह अपने नियमों के अनुसार उन दिनों का स्मरण कर रहा था, जब वह ईश्वर-विमुख था और अपने दुष्कर्मों पर एक-एक करके विचार कर रहा था। सहास याद आया कि मैंने सिकंद्रिया की एक नाट्यशाला में थायस नाम की एक रूपवती नटी देखी थी। वह रमणी रंगशालाओं में नृत्य करते समय अंग-प्रत्यंगों की ऐसी मनोहर छवि दिखाती थी कि दर्शकों के हृदय में वासनाओं की तरंगें उठने

लगती थीं। वह ऐसा थिरकती थी, ऐसे भाव बनाती थी, लालसाओं का ऐसा नग्न चित्र खींचती थी कि सजीले युवक और धनी वृद्ध कामातुर होकर उसके गृहद्वार पर फूलों की मालाएं भेंट करने के लिए उमड़ पड़ते। थायस उनका सहर्ष स्वागत करती और उन्हें अपनी अंकस्थली में आश्रय देती। इस प्रकार वह केवल अपनी ही आत्मा का सर्वनाश न करती थी, वरन् दूसरों की आत्माओं का भी खून करती थी।

पापनाशी स्वयं उसके मायापाश में फंसते-फंसते रह गया था। वह कामतृष्णा से उन्मत्त होकर एक बार उसके द्वार तक चला गया था, लेकिन वारांगना की चौखट पर वह ठिठक गया, कुछ तो उठती हुई जवानी की स्वाभाविक कातरता के कारण और कुछ इस कारण कि उसकी जेब में रुपये न थे, क्योंकि उसकी माता इसका सदैव ध्यान रखती थी कि वह धन का अपव्यय न कर सके। ईश्वर ने इन्हीं दो साधनों द्वारा उसे पाप के अग्निकुंड में गिरने से बचा लिया। पापनाशी ने इस असीम दया के लिए ईश्वर को धन्यवाद दिया; क्योंकि उस समय उसके ज्ञानचक्षु बंद थे। वह न जानता था कि मैं मिथ्या आनंद-भोग की धुन में पड़ा हूं। अब अपनी एकांत कुटी में उसने पवित्र सलीब के सामने मस्तक झुका दिया और योग के नियमों के अनुसार, बहुत देर तक थायस का स्मरण करता रहा, क्योंकि उसने मूर्खता और अंधकार के दिनों में उसके चित्त को इंद्रिय सुख-भोग की इच्छाओं से आंदोलित किया था। कई घंटे ध्यान में डूबे रहने के बाद थायस की स्पष्ट और सजीव मूर्ति उसके हृदयनेत्रों के आगे आ खड़ी हुई। अब भी उसकी रूप-शोभा उतनी ही अनुपम थी जितनी उस समय जब उसने उसकी कुवासनाओं को उत्तेजित किया था। वह बड़ी कोमलता से गुलाब की सेज पर सिर झुकाए लेटी हुई थी। उसके कमल-नेत्रों में एक विचित्र आर्द्रता, एक विलक्षण ज्योति थी। उसके नथुने फड़क रहे थे, अधर कली की भांति आधे खुले हुए थे और उसकी बांहें दो जलधाराओं के सदृश निर्मल और उज्ज्वल थीं। यह मूर्ति देखकर पापनाशी ने अपनी छाती पीटकर कहा–"भगवान! तू साक्षी है कि मैं पापों को कितना घोर और घातक समझ रहा हूं।"

धीरे-धीरे इस मूर्ति का मुख विकृत होने लगा, उसके होंठ के दोनों कोने नीचे को झुककर उसकी अंतर्वेदना को प्रकट करने लगे। उसकी बड़ी-बड़ी आंखें सजल हो गईं। उसका वक्ष उच्छ्वासों से आंदोलित होने लगा मानो तूफान से पूर्व हवा सनसना रही हो! यह कुतूहल देखकर पापनाशी को मर्मवेदना होने लगी। भूमि पर सिर नवाकर उसने यों प्रार्थना की–"करुणामय! तूने हमारे अंत:करण को उस प्रकार दया से परिपूरित कर दिया है, जिस प्रकार प्रभात के समय खेत हिमकणों से परिपूरित होते हैं। मैं तुझे नमस्कार करता हूं! तू

धन्य है। मुझे शक्ति दे कि तेरे जीवों को तेरी दया की ज्योति समझाकर प्रेम करूं, क्योंकि संसार में सब कुछ अनित्य है—एक तू ही नित्य, अमर है। यदि इस अभागिनी स्त्री के प्रति मुझे चिंता है तो इसका कारण है कि वह तेरी ही रचना है। स्वर्ग के दूत भी उस पर दयाभाव रखते हैं। भगवान, क्या यह तेरी ही ज्योति का प्रकाश नहीं है? उसे इतनी शक्ति दे कि वह इस कुमारी को त्याग दे। तू दयासागर है, उसके पाप महाघोर, घृणित हैं और उनकी कल्पना-मात्र ही से मुझे रोमांच हो जाता है, लेकिन वह जितनी पापिष्ठा है, उतना ही मेरा चित्त उसके लिए व्यथित हो रहा है। मैं यह विचार करके व्यग्र हो जाता हूं कि नरक के दूत अंतकाल तक उसे जलाते रहेंगे।"

वह यही प्रार्थना कर रहा था कि उसने अपने पैरों के पास एक गीदड़ को पड़े हुए देखा। उसे बड़ा आश्चर्य हुआ, क्योंकि उसकी कुटी का द्वार बंद था। ऐसा जान पड़ता था कि वह पशु उसके मनोगत विचारों को भांप रहा है वह कुत्ते की भांति पूंछ हिला रहा था। पापनाशी ने तुरंत सलीब का आकार बनाया और पशु लुप्त हो गया। उसे तब ज्ञात हुआ कि आज पहली बार राक्षस ने मेरी कुटी में प्रवेश किया। उसने चित्त-शांति के लिए छोटी-सी प्रार्थना की और फिर थायस का ध्यान करने लगा।

उसने अपने मन में निश्चय किया–'हरिच्छा से मैं अवश्य उसका उद्धार करूंगा।' तब उसने विश्राम किया।

दूसरे दिन ऊषा के साथ उसकी निद्रा भी खुली। उसने तुरंत ईश-वंदना की और पालम संत से मिलने गया, जिनका आश्रम वहां से कुछ दूर था। उसने संत महात्मा को अपने स्वभाव के अनुसार प्रफुल्लचित्त हो भूमि खोदते पाया। पालम बहुत वृद्ध थे। उन्होंने एक छोटी-सी फुलवाड़ी लगा रखी थी। वन्य-जंतु आकर उनके हाथों को चाटते थे और पिशाचादि कभी उन्हें कष्ट न देते थे।

उन्होंने पापनाशी को देखकर नमस्कार किया।

पापनाशी ने उत्तर देते हुए कहा–"भगवान तुम्हें शांति दे।"

पालम–तुम्हें भी भगवान शांति दे।

यह कहकर उन्होंने माथे का पसीना अपने कुरते की अस्तीन से पौंछा।

पापनाशी–बंधुवर, जहां भगवान की चर्चा होती है, वहां भगवान अवश्य विद्यमान रहते हैं। हमारा धर्म है कि अपने संभाषणों में भी ईश्वर की स्तुति ही किया करें। मैं इस समय ईश्वर की कीर्ति प्रसारित करने के लिए एक प्रस्ताव लेकर आपकी सेवा में उपस्थित हुआ हूं।

पालम–बंधु पापनाशी, भगवान तुम्हारे प्रस्ताव को मेरे काहू के बेलों की भांति सफल करे। वह नित्य प्रभात को मेरी वाटिका पर ओस-बिंदुओं के साथ

अलंकार ❖ प्रेमचंद

अपनी दया की वर्षा करता है और उसके प्रदान किए हुए खीरों और खरबूजों का आस्वादन करके मैं उसके असीम वात्सल्य की जय-जयकार मानता हूं। उससे यही याचना करनी चाहिए कि हमें अपनी शांति की छाया में रखे, क्योंकि मन को उद्विग्न करने वाले भीषण दुरावेगों से अधिक भयंकर और कोई वस्तु नहीं है। जब यह मनोवेग जाग्रत हो जाते हैं तो हमारी दशा मतवालों जैसी हो जाती है, हमारे पैर लड़खड़ाने लगते हैं और ऐसा जान पड़ता है कि अब औंधे मुंह गिरे! कभी-कभी इन मनोवेगों के वशीभूत होकर हम घातक सुख-भोग में मग्न हो जाते हैं, लेकिन कभी-कभी ऐसा भी होता है कि आत्म-वेदना और इंद्रियों की अशांति हमें नैराश्यनद में डुबा देती हैं, जो सुख-भोग से कहीं सर्वनाशक है। बंधुवर, मैं एक महान पापी प्राणी हूं, लेकिन मुझे अपने दीर्घ जीवनकाल में यह अनुभव हुआ है कि योगी के लिए इस मलिनता से बड़ा और कोई शत्रु नहीं है। इससे मेरा अभिप्राय उस असाध्य उदासीनता और क्षोभ से है जो कुहरे की भांति आत्मा पर परदा डाले रहती है और ईश्वर की ज्योति को आत्मा तक नहीं पहुंचने देती। मुक्तिमार्ग में इससे बड़ी और कोई बाधा नहीं है और असुरराज की सबसे बड़ी जीत यही है कि वह एक साधु पुरुष के हृदय में क्षुब्ध और मलिन विचार अंकुरित कर दे। यदि वह हमारे ऊपर मनोहर प्रलोभनों ही से आक्रमण करता तो बहुत भय की बात न थी, पर शोक! वह हमें क्षुब्ध करके बाजी मार ले जाता है। पिता एंटोनी को कभी किसी ने उदास या दुःखी नहीं देखा। उनका मुखड़ा नित्य फूल के समान खिला रहता था। उनकी मधुर मुस्कान से ही भक्तों के चित्त को शांति मिलती थी। वे अपने शिष्यों में कितने प्रसन्नचित्त रहते थे। उनकी मुखकांति कभी मनोमालिन्य से धुंधली नहीं हुई, लेकिन हां, तुम किसी प्रस्ताव की चर्चा कर रहे थे?

पापनाशी—बंधु पालम, मेरे प्रस्ताव का उद्देश्य केवल ईश्वर के माहात्म्य को उज्ज्वल करना है। मुझे अपने सद्परामर्श से अनुगृहीत कीजिए, क्योंकि आप सर्वज्ञ है और पाप की वायु ने कभी आपको स्पर्श नहीं किया।

पालम—बंधु पापनाशी, मैं इस योग्य नहीं हूं कि तुम्हारे चरणों की रज भी माथे पर लगाऊं और मेरे पापों की गणना मरुस्थल के बालुकणों से भी अधिक है, लेकिन मैं वृद्ध हूं और मुझे जो अनुभव है, उससे तुम्हारी सहर्ष सेवा करूंगा।

पापनाशी—तो फिर मुझे आपसे स्पष्ट कह देने में कोई संकोच नहीं है कि मैं सिकंद्रिया में रहने वाली थायस नाम की एक पवित्र स्त्री की अधोगति से बहुत दुःखी हूं। वह समस्त नगर के लिए कलंक है और अपने साथ कितनी ही आत्माओं का सर्वनाश कर रही है।

पालम—बंधु पापनाशी, यह ऐसी व्यवस्था है जिस पर हम जितने आंसू बहाएं, कम हैं। भद्रश्रेणी में कितनी ही रमणियों का जीवन ऐसा ही पापमय है, लेकिन इस दुरवस्था के लिए तुमने कोई निवारण विधि सोची है?

पापनाशी—बंधु पालम, मैं सिकंद्रिया जाऊंगा, इस वेश्या की तलाश करूंगा और ईश्वर की सहायता से उसका उद्धार करूंगा—यही मेरा संकल्प है। आप इसे उचित समझते हैं?

पालम—प्रिय बंधु, मैं एक अधम प्राणी हूं, किंतु हमारे पूज्य गुरु एंटोनी का कथन था कि मनुष्य को अपना स्थान छोड़कर कहीं और जाने के लिए उतावली न करनी चाहिए।

पापनाशी—पूज्य बंधु, क्या आपको मेरा प्रस्ताव पसंद नहीं है?

पालम—प्रिय पापनाशी, ईश्वर न करे कि मैं अपने बंधु के विशुद्ध भावों पर शंका करूं, लेकिन हमारे श्रद्धेय गुरु एंटोनी का यह भी कथन था कि जैसे मछलियां सूखी भूमि पर मर जाती हैं, वही दशा उन साधुओं की होती है, जो अपनी कुटी छोड़कर संसार के प्राणियों से मिलते-जुलते हैं। वहां भलाई की कोई आशा नहीं।

यह कहकर संत पालम ने फिर कुदाल हाथ में ली और धरती गोड़ने लगे। वे फल से लदे हुए एक अंजीर के वृक्ष की जड़ों पर मिट्टी चढ़ा रहे थे। वे कुदाल चला ही रहे थे कि झाड़ियों में सनसनाहट हुई और एक हिरन बाग के बाड़े के ऊपर से कूदकर अंदर आ गया। वह सहमा हुआ था, उसकी कोमल टांगें कांप रही थीं। वह संत पालम के पास आया और अपना मस्तक उनकी छाती पर रख दिया।

पालम ने कहा—"ईश्वर को धन्य है जिसने इस सुंदर वन्य-जंतु की सृष्टि की।"

इसके पश्चात् पालम संत अपने झोंपड़े में चले गए। हिरन भी उनके पीछे-पीछे चला। संत ने तब ज्वार की रोटी निकाली और हिरन को अपने हाथों से खिलाई।

पापनाशी कुछ देर तक विचारमग्न खड़ा रहा। उसकी आंखें अपने पैरों के पास पड़े हुए पत्थरों पर जमी हुई थीं। वह पालम संत की बातों पर विचार करता हुआ धीरे-धीरे अपनी कुटी की ओर चला। उसके मन में इस समय भीषण संग्राम हो रहा था।

2

मैंने सिकंद्रिया और एथेंस में दर्शन का अध्ययन किया और उसके अपवादों को सुनते-सुनते मेरे कान बहरे हो गए। निदान, देश-विदेश घूमता हुआ मैं भारतवर्ष में जा पहुंचा और वहां गंगातट पर मुझे एक नग्न पुरुष के दर्शन हुए जो वहीं तीस वर्षों से मूर्ति की भांति निश्चल पद्मासन लगाए बैठा हुआ था। उसके तृणवत् शरीर पर लताएं चढ़ गई थीं और उसकी जटाओं में चिड़ियों ने घोंसले बना लिए थे, फिर भी वह जीवित था। उसे देखकर मुझे अपने दोनों भाइयों की, भावज की, गवैये की, पिता की याद आई और तब मुझे ज्ञात हुआ कि यही एक ज्ञानी पुरुष है। मेरे मन में विचार उठा कि मनुष्यों के दु:ख के तीन कारण होते हैं—या तो वह वस्तु नहीं मिलती जिसकी उन्हें अभिलाषा होती है अथवा उसे पाकर उन्हें उसके हाथ से निकल जाने का भय होता है अथवा जिस चीज को वे बुरा समझते हैं, उसे उन्हें सहन करना पड़ता है। इन विचारों को चित्त से निकाल दो और सारे दु:ख आप-ही-आप शांत हो जाएंगे।

पापनाशी ने सोचा–'संत पालम की सलाह अच्छी मालूम होती है। वे दूरदर्शी पुरुष हैं। उन्हें मेरे प्रस्ताव के औचित्य पर संदेह है, तथापि थायस को घातक पिशाचों के हाथों में छोड़ देना घोर निर्दयता होगी। ईश्वर मुझे प्रकाश और बुद्धि दे।'

पापनाशी ने चलते-चलते एक तीतर को जाल में फंसे हुए देखा, जो किसी शिकारी ने बिछा रखा था। यह तीतरी मालूम होती थी, क्योंकि उसने एक क्षण में नर को जाल के पास उड़कर और जाल के फंदे को चोंच से काटते देखा, यहां तक कि जाल में तीतरी के निकलने-भर का छिद्र हो गया। योगी ने घटना को विचारपूर्ण नेत्रों से देखा और अपनी ज्ञान-शक्ति से सहज में इसका आध्यात्मिक आशय समझ लिया।

तीतरी के रूप में थायस थी, जो पापजाल में फंसी हुई छटपटा रही थी। जैसे तीतर ने रस्सी का जाल काटकर उसे मुक्त कर दिया था, वह भी अपने योगबल और सदुपदेश से उन अदृश्य बंधनों को काट सकता था जिनमें थायस फंसी हुई थी।

पापनाशी को निश्चय हो गया कि ईश्वर ने इस रीति से मुझे परामर्श दिया है। उसने ईश्वर को धन्यवाद दिया।

अब पापनाशी का पूर्व संकल्प दृढ़ हो गया; लेकिन फिर जो देखा, नर की टांग उसी जाल में फंसी हुई थी जिसे काटकर उसने मादा को निवृत्त किया था तो वह फिर भ्रम में पड़ गया।

वह रात-भर करवटें बदलता रहा। उषाकाल के समय उसने एक स्वप्न देखा, थायस की मूर्ति फिर उसके सम्मुख उपस्थित हुई। उसके मुखचंद्र पर कलुषित विलास की आभा न थी, न वह अपने स्वभाव के अनुसार रत्नजड़ित वस्त्र पहने हुए थी। उसका शरीर एक लंबी-चौड़ी चादर से ढका हुआ था, जिससे उसका मुंह भी छिप गया था केवल दो आंखें दिखाई दे रही थीं, जिनमें से गाढ़े आंसू बह रहे थे।

यह स्वप्न देखकर पापनाशी शोक से विह्वल हो रोने लगा और यह विश्वास करके कि यह दैवी आदेश है, उसका विकल्प शांत हो गया।

वह तुरंत उठ बैठा। उसने सलीब हाथ में ली, जो ईसाई धर्म का एक चिह्न था। कुटी से बाहर निकला, सावधानी से द्वार बंद किया, जिससे वन्य-जंतु और पक्षी अंदर जाकर ईश्वर-ग्रंथ को गंदा न कर दें, जो उसके सिरहाने रखा हुआ था।

पापनाशी ने अपने प्रधान शिष्य फलदा को बुलाया और उसे शेष तेईस शिष्यों के निरीक्षण में छोड़कर, केवल एक नीला-काला चोगा पहने हुए नील नदी की ओर प्रस्थान किया।

पापनाशी का विचार था कि लाइबिया होता हुआ वह मकदूनिया नरेश (सिकंदर) के बसाए हुए नगर में पहुंच जाए। वह भूख, प्यास और थकान की

अलंकार ❖ प्रेमचंद

कुछ परवाह न करते हुए प्रातःकाल से सूर्यास्त तक चलता रहा। जब वह नदी के समीप पहुंचा तो सूर्य क्षितिज की गोद में आश्रय ले चुका था और नदी का रक्तजल कंचन और अग्नि के पहाड़ों के बीच में लहरें मार रहा था।

वह नदी के तटवर्ती मार्ग से होता हुआ चला।

जब उसे भूख लगती तो किसी झोंपड़ी के द्वार पर खड़ा होकर वह ईश्वर के नाम पर कुछ मांग लेता। वह तिरस्कारों, उपेक्षाओं और कटुवचनों को प्रसन्नता से शिरोधार्य करता था।

साधु को किसी से अमर्ष नहीं होता। उसे न डाकुओं का भय था, न वन के जंतुओं का, लेकिन जब किसी गांव या नगर के समीप पहुंचता तो कतराकर निकल जाता।

वह डरता था कि कहीं बालवृंद उसे आंख-मिचौली खेलते हुए न मिल जाएं अथवा किसी कुएं पर पानी भरने वाली रमणियों से सामना न हो जाए जो घड़ों को उतारकर उससे हास-परिहास कर बैठें। योगी के लिए यह सभी शंका की बातें हैं, न जाने कब भूत-पिशाच उसके कार्य में विघ्न डाल दें।

पापनाशी को धर्म-ग्रंथों में यह पढ़कर भी शंका होती कि भगवान नगरों की यात्रा करते थे और अपने शिष्यों के साथ भोजन करते थे। योगियों की आश्रमवाटिका के पुष्प जितने सुंदर हैं, उतने ही कोमल भी होते हैं—यहां तक कि सांसारिक व्यवहार का एक झोंका भी उन्हें झुलसा सकता है, उनकी मनोरम शोभा को नष्ट कर सकता है। इन्हीं कारणों से पापनाशी नगरों और बस्तियों से अलग-अलग रहता था कि अपने स्वजातीय भाइयों को देखकर उसका चित्त उनकी ओर आकर्षित न हो जाए।

वह निर्जन मार्गों पर चलता था। संध्या समय जब पक्षियों का मधुर कलरव सुनाई देता और समीर के मंद झोंके आने लगते तो अपने कनटोप को वह आंखों पर खींच लेता कि उस पर प्रकृति-सौंदर्य का जादू न चल जाए। इसके प्रतिकूल भारतीय ऋषि-महात्मा प्रकृति-सौंदर्य के रसिक होते थे।

एक सप्ताह की यात्रा के बाद वह सिलसिल नाम के स्थान पर पहुंचा। वहां नील नदी एक संकरी घाटी से होकर बहती है और उसके तट पर पर्वत-श्रेणी की दुहरी मेंड़-सी बनी हुई है। इसी स्थान पर मिस्रनिवासी पिशाच-पूजा के दिनों में मूर्तियां अंकित करते थे।

पापनाशी को एक बृहदाकार 'स्फिंक्स' ठोस पत्थर का बना हुआ दिखाई दिया। इस भय से कि इस प्रतिमा में अब भी पैशाचिक विभूतियां संचित न हों, पापनाशी ने सलीब का चिह्न बनाया और प्रभु मसीह का स्मरण किया।

पापनाशी ने तत्क्षण प्रतिमा के एक कान में से एक चमगादड़ को उड़कर भागते देखा।

पापनाशी को विश्वास हो गया कि मैंने उस पिशाच को भगा दिया, जो शताब्दियों से इस प्रतिमा में अड्डा जमाए हुए था। उसका धर्मोत्साह बढ़ा, उसने एक पत्थर उठाकर प्रतिमा के मुख पर मारा। चोट लगते ही प्रतिमा का मुख इतना उदास हो गया कि पापनाशी को उस पर दया आ गई। उसने उसे संबोधित करके कहा—"हे प्रेत, तू भी उन प्रेतों की भांति प्रभु पर ईमान ला, जिन्हें प्रातः स्मरणीय एंटोनी ने वन में देखा था और मैं ईश्वर, उसके पुत्र और अलख ज्योति के नाम पर तेरा उद्धार करूंगा।"

यह वाक्य समाप्त होते ही स्फिंक्स के नेत्रों में ज्योति प्रस्फुटित हुई, उसकी पलकें कांपने लगीं और उसके पाषाण-मुख से 'मसीह' की ध्वनि निकली मानो पापनाशी के शब्द प्रतिध्वनित हो गए हों। अतएव पापनाशी ने दाहिना हाथ उठाकर उस मूर्ति को आशीर्वाद दिया।

इस प्रकार 'पाषाण-हृदय में भक्ति का बीज आरोपित करके पापनाशी ने अपनी राह ली।

थोड़ी देर के बाद घाटी चौड़ी हो गई। वहां किसी बड़े नगर के अवशिष्ट चिह्न दिखाई पड़ रहे थे। बचे हुए मंदिर जिन खंभों पर अवलंबित थे, वास्तव में उन बड़ी-बड़ी पाषाण मूर्तियों ने ईश्वरीय प्रेरणा से पापनाशी पर एक लंबी निगाह डाली।

वह भय से कांप उठा। इस प्रकार वह सत्रह दिन तक चलता रहा, क्षुधा से व्याकुल होता तो वनस्पतियां उखाड़कर खा लेता और रात को किसी भवन के खंडहर में, जंगली बिल्लियों और चूहों के बीच में सो रहता। रात को ऐसी स्त्रियां भी दिखाई देती थीं जिनके पैरों की जगह कांटेदार पूंछ थी। पापनाशी को मालूम था कि ये नारकीय स्त्रियां हैं और वह सलीब के चिह्न बनाकर उन्हें भगा देता था।

अट्ठारहवें दिन पापनाशी को बस्ती से बहुत दूर एक दरिद्र झोंपड़ी दिखाई दी। वह खजूर की पत्तियों की बनी थी और उसका आधा भाग बालू के नीचे दबा हुआ था।

पापनाशी को आशा हुई कि इसमें अवश्य कोई संत रहता होगा। उसने निकट आकर एक बिल के रास्ते अंदर झांका (उसमें द्वार न थे) तो एक घड़ा, प्याज का एक गट्ठा और सूखी पत्तियों का बिछावन दिखाई दिया। उसने विचार किया, यह अवश्य किसी तपस्वी की कुटिया है। उनके शीघ्र ही दर्शन होंगे और हम दोनों

अलंकार ❖ प्रेमचंद

एक-दूसरे के प्रति शुभकामनासूचक पवित्र शब्दों का उच्चारण करेंगे। कदाचित् ईश्वर अपने किसी कौए द्वारा रोटी का एक टुकड़ा हमारे पास भेज देगा और हम दोनों मिलकर भोजन करेंगे।

मन में ये बातें सोचते हुए उसने संत को खोजने के लिए कुटिया की परिक्रमा की। एक सौ पग भी न चला होगा कि उसे नदी के तट पर एक मनुष्य पालथी मारे बैठा दिखाई दिया।

वह नग्न था। उसके सिर और दाढ़ी के बाल सनकी तरह सफेद हो गए थे और शरीर ईंट से भी ज्यादा लाल था। पापनाशी ने साधुओं के प्रचलित शब्दों में उसका अभिवादन किया—"बंधु, भगवान तुम्हें शांति दे, तुम एक दिन स्वर्ग के आनंद-लाभ करो।"

उस वृद्ध पुरुष ने इसका कुछ उत्तर न दिया और अचल बैठा रहा। उसने मानो कुछ सुना ही नहीं।

पापनाशी ने समझा कि वह ध्यान में मग्न है। वह हाथ बांधकर उकड़ू बैठ गया और सूर्यास्त तक ईश-प्रार्थना करता रहा। जब अब भी वह वृद्ध पुरुष मूर्तिवत् बैठा रहा तो उसने कहा—"पूज्य पिता, अगर आपकी समाधि टूट गई है तो मुझे प्रभु मसीह के नाम पर आशीर्वाद दीजिए।"

वृद्ध पुरुष ने उसकी ओर बिना ताके ही उत्तर दिया—"पथिक, मैं तुम्हारी बात नहीं समझा और न प्रभु मसीह को ही जानता हूं।"

पापनाशी ने विस्मित होकर कहा—"अरे, जिसके प्रति ऋषियों ने भविष्यवाणी की, जिसके नाम पर लाखों आत्माएं बलिदान हो गईं, जिसकी सीजर ने भी पूजा की और जिसका जयघोष सिलसिली की प्रतिमा ने अभी-अभी किया है, क्या उस प्रभु मसीह के नाम से भी तुम परिचित नहीं हो? क्या यह संभव है?"

वृद्ध—हां मित्रवर, यह संभव है और यदि संसार में कोई वस्तु निश्चित होती तो निश्चित भी होता!

पापनाशी उस पुरुष की अज्ञानावस्था पर बहुत विस्मित और दुखी हुआ, बोला—"यदि तुम प्रभु मसीह को नहीं जानते तो तुम्हारा धर्म-कर्म सब व्यर्थ है, तुम कभी अनंतपद नहीं प्राप्त कर सकते।"

वृद्ध—कर्म करना या कर्म से हटना दोनों ही व्यर्थ हैं। हमारे जीवन और मरण में कोई भेद नहीं।

पापनाशी—क्या, क्या? क्या तुम अनंत जीवन के आकांक्षी नहीं हो? लेकिन तुम तो तपस्वियों की भांति वन्यकुटी में रहते हो?

"हां, ऐसा जान पड़ता है।"

"क्या मैं तुम्हें नग्न और विरत नहीं देखता?"

"हां, ऐसा जान पड़ता है।"

"क्या तुम कंद-मूल नहीं खाते और इच्छाओं का दमन नहीं करते?"

"हां, ऐसा जान पड़ता है।"

"क्या तुमने संसार के माया-मोह को नहीं त्याग दिया है?"

"हां, ऐसा जान पड़ता है। मैंने उन मिथ्या वस्तुओं को त्याग दिया है, जिन पर संसार के प्राणी जान देते हैं।"

"तुम मेरी भांति एकांतसेवी, त्यागी और शुद्धाचरण हो, किंतु मेरी भांति ईश्वर की भक्ति और अनंत सुख की अभिलाषा से यह व्रत नहीं धारण किया है। अगर तुम्हें प्रभु मसीह पर विश्वास नहीं है तो तुम क्यों सात्विक बने हुए हो? अगर तुम्हें स्वर्ग के अनंत सुख की अभिलाषा नहीं है तो संसार के पदार्थों को क्यों नहीं भोगते?"

वृद्ध पुरुष ने गंभीर भाव से जवाब दिया–"मित्र, मैंने संसार की उत्तम वस्तुओं का त्याग नहीं किया है और मुझे इसका गर्व है कि मैंने जो जीवनपथ ग्रहण किया है, वह सामान्यतः संतोषजनक है, यद्यपि यथार्थ तो यह है कि संसार की उत्तम या निकृष्ट, भले या बुरे जीवन का भेद ही मिथ्या है। कोई वस्तु स्वतः भली या बुरी, सत्य या असत्य, हानिकर या लाभकर, सुखमय या दुखमय नहीं होती। हमारा विचार ही वस्तुओं को इन गुणों से आभूषित करता है, उसी भांति जैसे नमक भोजन को स्वाद प्रदान करता है।"

पापनाशी ने अपवाद किया–"तो तुम्हारे मतानुसार संसार में कोई वस्तु स्थायी नहीं है? तुम उस थके हुए कुत्ते की भांति हो, जो कीचड़ में पड़ा सो रहा है। अज्ञान के अंधकार में अपना जीवन नष्ट कर रहे हो। तुम प्रतिमावादियों से भी गए-गुजरे हो।"

"मित्र, कुत्तों और ऋषियों का अपमान करना समान ही व्यर्थ है। कुत्ते क्या हैं, हम यह नहीं जानते। हमें किसी वस्तु का लेश-मात्र भी ज्ञान नहीं।"

"तो क्या तुम भ्रांतिवादियों में से हो? क्या तुम उस निर्बुद्धि, कर्महीन संप्रदाय में से हो, जो सूर्य के प्रकाश में और रात्रि के अंधकार में कोई भेद नहीं कर सकते?"

"हां मित्र, मैं वास्तव में भ्रमवादी हूं। मुझे इस संप्रदाय में शांति मिलती है, चाहे तुम्हें यह हास्यास्पद जान पड़ता हो, क्योंकि एक ही वस्तु भिन्न-भिन्न अवस्थाओं में भिन्न-भिन्न रूप धारण कर लेती है। इस विशाल मीनारों को ही देखो। प्रभात के पीत प्रकाश में ये केशर के कंगूरों से दिखाई पड़ते हैं। संध्या

समय सूर्य की ज्योति दूसरी ओर पड़ती है और काले-काले त्रिभुजों के सदृश दिखाई देते हैं। यथार्थ में किस रंग के हैं—इसका निश्चय कौन करेगा? बादलों ही को देखो। वे कभी अपनी दमक से कुंदन को जलाते हैं, कभी अपनी कालिमा से अंधकार को मात करते हैं। विश्व में उनके सिवाय और कौन ऐसा निपुण है, जो उनके विविध आवरणों की छाया उतार सके? कौन कह सकता है कि वास्तव में इस मेघ-समूह का क्या रंग है? सूर्य मुझे ज्योतिर्मय दिखाई पड़ता है, किंतु मैं उसके तत्त्व को नहीं जानता। मैं आग को जलते हुए देखता हूं, पर नहीं जानता कि यह कैसे जलती है और क्यों जलती है? मित्रवर, तुम व्यर्थ मेरी उपेक्षा करते हो, लेकिन मुझे इसकी भी चिंता नहीं कि कोई मुझे क्या समझता है, मेरा मान करता है या निंदा।"

पापनाशी ने फिर शंका प्रकट की—"अच्छा एक बात और बता दो। तुम इस निर्जन वन में प्याज और खजूर खाकर जीवन व्यतीत करते हो। तुम इतना कष्ट क्यों भोगते हो? तुम्हारे ही समान मैं भी इंद्रियों का दमन करता हूं और एकांत में रहता हूं, लेकिन मैं यह सब कुछ ईश्वर को प्रसन्न करने के लिए, स्वर्गिक आनंद भोगने के लिए करता हूं। यह एक मार्जनीय उद्देश्य है। परलोकसुख के लिए ही इस लोक में कष्ट उठाना बुद्धिसंगत है। इसके प्रतिकूल व्यर्थ बिना किसी उद्देश्य के संयम और व्रत का पालन करना, तपस्या से शरीर और रक्त को घुलाना निरी मूर्खता है। अगर मुझे विश्वास न होता—हे अनादि ज्योति, इस दुर्वचन के लिए क्षमा कर—अगर मुझे उस सत्य पर विश्वास है, जिसका ईश्वर ने ऋषियों द्वारा उपदेश किया है, जिसका उसके परम प्रिय पुत्र ने स्वयं आचरण किया है, जिसकी धर्म-सभाओं ने और आत्म-समर्पण करने वाले महान पुरुषों ने साक्षी दी है—अगर मुझे पूर्ण विश्वास न होता कि आत्मा की मुक्ति के लिए शारीरिक संयम और निग्रह परम आवश्यक है; यदि मैं भी तुम्हारी ही तरह अज्ञेय विषयों से अनभिज्ञ होता, तो मैं तुरंत सांसारिक मनुष्यों में आकर मिल जाता, धनोपार्जन करता, संसार के सुखी पुरुषों की भांति सुख-भोग करता और विलास देवी के पुजारियों से कहता—'आओ मेरे मित्रो, मद के प्याले भर-भर पिलाओ, फूलों की सेज बिछाओ, इत्र और फुलेल की नदियां बहा दो', लेकिन तुम कितने बड़े मूर्ख हो कि व्यर्थ ही इन सुखों को त्याग रहे हो, तुम बिना किसी लाभ की आशा के ये सब कष्ट उठाते हो। देते हो, मगर पाने की आशा नहीं रखते और नकल करते हो हम तपस्वियों की, जैसे अबोध बंदर दीवार पर रंग पोतकर अपने मन में समझता है कि मैं चित्रकार हो गया। इसका तुम्हारे पास क्या जवाब है?"

वृद्ध ने सहिष्णुता से उत्तर दिया–"मित्र, कीचड़ में सोने वाले कुत्ते और अबोध बंदर का जवाब ही क्या?"

पापनाशी का उद्देश्य केवल इस वृद्ध पुरुष को ईश्वर का भक्त बनाना था। उसकी शांतिवृत्ति पर वह लज्जित हो गया। उसका क्रोध उड़ गया।

पापनाशी ने बड़ी नम्रता से क्षमा-प्रार्थना की–"मित्रवर, अगर मेरा धर्मोत्साह औचित्य की सीमा से बाहर हो गया है तो मुझे क्षमा करो। ईश्वर साक्षी है कि मुझे तुमसे नहीं, केवल तुम्हारी भ्रांति से घृणा है! तुम्हें इस अंधकार में देखकर मुझे हार्दिक वेदना होती है और तुम्हारे उद्धार की चिंता मेरे रोम-रोम में व्याप्त हो रही है। तुम मेरे प्रश्नों का उत्तर दो, मैं तुम्हारी उक्तियों का खंडन करने के लिए उत्सुक हूं।"

वृद्ध पुरुष ने शांतिपूर्वक कहा–"मेरे लिए बोलना या चुप रहना एक ही बात है। तुम पूछते हो, इसलिए सुनो–जिन कारणों से मैंने वह सात्विक जीवन ग्रहण किया है, लेकिन मैं तुमसे इनका प्रतिवाद नहीं सुनना चाहता। मुझे तुम्हारी वेदना, शांति की कोई प्रवाह नहीं और न इसकी प्रवाह है कि तुम मुझे क्या समझते हो। मुझे न प्रेम है, न घृणा। बुद्धिमान पुरुष को किसी के प्रति ममत्व या द्वेष नहीं होना चाहिए। लेकिन तुमने जिज्ञासा प्रकट की है, उत्तर देना मेरा कर्तव्य है। सुनो, मेरा नाम टिमाक्लीज है। मेरे माता-पिता धनी सौदागर थे। हमारे यहां नौकाओं का व्यापार होता था। मेरा पिता सिकंदर के समान चतुर और कार्य-कुशल था; पर वह उतना लोभी न था। मेरे दो भाई थे। वे भी जहाजों ही का व्यापार करते थे। मुझे विद्या का व्यसन था। मेरे बड़े भाई को पिताजी ने एक धनवान युवती से विवाह करने पर बाध्य किया, लेकिन मेरे भाई शीघ्र ही उससे असंतुष्ट हो गए। उनका चित्त अस्थिर हो गया। इसी बीच मेरे छोटे भाई का उस स्त्री से कलुषित संबंध हो गया, लेकिन वह स्त्री दोनों भाइयों में से किसी को भी न चाहती थी। उसे एक गवैये से प्रेम था। एक दिन भेद खुल गया। दोनों भाइयों ने गवैये का वध कर डाला। मेरी भावज शोक से अव्यवस्थितचित्त हो गई। ये तीनों अभागे प्राणी बुद्धि को वासनाओं की बलिदेवी पर चढ़ाकर शहर की गलियों में फिरने लगे। नंगे, सिर के बाल बढ़ाए, मुंह से फिचकुर बहाते, कुत्ते की भांति चिल्लाते रहते थे। लड़के उन पर पत्थर फेंकते और उन पर कुत्ते दौड़ाते। अंत में तीनों मर गए और मेरे पिता ने अपने ही हाथों से उन तीनों को कबर में सुलाया। पिताजी को भी इतना शोक हुआ कि उनका दाना-पानी छूट गया और वह अपरिमित धन रहते हुए भी भूख से तड़प-तड़पकर परलोक सिधारे। मैं एक विपुल संपति का वारिस हो

गया, लेकिन घरवालों की दशा देखकर मेरा चित्त संसार से विरक्त हो गया था। मैंने उस संपत्ति को देशाटन में व्यय करने का निश्चय किया। इटली, यूनान, अफ्रीका आदि देशों की यात्रा की; पर एक प्राणी भी ऐसा न मिला, जो सुखी या ज्ञानी हो। मैंने सिकंद्रिया और एथेंस में दर्शन का अध्ययन किया और उसके अपवादों को सुनते-सुनते मेरे कान बहरे हो गए। निदान देश-विदेश घूमता हुआ मैं भारतवर्ष में जा पहुंचा और वहां गंगातट पर मुझे एक नग्न पुरुष के दर्शन हुए जो वहीं तीस वर्षों से मूर्ति की भांति निश्चल पद्मासन लगाए बैठा हुआ था। उसके तृणवत् शरीर पर लताएं चढ़ गई थीं और उसकी जटाओं में चिड़ियों ने घोंसले बना लिए थे, फिर भी वह जीवित था। उसे देखकर मुझे अपने दोनों भाइयों की, भावज की, गवैये की, पिता की याद आई और तब मुझे ज्ञात हुआ कि यही एक ज्ञानी पुरुष है। मेरे मन में विचार उठा कि मनुष्यों के दुःख के तीन कारण होते हैं—या तो वह वस्तु नहीं मिलती जिसकी उन्हें अभिलाषा होती है अथवा उसे पाकर उन्हें उसके हाथ से निकल जाने का भय होता है अथवा जिस चीज को वे बुरा समझते हैं, उसे उन्हें सहन करना पड़ता है। इन विचारों को चित्त से निकाल दो और सारे दुःख आप-ही-आप शांत हो जाएंगे। यही विचारकर मैं संसार के श्रेष्ठ पदार्थों का परित्याग कर दूंगा और उसी भारतीय योगी की भांति मौन और निश्चल रहूंगा।"

पापनाशी ने इस कथन को ध्यान से सुना और बोला—"टिमो, मैं स्वीकार करता हूं कि तुम्हारा कथन बिलकुल अर्थशून्य नहीं है। संसार की धन-संपत्ति को तुच्छ समझना बुद्धिमानों का काम है, लेकिन अपने अनंत सुख की उपेक्षा करना परले सिरे की नादानी है। इससे ईश्वर के क्रोध की आशंका है। मुझे तुम्हारे अज्ञान पर बड़ा दुःख होता है और मैं सत्य का उपदेश करूंगा जिसमें तुम्हें उसके अस्तित्व का विश्वास हो जाए और तुम आज्ञाकारी बालक के समान उसकी आज्ञा पालन करो।"

टिमाक्लीज ने बात काटकर प्रतिवाद करते हुए कहा—"नहीं-नहीं, मेरे सिर पर अपने धर्म-सिद्धांतों का बोझ मत लादो। इस भूल में न पड़ो कि तुम मुझे अपने विचारों के अनुकूल बना सकोगे। यह तर्क-वितर्क सब मिथ्या है। कोई मत प्रकट न करना ही मेरा मत है। किसी संप्रदाय में न होना ही मेरा संप्रदाय है। मुझे कोई दुःख नहीं, इसलिए कि मुझे किसी वस्तु की ममता नहीं। अपनी राह जाओ और मुझे इस उदासीनावस्था से निकालने की चेष्टा न करो। मैंने बहुत कष्ट झेले हैं और यह दशा ठंडे जल से स्नान करने की भांति सुखकर प्रतीत हो रही है।"

पापनाशी को मानव चरित्र का पूरा ज्ञान था। वह समझ गया कि इस मनुष्य पर ईश्वर की कृपादृष्टि नहीं हुई है और उसकी आत्मा के उद्धार का समय अभी दूर है।

पापनाशी ने टिमाक्लीज का खंडन न किया कि कहीं उसकी उद्धारक-शक्ति घातक न बन जाए, क्योंकि विधर्मियों से शास्त्रार्थ करने में कभी-कभी ऐसा हो जाता है कि उनके उद्धार के साधन ही उनके अपकार के यंत्र में परिवर्तित हो जाते हैं। अतएव जिन्हें सद्ज्ञान प्राप्त है, उन्हें बड़ी चतुराई से उसका प्रचार करना चाहिए।

उसने टिमाक्लीज को नमस्कार किया और एक लंबी सांस खींचकर रात ही को फिर यात्रा पर चल पड़ा।

3

योगी तब उठा और गंभीर स्वर में बोला–"नहीं निसियास, मैं अपना एकांतवास छोड़कर इस पिशाच नगरी में थायस की चर्चा करने नहीं आया हूं, बल्कि ईश्वर की सहायता से मैं इस रमणी को अपवित्र विलास के बंधनों से मुक्त कर दूंगा और उसे प्रभु मसीह की सेवार्थ भेंट करूंगा। अगर निराकार ज्योति ने मेरा साथ न छोड़ा तो थायस अवश्य इस नगर को त्यागकर किसी वनिता धर्माश्रम में प्रवेश करेगी।"

निसियास ने उत्तर दिया–"मधुर कलाओं और लालित्य की देवी वीनस को रुष्ट करते हो तो सावधान रहना। उसकी शक्ति अपार है और यदि तुम उसकी प्रधान उपासिका को ले जाओगे तो वह तुम्हारे ऊपर वज्राघात करेगी।"

सूर्योदय हुआ तो उसने जलपक्षियों को नदी के किनारे एक पैर पर खड़े देखा। उनकी पीली और गुलाबी गरदनों को प्रतिबिंब जल में दिखाई देता था। कोमल बेत वृक्ष अपनी हरी-हरी पत्तियों को जल पर फैलाए हुए थे। स्वच्छ आकाश में सरसों का समूह त्रिभुज के आकार में उड़ रहा था और झाड़ियों में छिपे हुए बगुलों की आवाज सुनाई देती थी। जहां तक निगाह जाती थी, नदी का हरा जल हिलकोरे मार रहा था। उजले पाल वाली नौकाएं चिड़ियों की भांति तैर रही थीं और किनारों पर जहां-तहां श्वेत भवन जगमगा रहे थे।

तटों पर हल्का कुहरा छाया हुआ था और द्वीपों की आड़ से जो खजूर, फूल और फल के वृक्ष फैले हुए थे; उनसे बत्तख, लालसर, हारिल आदि चिड़ियां कलरव करती हुई निकल रही थीं। बाईं ओर मरुस्थल तक हरे-भरे खेतों और वृक्षपुंजों की शोभा आंखों को मुग्ध कर देती थी। पके हुए गेहूं के खेतों पर सूर्य की किरणें चमक रही थीं और भूमि से भीनी-भीनी सुगंध के झोंके आते थे।

यह प्रकृतिशोभा देखकर पापनाशी ने घुटनों पर गिरकर ईश्वर की वंदना की–"भगवान, मेरी यात्रा समाप्त हुई। तुझे धन्यवाद देता हूं। दयानिधि, जिस प्रकार तूने इन अंजीर के पौधों पर ओस की बूंदों की वर्षा की है, उसी प्रकार थायस पर, जिसे तूने अपने प्रेम से रचा है, अपनी दया की दृष्टि कर। मेरी हार्दिक इच्छा है कि वह तेरी प्रेममयी रक्षा के अधीन एक नवविकसित पुष्प की भांति स्वर्गतुल्य जेरुशलम में अपने यश और कीर्ति का प्रसार करे।"

पापनाशी को जब कोई वृक्ष फूलों से सुशोभित अथवा कोई चमकीले परों वाला पक्षी दिखाई देता तो उसे थायस की याद आती। कई दिन तक नदी के बाएं किनारे पर, एक उर्वर और आबाद प्रांत में चलने के बाद, वह सिकंद्रिया नगर में पहुंचा, जिसे यूनानियों ने 'रमणीक' और 'स्वर्णमयी' की उपाधि दे रखी थी। सूर्योदय की एक घड़ी बीत चुकी थी, जब उसे एक पहाड़ी के शिखर पर वह विस्तृत नगर नजर आया, जिसकी छतें कंचनमयी प्रकाश में चमक रही थीं तो वह ठहर गया और मन में विचार करने लगा–'यही वह मनोरम भूमि है, जहां मैंने मृत्युलोक में पदार्पण किया, यहीं मेरे पापमय जीवन की उत्पत्ति हुई, यहीं मैंने विषाक्त वायु का आलिंगन किया, इसी विनाशकारी रक्तसागर में मैंने जलविहार किए! वह मेरा पालना है जिसकी घातक गोद में मैंने काम की मधुर लोरियां सुनीं। साधारण बोलचाल में कितना प्रतिभाशाली स्थान है, कितना गौरव से भरा हुआ। सिकंद्रिया! मेरी विशाल जन्मभूमि! तेरे बालक तेरा पुत्रवत् सम्मान करते हैं, यह स्वाभाविक है, लेकिन योगी प्रकृति को अवहेलनीय समझता है, साधु बहिरूप को तुच्छ समझता है, प्रभु मसीह का दास जन्मभूमि को विदेश समझता है और तपस्वी इस पृथ्वी का प्राणी ही नहीं। मैंने अपने हृदय को तेरी ओर से फेर लिया है। मैं तुमसे घृणा करता हूं। मैं तेरी संपत्ति को, तेरी विद्या को, तेरे शास्त्रों को, तेरे सुख-विलास को और तेरी शोभा को घृणित समझता हूं, तू पिशाचों का क्रीड़ास्थल है, तुझे धिक्कार है! अर्थसेवियों की अपवित्र शैया नास्तिकता का वितंडा क्षेत्र, तुझे धिक्कार है! और जिबरील, तू अपने पैरों से उस अशुद्ध वायु को शुद्ध कर दे जिसमें मैं सांस लेने वाला हूं, जिसमें यहां के विषैले कीटाणु मेरी आत्मा को भ्रष्ट न कर दें।"

अलंकार ❖ प्रेमचंद

इस तरह अपने विचारोद्गारों को शांत करके पापनाशी शहर में प्रविष्ट हुआ। यह द्वार पत्थर का एक विशाल मंडप था। उसके मेहराब की छांह में कई दरिद्र भिक्षुक बैठे हुए पथिकों के सामने हाथ फैला-फैलाकर खैरात मांग रहे थे।

एक वृद्धा स्त्री ने जो वहां घुटनों के बल बैठी थी, पापनाशी की चादर पकड़ ली और उसे चूमकर बोली–"ईश्वर के पुत्र, मुझे आशीर्वाद दो कि परमात्मा मुझसे संतुष्ट हो। मैंने पारलौकिक सुख के निमित्त इस जीवन में अनेक कष्ट झेले। तुम देवपुरुष हो, ईश्वर ने तुम्हें दुःखी प्राणियों के कल्याण के लिए भेजा है, अतएव तुम्हारी चरणरज कंचन से भी बहुमूल्य है।"

पापनाशी ने वृद्धा को हाथों से स्पर्श करके आशीर्वाद दिया, लेकिन वह मुश्किल से बीस कदम चला होगा कि लड़कों के एक गोल ने उसे मुंह चिढ़ाते हुए उस पर पत्थर फेंकना शुरू किया और तालियां बजाकर कहने लगे–"जरा अपनी विशाल मूर्ति देखिए! आप लंगूर से भी काले हैं और आपकी दाढ़ी बकरे की दाढ़ी से लंबी है। बिलकुल भुतना मालूम होता है। इसे किसी बाग में मारकर लटका दो कि चिड़ियां हौवा समझकर उड़ें, लेकिन नहीं, बाग में गया तो सेंत में सब फूल नष्ट हो जाएंगे। इसकी सूरत ही मनहूस है। इसका मांस कौओं को खिला दो।" यह कहकर उन्होंने पत्थर की एक बाढ़ छोड़ दी।

लेकिन पापनाशी ने केवल इतना कहा–"ईश्वर, तू इन अबोध बालकों को सुबुद्धि दे, वे नहीं जानते कि वे क्या करते हैं।"

वह आगे चला तो सोचने लगा–उस वृद्धा स्त्री ने मेरा कितना सम्मान किया और इन लड़कों ने कितना अपमान किया। इस भांति एक ही वस्तु को भ्रम में पड़े हुए प्राणी भिन्न-भिन्न भावों से देखते हैं। यह स्वीकार करना पड़ेगा कि टिमाक्लीज मिथ्यावादी होते हुए भी बिलकुल निर्बुद्धि न था। वह अंधा तो इतना जानता था कि मैं प्रकाश से वंचित हूं। उसका वचन इन दुराग्रहियों से कहीं उत्तम था, जो घने अंधकार में बैठे हुए पुकारते हैं–"वह सूर्य है!" वे नहीं जानते कि संसार में सब कुछ माया, मृगतृष्णा, उड़ता हुआ बालू है। केवल ईश्वर ही स्थायी है।

वह नगर में बड़े वेग से पांव उठाता हुआ चला। दस वर्ष के बाद देखने पर भी उसे वहां का एक-एक पत्थर परिचित मालूम होता था और प्रत्येक पत्थर उसके मन में किसी दुष्कर्म की याद दिलाता था, इसलिए उसने सड़कों से जड़े हुए पत्थरों पर अपने पैरों को पटकना शुरू किया और जब पैरों से रक्त बहने लगा तो उसे आनंद-सा हुआ।

सड़क के दोनों किनारों पर बड़े-बड़े महल बने हुए थे, जो सुगंध की लपटों से अलसित जान पड़ते थे। देवदार, खजूर आदि के वृक्ष सिर उठाए हुए इन भवनों

को मानो बालकों की भांति गोद में खिला रहे थे। अधखुले द्वारों में से पीतल की मूर्तियां संगमरमर के गमलों में रखी हुई दिखाई दे रही थीं और स्वच्छ जल के हौज कुंजों की छाया में लहरें मार रहे थे। पूर्ण शांति छाई थी। शोरगुल का नाम न था। हां, कभी-कभी द्वार से आने वाली वीणा की ध्वनि कान में आ जाती थी।

पापनाशी एक भवन के द्वार पर रुका जिसके सायबान के स्तंभ युवतियों की भांति सुंदर थे। दीवारों पर यूनान के सर्वश्रेष्ठ ऋषियों की प्रतिमाएं शोभा दे रही थीं। पापनाशी ने अफलातूं, सुकरात अरस्तू, एपिक्युरस और जिनों की प्रतिमाएं पहचानीं और मन में कहा–'इन मिथ्या भ्रम में पड़ने वाले मनुष्यों की कीर्तियों को मूर्तियों में मूर्तिमान करना मूर्खता है। अब उनके मिथ्या विचारों की कलई खुल गई। उनकी आत्मा अब नरक में पड़ी सड़ रही है और यहां तक कि अफलातूं भी, जिसने संसार को अपनी प्रगल्भता से गुंजरित कर दिया था, अब पिशाचों के साथ तू-तू मैं-मैं कर रहा है। द्वार पर एक हथौड़ी रखी हुई थी। पापनाशी ने द्वार खटखटाया। एक गुलाम ने तुरंत द्वार खोल दिया और एक साधु को द्वार पर खड़े देखकर कर्कश स्वर में बोला–"दूर हो यहां से, दूसरा द्वार देख, नहीं तो मैं डंडे से खबर लूंगा।"

पापनाशी ने सरल भाव से कहा–"मैं कुछ भिक्षा मांगने नहीं आया हूं। मेरी केवल यही इच्छा है कि मुझे अपने स्वामी निसियास के पास ले चलो।"

गुलाम ने और भी बिगड़कर जवाब दिया–"मेरा स्वामी तुम जैसे कुत्तों से मुलाकात नहीं करता!"

पापनाशी–"पुत्र, जो मैं कहता हूं, वह करो–अपने स्वामी से इतना ही कह दो कि मैं उससे मिलना चाहता हूं।"

दरबान ने क्रोध के आवेश में आकर कहा–"चला जा यहां से, भिखमंगा कहीं का!" और अपनी छड़ी उठाकर उसने पापनाशी के मुंह पर जोर से लगाई, लेकिन योगी ने छाती पर हाथ बांधे, बिना जरा भी उत्तेजित हुए, शांत भाव से यह चोट सह ली और तब विनयपूर्वक फिर वही बात कही–"पुत्र, मेरी याचना स्वीकार करो।"

दरबान ने चकित होकर मन में कहा–"यह तो विचित्र आदमी है, जो मार से भी नहीं डरता और तुरंत अपने स्वामी से पापनाशी का संदेशा कह सुनाया।"

निसियास अभी स्नानागार से निकला था। दो युवतियां उसकी देह पर तेल की मालिश कर रही थीं। वह रूपवान पुरुष था, बहुत ही प्रसन्नचित्त। उसके मुख पर कोमल व्यंग्य की आभा थी। योगी को देखते ही वह उठ खड़ा हुआ और हाथ फैलाए हुए उसकी ओर बढ़ा–"आओ मेरे मित्र, मेरे बंधु, मेरे सहपाठी, आओ। मैं तुम्हें पहचान गया, यद्यपि तुम्हारी सूरत इस समय आदमियों जैसी नहीं, पशुओं

जैसी है। आओ, मेरे गले लग जाओ। तुम्हें वह दिन याद है, जब हम व्याकरण, अलंकार और दर्शन शास्त्र पढ़ते थे? तुम उस समय भी तीव्र और उद्दंड प्रकृति के मनुष्य थे, पर पूर्ण सत्यवादी। तुम्हारी तृप्ति एक चुटकी-भर नमक में हो जाती थी, पर तुम्हारी दानशीलता की सीमा न थी। तुम अपने जीवन की भांति अपने धन की भी कुछ परवाह न करते थे। तुममें उस समय भी थोड़ी-सी झक थी, जो बुद्धि की कुशलता का लक्षण है। तुम्हारे चरित्र की विचित्रता मुझे बहुत भली मालूम होती थी। आज तुमने दस वर्ष बाद दर्शन दिए हैं। हृदय से मैं तुम्हारा स्वागत करता हूं। तुमने वन्य-जीवन को त्याग दिया और ईसाइयों की दुर्मति को तिलांजलि देकर फिर अपने सनातन धर्म पर आरुढ़ हो गए, इसके लिए तुम्हें बधाई देता हूं। मैं सफेद पत्थर पर इस दिन का स्मारक बनाऊंगा।"

यह कहकर उसने उन दोनों युवती सुंदरियों को आदेश दिया–"मेरे प्यारे मेहमान के हाथों-पैरों और दाढ़ी में सुगंध लगाओ।"

युवतियां हंसीं और तुरंत एक थाल, सुगंध की शीशी और आईना लाईं, लेकिन पापनाशी ने कठोर स्वर में उन्हें मना किया और आंखें नीची कर लीं कि उन पर निगाह न पड़ जाए, क्योंकि दोनों नग्न थीं।

निसियास ने तब उसके लिए गावतकिए और बिस्तर मंगाए और नाना प्रकार के भोजन और उत्तम शराब उसके सामने रखी, पर उसने घृणा के साथ सब वस्तुओं को सामने से हटा दिया। वह बोला–"निसियास, मैंने उस सत्पथ का परित्याग नहीं किया जिसे तुमने गलती से 'ईसाइयों की दुर्मति' कहा है। वही तो सत्य की आत्मा और ज्ञान का प्राण है। आदि में केवल 'शब्द' था और 'शब्द' के साथ ईश्वर था और शब्द ही ईश्वर था। उसी ने समस्त ब्रह्मांड की रचना की। वही जीवन का स्रोत है और जीवन मानव जाति का प्रकाश है।"

निसियास ने उत्तर दिया–"प्रिय पापनाशी, क्या तुम्हें आशा है कि मैं अर्थहीन शब्दों के झंकार से चकित हो जाऊंगा? क्या तुम भूल गए कि मैं स्वयं छोटा-मोटा दार्शनिक हूं? क्या तुम समझते हो कि मेरी शांति उन चिथड़ों से हो जाएगी, जो कुछ निर्बुद्धि मनुष्यों ने इमलियस के वस्त्रों से फाड़ लिया है, जब इमलियस, अफलातूं और अन्य तत्त्वज्ञानियों से मेरी संतुष्टि न हुई? ऋषियों के निकाले हुए सिद्धांत केवल कल्पित कथाएं हैं, जो मानव सरल-हृदयता के मनोरंजन के निमित्त कही गई हैं। उन्हें पढ़कर हमारा मनोरंजन उसी भांति होता है, जैसे अन्य कथाओं को पढ़कर।"

इसके बाद अपने मेहमान का हाथ पकड़कर वह उसे एक कमरे में ले गया, जहां हजारों लपेटे हुए भोजपत्र टोकरों में रखे हुए थे। उन्हें दिखाकर बोला–"यही

मेरा पुस्तकालय है। इसमें उन सिद्धांतों में से कितनों ही का संग्रह है, जो ज्ञानियों ने सृष्टि के रहस्य की व्याख्या करने के लिए आविष्कृत किए हैं। सेरापियम में भी अतुल धन के होते हुए; सब सिद्धांतों का संग्रह नहीं है! लेकिन शोक! ये सब केवल रोग-पीड़ित मनुष्यों के स्वप्न हैं!"

उसने तब अपने मेहमान को एक हाथीदांत की कुर्सी पर जबरदस्ती बैठाया और खुद भी बैठ गया। पापनाशी ने इन पुस्तकों को देखकर त्यौरियां चढ़ाईं और बोला-"इन सबको अग्नि की भेंट कर देना चाहिए।"

निसियास बोला-"नहीं प्रिय मित्र, यह घोर अनर्थ होगा; क्योंकि रुग्ण पुरुषों को मिटा दें तो संसार शुष्क और नीरस हो जाएगा और हम सब विचारशैथिल्य के गड्ढे में जा पड़ेंगे।

पापनाशी ने उसी ध्वनि में कहा-"यह सत्य है कि मूर्तिवादियों के सिद्धांत मिथ्या और भ्रांतिकारक हैं, किंतु ईश्वर ने, जो सत्य का रूप है, मानव शरीर धारण किया और अलौकिक विभूतियों द्वारा स्वयं को प्रकट किया और हमारे साथ रहकर हमारा कल्याण करता रहा।"

निसियास ने उत्तर दिया-"प्रिय पापनाशी, तुमने यह बात अच्छी कही कि ईश्वर ने मानव शरीर धारण किया, तब तो वह मनुष्य ही हो गया, लेकिन तुम ईश्वर और उसके रूपांतरों का समर्थन करने तो नहीं आए? बताओ तुम्हें मेरी सहायता तो न चाहिए? मैं तुम्हारी क्या मदद कर सकता हूं?"

पापनाशी बोला-"बहुत कुछ! मुझे ऐसा ही सुगंधित एक वस्त्र दे दो, जैसा तुम पहने हुए हो। इसके साथ सुनहरे खड़ाऊं और एक प्याला तेल भी दे दो कि मैं अपनी दाढ़ी और बालों में चुपड़ लूं। मुझे एक हजार स्वर्ण मुद्राओं की एक थैली भी चाहिए निसियास! मैं ईश्वर के नाम पर और पुरानी मित्रता के नाते तुमसे सहायता मांगने आया हूं।"

निसियास ने अपना सर्वोत्तम वस्त्र मंगवा दिया। उस पर किमख्वाब के बूटों में फूलों और पशुओं के चित्र बने हुए थे। दोनों युवतियों ने उसे खोलकर उसका भड़कीला रंग दिखाया और प्रतीक्षा करने लगी कि पापनाशी अपना ऊनी लबादा उतारे तो पहनाएं, लेकिन पापनाशी ने जोर देकर कहा कि यह कदापि नहीं हो सकता। मेरी खाल चाहे उतर जाए, पर यह ऊनी लबादा नहीं उतर सकता। विवश होकर उन्होंने उस बहुमूल्य वस्त्र को लबादे के ऊपर ही पहना दिया।

दोनों युवतियां सुंदरी थीं और वे पुरुषों से शरमाती न थीं। वह पापनाशी को इस दुरंगे भेष में देखकर खूब हंसी। एक ने उसे अपना प्यारा सामंत कहा, दूसरी ने उसकी दाढ़ी खींच ली, लेकिन पापनाशी ने उन पर दृष्टिपात तक न किया।

सुनहरी खड़ाऊं पैरों में पहनकर और थैली कमर में बांधकर उसने निसियास से कहा, जो विनोद भाव से उसकी ओर देख रहा था–"निसियास, इन वस्तुओं के विषय में कुछ संदेह मत करना, क्योंकि मैं इनका सदुपयोग करूंगा।"

निसियास बोला–"प्रिय मित्र, मुझे कोई संदेह नहीं हैं, क्योंकि मेरा विश्वास है कि मनुष्य में न भले काम करने की क्षमता है और न बुरे। भलाई व बुराई का आधार केवल प्रथा पर है। मैं उन सब कुत्सित व्यवहारों का पालन करता हूं, जो इस नगर में प्रचलित हैं, इसलिए मेरी गणना सज्जन पुरुषों में होती है। अच्छा मित्र, अब जाओ और चैन करो।"

पापनाशी ने उससे अपना उद्‌देश्य प्रकट करना आवश्यक समझा, बोला–"तुम थायस को जानते हो, जो यहां की रंगशालाओं का श्रृंगार है?"

निसियास ने कहा–"वह परम सुंदरी है और किसी समय मैं उसके प्रेमियों में था। उसकी खातिर मैंने एक कारखाना और दो अनाज के खेत बेच डाले और उसके विरह-वर्णन में निकृष्ट कविताओं से भरे हुए तीन ग्रंथ लिख डाले। यह निर्विवाद है कि रूप-लालित्य संसार की सबसे प्रबल शक्ति है। यदि हमारे शरीर की रचना ऐसी होती कि हम यावज्जीवन उस पर अधिकृत रह सकते तो हम दार्शनिकों के जीवन और मरण, माया और मोह, पुरुष और प्रकृति की जरा भी प्रवाह न करते, लेकिन मित्र, मुझे यह देखकर आश्चर्य होता है कि तुम अपनी कुटी छोड़कर केवल थायस की चर्चा करने के लिए आए हो।"

यह कहकर निसियास ने ठंडी सांस खींची।

पापनाशी ने उसे भीतरी नेत्रों से देखा। उसकी यह कल्पना ही असंभव मालूम होती थी कि कोई मनुष्य इतनी सावधानी से अपने पापों को प्रकट कर सकता है। उसे जरा भी आश्चर्य न होता, अगर जमीन फट जाती और उसमें से अग्निपुंज निकलकर उसे निगल जाता, लेकिन जमीन स्थिर बनी रही और निसियास हाथ पर मस्तक रखे चुपचाप बैठा हुआ अपने पूर्व जीवन की स्मृतियों पर म्लानमुख से मुस्कराता रहा।

योगी तब उठा और गंभीर स्वर में बोला–"नहीं निसियास, मैं अपना एकांतवास छोड़कर इस पिशाच नगरी में थायस की चर्चा करने नहीं आया हूं, बल्कि ईश्वर की सहायता से मैं इस रमणी को अपवित्र विलास के बंधनों से मुक्त कर दूंगा और उसे प्रभु मसीह की सेवार्थ भेंट करूंगा। अगर निराकार ज्योति ने मेरा साथ न छोड़ा तो थायस अवश्य इस नगर को त्यागकर किसी वनिता धर्माश्रम में प्रवेश करेगी।"

निसियास ने उत्तर दिया–"मधुर कलाओं और लालित्य की देवी वीनस को रुष्ट करते हो तो सावधान रहना। उसकी शक्ति अपार है और यदि तुम उसकी प्रधान उपासिका को ले जाओगे तो वह तुम्हारे ऊपर वज्राघात करेगी।"

पापनाशी बोला—"प्रभु मसीह मेरी रक्षा करेंगे। मेरी उनसे यह भी प्रार्थना है कि वे तुम्हारे हृदय में धर्म की ज्योति प्रकाशित करें और तुम उस अंधकारमय कूप में से निकल आओ जिसमें पड़े हुए एड़ियां रगड़ रहे हो।"

यह कहकर वह गर्व से मस्तक उठाए बाहर निकला, लेकिन निसियास भी उसके पीछे चला। द्वार पर आते-आते उसे पा लिया और तब अपना हाथ उसके कंधे पर रखकर उसके कान में बोला—"देखो, वीनस को क्रुद्ध मत करना। उसका प्रत्याघात अत्यंत भीषण होता है।"

पापनाशी ने इस चेतावनी को तुच्छ समझा, सिर घुमाकर भी न देखा। वह निसियास को पतित समझता था, लेकिन जिस बात से उसे जलन होती थी, वह यह थी कि मेरा पुराना मित्र थायस का प्रेमपात्र रह चुका है। उसे ऐसा अनुभव होता था कि इससे घोर अपराध हो ही नहीं सकता। अब से वह निसियास को संसार का सबसे अधम, सबसे घृणित प्राणी समझने लगा। उसने भ्रष्टाचार से सदैव नफरत की थी, लेकिन आज से पहले यह पाप उसे इतना नारकीय कभी न प्रतीत हुआ था। उसकी समझ में प्रभु मसीह के क्रोध और स्वर्ग के दूतों के तिरस्कार का इससे निंद्य और कोई विषय ही न था।

4

सहसा उसे मालूम हुआ कि मैं मनुष्यों के एक बड़े समूह में इधर-उधर धक्के खा रहा हूं। कभी इधर जा पड़ता हूं, कभी उधर। उसे नगरों की भीड़भाड़ में चलने का अभ्यास न था। वह एक जड़ वस्तु की भांति इधर-उधर ठोकरें खाता फिरता था और अपने किमख्वाब के कुर्ते के दामन से उलझकर कई बार गिरते-गिरते बचा। अंत में उसने एक मनुष्य से पूछा—"तुम लोग सबके-सब एक ही दिशा में इतनी हड़बड़ी के साथ कहां दौड़े जा रहे हो? क्या किसी संत का उपदेश हो रहा है?"

उस मनुष्य ने उत्तर दिया—"यात्री, क्या तुम्हें मालूम नहीं कि शीघ्र ही तमाशा शुरू होगा और थायस रंगमंच पर उपस्थित होगी। हम सब उसी थिएटर में जा रहे हैं। तुम्हारी इच्छा हो तो तुम भी हमारे साथ चलो। इस अप्सरा के दर्शन-मात्र ही से हम कृतार्थ हो जाएंगे।"

पापनाशी के मन में थायस को इन विलासियों से बचाने के लिए और भी तीव्र आकांक्षा जाग्रत हुई—'अब बिना एक क्षण विलंब किए मुझे थायस से भेंट करनी चाहिए, लेकिन अभी मध्याह्न काल था और जब तक दोपहर की गरमी शांत न हो जाए, थायस के घर जाना उचित न था।' पापनाशी शहर की सड़कों पर घूमता रहा। आज उसने कुछ भोजन न किया था, जिसमें उस पर ईश्वर की दया-दृष्टि

रहे। कभी वह दीनता से आंखें जमीन की ओर झुका लेता था और कभी अनुरक्त होकर आकाश की ओर ताकने लगता था। कुछ देर इधर-उधर निष्प्रयोजन घूमने के बाद वह बंदरगाह पर जा पहुंचा। सामने विस्तृत बंदरगाह था, जिसमें असंख्य जलयान और नौकाएं लंगर डाले पड़ी हुई थीं। उनके आगे नीला समुद्र श्वेत चादर ओढ़े हंस रहा था। एक नौका ने, जिसकी पतवार पर एक अप्सरा का चित्र बना हुआ था, अभी लंगर खोला था। डांडें पानी में चलने लगे, मांझियों ने गाना आरंभ किया और देखते-देखते वह श्वेत-वस्त्रधारिणी जलकन्या योगी की दृष्टि में केवल एक स्वप्नचित्र की भांति रह गई। बंदरगाह से निकलकर, वह अपने पीछे जगमगाता हुआ जलमार्ग छोड़ती हुई खुले समुद्र में पहुंच गई।

पापनाशी ने सोचा-'मैं भी किसी समय संसार सागर पर गाते हुए यात्रा करने को उत्सुक था, लेकिन मुझे शीघ्र ही अपनी भूल मालूम हो गई। मुझ पर अप्सरा का जादू न चला।'

इन्हीं विचारों में मग्न वह रस्सियों की गेंडुली पर बैठ गया। निद्रा से उसकी आंखें बंद हो गईं। नींद में उसे एक स्वप्न दिखाई दिया। उसे मालूम हुआ कि कहीं से तुरहियों की आवाज कान में आ रही है, आकाश रक्तवर्ण हो गया है। उसे ज्ञात हुआ कि धर्माधर्म के विचार का दिन आ पहुंचा। वह बड़ी तन्मयता से ईश-वंदना करने लगा। इसी बीच उसने एक अत्यंत भयंकर जंतु को अपनी ओर आते देखा, जिसके माथे पर प्रकाश का एक सलीव लगा हुआ था। पापनाशी ने उसे पहचान लिया—यह सिलसिली की पिशाचमूर्ति थी। उस जंतु ने उसे दांतों के नीचे दबा लिया और उसे लेकर चला, जैसे बिल्ली अपने बच्चे को लेकर चलती है। इस भांति वह जंतु पापनाशी को कितने ही द्वीपों से होता, नदियों को पार करता, पहाड़ों को फांदता अंत में एक निर्जन स्थान में पहुंचा, जहां दहकते हुए पहाड़ और झुलसते राख के ढेरों के सिवाय और कुछ नजर न आता था। भूमि कितने ही स्थलों पर फट गई थी और उसमें से आग की लपटें निकल रही थीं। जंतु ने पापनाशी को धीरे से उतार दिया और कहा—"देखो!"

पापनाशी ने एक खोह के किनारे झुककर नीचे देखा। एक आग की नदी पृथ्वी के अंत:स्थल में दो काले-काले पर्वतों के बीच से बह रही थी। वहां धुंधले प्रकाश में नरक के दूत पापात्माओं को कष्ट दे रहे थे। इन आत्माओं पर उनके मृत शरीर का हल्का आवरण था, यहां तक कि वे कुछ वस्त्र भी पहने हुए थीं। ऐसे दारुण कष्टों में भी ये आत्माएं बहुत दु:खी न जान पड़ती थीं। उनमें से एक जो लंबी, गौरवर्ण, आंखें बंद किए हुए थी, हाथ में एक तलवार लिये जा रही थी। उसके मधुर स्वरों से समस्त मरुभूमि गूंज रही थी। वह देवताओं और शूरवीरों की विरुदावली गा रही थी।

छोटे-छोटे हरे रंग के दैत्य उनके होंठ और कंठ को लाल लोहे की सलाखों से छेद रहे थे। यह अमर कवि होमर की प्रतिच्छाया थी। वह इतना कष्ट झेलकर भी गाने से बाज न आती थी। उसके समीप ही अनकगोरस, जिसके सिर के बाल गिर गए थे, धूल में परकाल से शक्लें बना रहा था। एक दैत्य उसके कानों में खौलता हुआ तेल डाल रहा था; पर उसकी एकाग्रता को भंग न कर सकता था। इसके अतिरिक्त पापनाशी को और कितनी ही आत्माएं दिखाई दीं, जो जलती हुई नदी के किनारे बैठी हुई उसी भांति पठन-पाठन, वाद-प्रतिवाद, उपासना-ध्यान में मग्न थीं, जैसे यूनान के गुरुकुलों में गुरु-शिष्य किसी वृक्ष की छाया में बैठकर किया करते थे। वृद्ध टिमाक्लीज ही सबसे अलग था और भ्रांतिवादियों की भांति सिर हिला रहा था। एक दैत्य उसकी आंखों के सामने एक मशाल हिला रहा था, किंतु टिमाक्लीज आंखें ही न खोलता था।

इस दृश्य से चकित होकर पापनाशी ने उस भयंकर जंतु की ओर देखा, जो उसे यहां लाया था। कदाचित् उससे पूछना चाहता था कि यह क्या रहस्य है? पर वह जंतु अदृश्य हो गया था और उसकी जगह एक स्त्री मुंह पर नकाब डाले खड़ी थी। वह बोली—"योगी, खूब आंखें खोलकर देख! इन भ्रष्ट आत्माओं का दुराग्रह इतना जटिल है कि नरक में भी उनकी भ्रांति शांत नहीं हुई। यहां भी वह उसी माया के खिलौने बने हुए हैं। मृत्यु ने उनके भ्रमजाल को नहीं तोड़ा, क्योंकि प्रत्यक्ष ही, केवल मर जाने से ही ईश्वर के दर्शन नहीं होते। जो लोग जीवन-भर अज्ञानांधकार में पड़े हुए थे, वे मरने पर भी मूर्ख ही बने रहेंगे। यह दैत्यगण ईश्वरीय न्याय के यंत्र ही तो हैं। यही कारण है कि आत्माएं उन्हें न देखती हैं, न उनसे भयभीत होती हैं। वे सत्य के ज्ञान से शून्य थे, अतएव उन्हें अपने अकर्मों का भी ज्ञान न था। उन्होंने जो कुछ किया, अज्ञान की अवस्था में किया। उन पर वह दोषारोपण नहीं कर सकता, फिर वह उन्हें दंड भोगने पर कैसे मजबूर कर सकता है?"

पापनाशी ने उत्तेजित होकर कहा—"ईश्वर सर्वशक्तिमान है, वह सब कुछ कर सकता है।"

नकाबपोश स्त्री ने उत्तर दिया—"नहीं, वह असत्य को सत्य नहीं कर सकता। उसे दंड भोग के योग्य बनाने के लिए पहले उन्हें अज्ञान से मुक्त करना होगा और जब वे अज्ञान से मुक्त हो जाएंगे तो वे धर्मात्माओं की श्रेणी में आ जाएंगे!"

पापनाशी उद्विग्न और मर्माहत होकर फिर खोह के किनारों पर झुका। उसने निसियास की छाया को एक पुष्पमाला सिर पर डाले और एक झुलसे हुए मेहंदी के वृक्ष के नीचे बैठे देखा। उसकी बगल में एक अति रूपवती वेश्या बैठी हुई थी और ऐसा विदित होता था कि वे प्रेम की व्याख्या कर रहे हैं। वेश्या की मुखश्री मनोहर और अप्रतिम थी। उन पर जो अग्नि की वर्षा हो रही थी, वह ओस की बूंदों के

समान सुखद और शीतल थी और वह झुलसती हुई भूमि उनके पैरों से कोमल तृण के समान दब जाती थी। यह देखकर पापनाशी की क्रोधाग्नि जोर से भड़क उठी। उसने चिल्लाकर कहा–"ईश्वर, इस दुराचारी पर वज्राघात कर! यह निसियास है। उसे ऐसा कुचल कि वह रोए, कराहे और क्रोध से दांत पीसे। उसने थायस को भ्रष्ट किया है।"

सहसा पापनाशी की आंखें खुल गईं। वह एक बलिष्ठ मांझी की गोद में था। मांझी बोला–"बस मित्र, शांत हो जाओ। जल देवता साक्षी है कि तुम नींद में बुरी तरह चौंक पड़ते हो। अगर मैंने तुम्हें संभाल न लिया होता तो तुम अब तक पानी में डुबकियां खाते होते। आज मैंने तुम्हारी जान बचाई।"

पापनाशी बोला–"ईश्वर की दया है।"

वह तुरंत उठ खड़ा हुआ और इस स्वप्न पर विचार करता हुआ आगे बढ़ा। अवश्य ही यह दुस्वप्न है। नरक को मिथ्या समझना ईश्वरीय न्याय का अपमान करना है। इस स्वप्न का प्रेषक कोई पिशाच है। ईसाई तपस्वियों के मन में नित्य यह शंका उठती रहती कि इस स्वप्न का हेतु ईश्वर है या पिशाच। पिशाचादि उन्हें नित्य घेरे रहते थे। मनुष्यों से जो मुंह मोड़ता है, उसका गला पिशाचों से नहीं छूट सकता। मरुभूमि पिशाचों का क्रीड़ाक्षेत्र है। वहां नित्य उनका शोर सुनाई देता है। तपस्वियों को प्राय: अनुभव से, स्वप्न की व्यवस्था से ज्ञान हो जाता है कि यह मर्द ईश्वरीय प्रेरणा है या पिशाचिक प्रलोभन, पर कभी-कभी बहुत यत्न करने पर भी उन्हें भ्रम हो जाता था। तपस्वियों और पिशाचों में निरंतर और महाघोर संग्राम होता रहता था। पिशाचों को सदैव यह धुन रहती थी कि योगियों को किसी तरह धोखे में डालें और उनसे अपनी आज्ञा मनवा लें। संत जॉन एक प्रसिद्ध पुरुष थे। पिशाचों के राजा ने साठ वर्ष तक लगातार उन्हें धोखा देने की चेष्टा की, पर संत जॉन उसकी चालों को ताड़ लिया करते थे। एक दिन पिशाचराजा ने एक वैरागी का रूप धारण किया और जॉन की कुटी में आकर बोला–"जॉन, कल शाम तक तुम्हें अनशन (व्रत) रखना होगा।"

जॉन ने समझा, वह ईश्वर का दूत है और दो दिन तक निर्जल रहा। पिशाच ने उन पर केवल यही एक विजय प्राप्त की, यद्यपि इससे पिशाचराज का कोई कुत्सित उद्देश्य न पूरा हुआ, पर संत जॉन को अपनी पराजय का बहुत शोक हुआ, किंतु पापनाशी ने जो स्वप्न देखा था, उसका विषय ही कहे देता था कि इसका कर्ता पिशाच है। वह ईश्वर से दीन शब्दों में कह रहा था–"मुझसे ऐसा कौन-सा अपराध हुआ जिसके दंडस्वरूप तूने मुझे पिशाच के फंदे में डाल दिया?" सहसा उसे मालूम हुआ कि मैं मनुष्यों के एक बड़े समूह में इधर-उधर धक्के खा रहा हूं। कभी इधर जा पड़ता हूं, कभी उधर। उसे नगरों की भीड़भाड़ में चलने का अभ्यास न था। वह एक जड़ वस्तु की भांति इधर-उधर ठोकरें खाता फिरता था

और अपने किमख्वाब के कुर्ते के दामन से उलझकर कई बार गिरते-गिरते बचा। अंत में उसने एक मनुष्य से पूछा–"तुम लोग सबके-सब एक ही दिशा में इतनी हड़बड़ी के साथ कहां दौड़े जा रहे हो? क्या किसी संत का उपदेश हो रहा है?"

उस मनुष्य ने उत्तर दिया–"यात्री, क्या तुम्हें मालूम नहीं कि शीघ्र ही तमाशा शुरू होगा और थायस रंगमंच पर उपस्थित होगी। हम सब उसी थिएटर में जा रहे हैं। तुम्हारी इच्छा हो तो तुम भी हमारे साथ चलो। इस अप्सरा के दर्शन-मात्र ही से हम कृतार्थ हो जाएंगे।"

पापनाशी ने सोचा कि थायस को रंगशाला में देखना मेरे उद्देश्य के अनुकूल होगा। वह उस मनुष्य के साथ हो लिया। उनके सामने थोड़ी ही दूर रंगशाला स्थित थी। उसके मुख्य द्वार पर चमकते हुए परदे पड़े थे और उसकी विस्तृत वृत्ताकार दीवारें अनेक प्रतिमाओं से सजी हुई थीं। अन्य मनुष्यों के साथ ये दोनों पुरुष भी तंग गली में दाखिल हुए। गली के दूसरे सिरे पर अर्द्धचंद्र के आकार का रंगमंच बना हुआ था, जो इस समय प्रकाश से जगमगा रहा था। वे दर्शकों के साथ एक जगह पर बैठे। वहां नीचे की ओर किसी तालाब के घाट की भांति सीपियों की कतार रंगशाला तक चली गई थी। रंगशाला में अभी कोई न था, पर वह खूब सजी हुई थी। बीच में कोई परदा न था। रंगशाला के मध्य में कब्र की भांति एक चबूतरा-सा बना हुआ था। चबूतरे के चारों तरफ रावटियां थीं। रावटियों के सामने भाले रखे हुए थे और लंबी-लंबी खूंटियों पर सुनहरी ढालें लटक रही थीं।

स्टेज पर सन्नाटा छाया हुआ था। जब दर्शकों का अर्धवृत्त ठसाठस भर गया तो मधुमक्खियों की भिनभिनाहट-सी दबी हुई आवाज आने लगी। दर्शकों की आंखें अनुराग से भरी हुई, बृहद निस्तब्ध रंगमंच की ओर लगी हुई थीं। स्त्रियां हंसती थीं और नीबू खाती थीं और नित्यप्रति नाटक देखने वाले पुरुष अपनी जगहों से दूसरों को हंस-हंसकर पुकारते थे। पापनाशी मन में ईश्वर की प्रार्थना कर रहा था और मुंह से एक भी मिथ्या शब्द नहीं निकलता था, लेकिन उसका साथी नाट्यकाल की अवनति की चर्चा करने लगा–"भाई, हमारी इस कला का घोर पतन हो गया है। प्राचीन समय में अभिनेता चेहरे पहनकर कवियों की रचनाएं उच्च स्वर में गाया करते थे। अब तो वे गूंगों की भांति अभिनय करते हैं। वे पुराने सामान भी गायब हो गए। न तो वे चेहरे रहे जिनमें आवाज को फैलाने के लिए धातु की जीभ बनी रहती थी, न वे ऊंचे खड़ाऊं ही रह गए जिन्हें पहनकर अभिनेतागण देवताओं की तरह लंबे हो जाते थे, न वे ओजस्विनी कविताएं रहीं और न वह मर्मस्पर्शी अभिनय-चातुर्य। अब तो पुरुषों की जगह रंगमंच पर स्त्रियों का दौर-दौरा है, जो बिना संकोच के खुले मुंह मंच पर आती हैं। उस समय के यूनाननिवासी स्त्रियों को स्टेज पर देखकर न जाने

दिल में क्या कहते। स्त्रियों के लिए जनता के सम्मुख मंच पर आना घोर लज्जा की बात है। हमने इस कुप्रथा को स्वीकार करके अपने आध्यात्मिक पतन का परिचय दिया है। यह निर्विवाद है कि स्त्री पुरुष की शत्रु और मानव जाति की कलंक है।"

पापनाशी ने इसका समर्थन किया–"बहुत सत्य कहते हो, स्त्री हमारी प्राणघातिका है। उससे हमें कुछ आनंद प्राप्त होता है और इसलिए उससे सदैव डरना चाहिए।"

उसके साथी ने जिसका नाम डोरियन था, कहा–"स्वर्ग के देवताओं की शपथ खाता हूं; स्त्री से पुरुष को आनंद नहीं प्राप्त होता, बल्कि चिंता, दुःख और अशांति मिलती है। प्रेम ही हमारे दारुणतम कष्टों का कारण है। सुनो मित्र, जब मेरी तरुणावस्था थी तो मैं एक द्वीप की सैर करने गया था। वहां मुझे एक बहुत बड़ा मेहंदी का वृक्ष दिखाई दिया जिसके विषय में यह दंतकथा प्रचलित है कि फीडरा जिन दिनों हिमोलाइट पर आशिक थी तो वह विरहदशा में इसी वृक्ष के नीचे बैठी रहती थी और दिल बहलाने के लिए अपने बालों की सुइयां निकालकर इन पत्तियों में चुभाया करती थी। सब पत्तियां छिद गईं। फीडरा की प्रेमकथा तो तुम जानते ही होंगे। अपने प्रेमी का सर्वनाश करने के पश्चात् वह स्वयं गले में फांसी डाल, एक हाथीदांत की खूंटी से लटककर मर गई। देवताओं की ऐसी इच्छा हुई कि फीडरा की असह्य विरह-वेदना के चिह्नस्वरूप इस वृक्ष की पत्तियों में नित्य छेद होते रहे। मैंने एक पत्ती तोड़ ली और लाकर उसे अपने पलंग के सिरहाने लटका दिया कि वह मुझे प्रेम की कुटिलता की याद दिलाती रहे और मेरे गुरु अमर एपिक्युरस के सिद्धांतों पर अटल रखे, जिसका उद्देश्य था कि कुवासना से डरना चाहिए, लेकिन यथार्थ में प्रेम जिगर का एक रोग है और कोई यह नहीं कह सकता कि यह रोग मुझे नहीं लग सकता।"

पापनाशी ने प्रश्न किया–"डोरियन, तुम्हारे आनंद के विषय क्या हैं?"

डोरियन ने खेद से कहा–"मेरे आनंद का केवल एक विषय है और वह भी बहुत आकर्षक नहीं–वह ध्यान है। जिसकी पाचनशक्ति दूषित हो गई हो, उसके लिए आनंद का और क्या विषय हो सकता है?"

पापनाशी को अवसर मिला कि वह इस आनंदवादी को आध्यात्मिक सुख की दीक्षा दे, जो ईश्वराधना से प्राप्त होता है, बोला–"मित्र डोरियन; सत्य पर कान धरो और प्रकाश ग्रहण करो।"

सहसा उसने देखा कि सबकी आंखें मेरी तरफ उठी हैं और मुझे चुप रहने का संकेत कर रहे हैं। नाट्यशाला में पूर्ण शांति स्थापित हो गई और एक क्षण में वीरगान की ध्वनि सुनाई दी।

5

थायस अपनी मां से भली-भांति परिचित थी और जानती थी कि वह जादू-टोना नहीं करती। हां, उसे लोभ का रोग था और दिन की कमाई को रात-भर गिनती रहती थी। आलसी पिता और लोभिनी माता थायस के लालन-पालन की ओर विशेष ध्यान न देते थे। वह किसी जंगली पौधे के समान अपनी बाढ़ से बढ़ती जाती थी। वह मतवाले मल्लाहों के कमरबंद से एक-एक करके पैसे निकालने में निपुण हो गई। वह अपने अश्लील वाक्यों और बाजारी गीतों से उनका मनोरंजन करती थी, यद्यपि वह स्वयं उनका आशय न जानती थी।

घर शराब की महक से भरा रहता था। जहां-तहां शराब के चमड़े के पीपे रखे रहते थे और वे मल्लाहों की गोद में बैठती फिरती थी। तब मुंह में शराब का लसका लगाए वह पैसे लेकर घर से निकलती और एक बुढ़िया से गुलगुले लेकर खाती।

खेल शुरू हुआ। होमर की इलियड का एक दुःखांत दृश्य था। ट्रोजन युद्ध समाप्त हो चुका था। यूनान के विजयी सूरमा अपनी छोलदारियों से निकलकर कूच की तैयारी कर रहे थे कि एक अद्भुत घटना हुई। रंगभूमि के मध्य स्थित समाधि पर बादलों का एक टुकड़ा छा गया। एक क्षण के बाद बादल हट गया और एशिलीज का प्रेत सोने के शस्त्रों से सजा हुआ प्रकट हुआ। वह योद्धाओं की ओर

हाथ फैलाए मानो कह रहा है–'हेलास के सपूतो, क्या तुम यहां से प्रस्थान करने को तैयार हो? तुम उस देश को जाते हो, जहां जाना मुझे फिर नसीब न होगा और मेरी समाधि को बिना कुछ भेंट किए ही छोड़े जाते हो।'

यूनान के वीर सामंत, जिनमें वृद्ध नेस्टर, अगामेमनन, उलाइसेस आदि थे, समाधि के समीप आकर इस घटना को देखने लगे। पिर्रस ने जो एशिलीज का युवा पुत्र था, भूमि पर मस्तक झुका दिया। उलाइसेस ने ऐसा संकेत किया जिससे विदित होता था वह मृतात्मा की इच्छा से सहमत है। उसने अगामेमनन से अनुरोध किया–'हम सभी को एशिलीज का यश मानना चाहिए, क्योंकि हेलास ही की मानरक्षा में उसने वीरगति पाई है। उसका आदेश है कि परायम की पुत्री, कुमारी पॉलिक्सेना मेरी समाधि पर समर्पित की जाए। यूनानवीरों, अपने नायक का आदेश स्वीकार करो!'

सम्राट अगामेमनन ने आपत्ति की–"ट्रोजन की कुमारियों की रक्षा करो। परायम का यशस्वी परिवार बहुत दु:ख भोग चुका है।"

उसकी आपत्ति का कारण यह था कि वह उलाइसेस के अनुरोध से सहमत है। निश्चय हो गया कि पॉलिक्सेना एशिलीज को बलि दी जाए। मृतात्मा इस भांति शांत होकर यमलोक चली गई। चरित्रों के वार्तालाप के बाद कभी उत्तेजक और कभी करुण स्वरों में गाना होता था। अभिनय का एक भाग समाप्त होते ही दर्शकों ने तालियां बजाईं।

पापनाशी जो प्रत्येक विषय में धर्म-सिद्धांतों का व्यवहार किया करता था, बोला–"अभिनय से सिद्ध होता है कि सत्ताहीन देवताओं के उपासक कितने निर्दयी होते हैं!"

डोरियन ने उत्तर दिया–"यह दोष प्राय: सभी मतवादों में पाया जाता है। सौभाग्य से महात्मा एपिक्युरस ने, जिन्हें ईश्वरीय ज्ञान प्राप्त था, मुझे अदृश्य की मिथ्या शंकाओं से मुक्त कर दिया।"

इतने में अभिनय फिर शुरू हुआ। हेक्युबा, जो पॉलिक्सेना की माता थी, उस छोलदारी से बाहर निकली जिसमें वह कैद थी। उसके श्वेत केश बिखरे हुए थे, कपड़े फटकर तार-तार हो गए थे। उसकी शोकमूर्ति देखते ही दर्शकों ने वेदनापूर्ण आह भरी। हेक्युबा को अपनी कन्या के विषादमय अंत का एक स्वप्न द्वारा ज्ञान हो गया था। अपने और अपनी पुत्री के दुर्भाग्य पर वह सिर पीटने लगी।

उलाइसेस ने उसके समीप जाकर कहा–"पॉलिक्सेना पर से अपना मातृस्नेह अब उठा लो। वृद्धा स्त्री ने अपने बाल नोच लिए, मुंह को नखों से खसोटा और निर्दयी योद्धा उलाइसेस के हाथों को चूमा, जो अब भी दयाशून्य शांति से कहता जान पड़ता था–"हेक्युबा, धैर्य से काम लो। जिस विपत्ति का निवारण नहीं हो सकता, उसके सामने सिर झुकाओ। हमारे देश में भी कितनी ही माताएं अपने पुत्रों

के लिए रोती रही हैं, जो आज यहां वृक्षों के नीचे मोहनिद्रा में मग्न हैं और हेक्युबा ने, जो पहले एशिया के सबसे समृद्धिशाली राज्य की स्वामिनी थी और इस समय गुलामी की बेड़ियों में जकड़ी हुई थी, नैराश्य से धरती पर सिर पटक दिया।"

छोलदारियों में से एक के सामने का परदा उठा और कुमारी पॉलिक्सेना प्रकट हुई। दर्शकों में एक सनसनी-सी दौड़ गई। उन्होंने थायस को पहचान लिया।

पापनाशी ने उस वेश्या को फिर देखा जिसकी खोज में वह आया था। वह अपने गोरे हाथ से भारी परदे को ऊपर उठाए हुए थी। वह एक विशाल प्रतिमा की भांति स्थिर खड़ी थी। उसके अपूर्व लोचनों से गर्व और आत्मोत्सर्ग झलक रहा था और उसके प्रदीप्त सौंदर्य से समस्त दर्शकवृंद एक निरुपाय लालसा के आवेग से थर्रा उठे!

पापनाशी का चित्त व्यग्र हो उठा। छाती को दोनों हाथों से दबाकर उसने ठंडी सांस ली और बोला—"ईश्वर! तूने एक प्राणी को क्योंकर इतनी शक्ति प्रदान की है?"

डोरियन जरा भी अशांत न हुआ, बोला—"वास्तव में जिन परमाणुओं के एकत्र हो जाने से इस स्त्री की रचना हुई है, उसका संयोग बहुत ही नयनाभिराम है, लेकिन यह केवल प्रकृति की एक क्रीड़ा है और परमाणु जड़वस्तु है। किसी दिन वे स्वाभाविक रीति से विच्छिन्न हो जाएंगे। जिन परमाणुओं से लैला और क्लियोपेट्रा की रचना हुई थी, वे अब कहां हैं? मैं मानता हूं कि स्त्रियां कभी-कभी बहुत रूपवती होती हैं, लेकिन वे भी तो विपत्ति और घृणोत्पादक अवस्थाओं के वशीभूत हो जाती हैं। बुद्धिमानों को यह बात मालूम है, यद्यपि मूर्ख लोग इस पर ध्यान नहीं देते।"

योगी ने भी थायस को देखा, दार्शनिक ने भी। दोनों के मन में भिन्न-भिन्न विचार उत्पन्न हुए। एक ने ईश्वर से फरियाद की, दूसरे ने उदासीनता से तत्त्व का निरूपण किया। इतने में रानी हेक्युबा ने अपनी कन्या को इशारों से समझाया मानो कह रही है—'इस हृदयहीन उलाइसेस पर अपना जादू डाल! अपने रूप-लावण्य, अपने यौवन और अपने अश्रुप्रवाह का आश्रय ले।'

थायस या कुमारी पॉलिक्सेना ने छोलदारी का परदा गिरा दिया, तब उसने एक कदम आगे बढ़ाया, लोगों के दिल हाथ से निकल गए। और जब वह गर्व से तालों पर कदम उठाती हुई उलाइसेस की ओर चली तो दर्शकों को ऐसा मालूम हुआ मानो वह सौंदर्य का केंद्र है। कोई आपे में न रहा। सबकी आंखें उसी ओर लगी हुई थीं। अन्य सभी का रंग उसके सामने फीका पड़ गया, कोई उन्हें देखता भी न था।

उलाइसेस ने मुंह फेर लिया और मुंह चादर में छिपा लिया कि इस दया भिखारिनी के नेत्र-कटाक्ष और प्रेमालिंगन का जादू उस पर न चले। पॉलिक्सेना ने उससे इशारों से कहा—"मुझसे क्यों डरते हो? मैं तुम्हें प्रेमपाश में फंसाने नहीं आई हूं। जो अनिवार्य है, वह होगा। उसके सामने सिर झुकाती हूं। मृत्यु का मुझे भय नहीं है। परायम की लड़की और वीर हेक्टर की बहन, इतनी गई-गुजरी नहीं है कि उसकी शैया, जिसके लिए बड़े-बड़े सम्राट लालायित रहते थे, किसी विदेशी पुरुष का स्वागत करे। मैं किसी की शरणागत नहीं होना चाहती।"

हेक्युबा जो अभी तक भूमि पर अचेत-सी पड़ी थी, सहसा उठी और अपनी प्रिय पुत्री को छाती से लगा लिया। यह उसका अंतिम नैराश्यपूर्ण आलिंगन था। पति-वंचित मातृ-हृदय के लिए संसार में कोई अवलंब न था। पॉलिक्सेना ने धीरे से माता के हाथों से स्वयं को छुड़ा लिया मानो उससे कह रही थी—"माता, धैर्य से काम लो! अपने स्वामी की आत्मा को दुखी मत करो। ऐसा क्यों करती हो कि यह लोग निर्दयता से जमीन पर गिरकर मुझे अलग कर लें?"

थायस का मुखचंद्र इस शोकावस्था में और भी मधुर हो गया था, जैसे मेघ के हल्के आवरण से चंद्रमा। दर्शकवृंद को उसने जीवन के आवेशों और भावों का कितना अपूर्व चित्र दिखाया! इससे सभी मुग्ध थे! आत्म-सम्मान, धैर्य, साहस आदि भावों का ऐसा अलौकिक, ऐसा मुग्धकर दिग्दर्शन कराना थायस का ही काम था। यहां तक कि पापनाशी को भी उस पर दया आ गई। उसने सोचा, यह चमक-दमक अब थोड़े ही दिनों की और मेहमान है, फिर तो यह किसी धर्माश्रम में तपस्या करके अपने पापों का प्रायश्चित्त करेगी।

अभिनय का अंत निकट आ गया। हेक्युबा मूर्च्छित होकर गिर पड़ी और पॉलिक्सेना उलाइसेस के साथ समाधि पर आई। योद्धागण उसे चारों ओर से घेरे हुए थे। जब वह बलिवेदी पर चढ़ी तो एशिलीज के पुत्र ने एक सोने के प्याले में शराब लेकर समाधि पर गिरा दी। मातमी गीत गाए जा रहे थे। जब बलि देने वाले पुजारियों ने उसे पकड़ने के लिए हाथ फैलाया तो उसने संकेत द्वारा बताया कि मैं स्वच्छंद रहकर मरना चाहती हूं, जैसा कि राजकन्याओं का धर्म है, तब अपने वस्त्रों को उतारकर वह वज्र को हृदयस्थल में रखने को तैयार हो गई। पिर्रस ने सिर घुमाकर अपनी तलवार उसके वक्षस्थल में भोंक दी। रुधिर की धारा बह निकली। कोई लाग रखी गई थी। थायस का सिर पीछे की ओर लटक गया, उसकी आंखें तिलमिलाने लगीं और एक क्षण में वह गिर पड़ी।

योद्धागण तो बलि को कफन पहना रहे थे। पुष्पवर्षा की जा रही थी। दर्शकों की आर्त-ध्वनि से हवा गूंज रही थी।

अलंकार ❖ प्रेमचंद

पापनाशी उठ खड़ा हुआ और उच्च स्वर में उसने यह भविष्यवाणी की—"मिथ्यावादियों और प्रेतों के पूजने वालो! यह क्या भ्रम हो गया है! तुमने अभी जो दृश्य देखा है, वह केवल एक रूपक है। उस कथा का आध्यात्मिक अर्थ कुछ और है और यह स्त्री थोड़े ही दिनों में अपनी इच्छा और अनुराग से ईश्वर के चरणों में समर्पित हो जाएगी।"

इसके एक घंटे बाद पापनाशी ने थायस के द्वार पर जंजीर खटखटाई।

थायस उस समय रईसों के मुहल्ले में, सिकंदर की समाधि के निकट रहती थी। उसके विशाल भवन के चारों ओर साएदार वृक्ष थे, जिनमें से एक जलधारा कृत्रिम चट्टानों के बीच से होकर बहती थी। एक बूढ़ी हब्शिन दासी ने जो मुंदरियों से लदी हुई थी, आकर द्वार खोल दिया और पूछा—"क्या आज्ञा है?"

पापनाशी ने कहा—"मैं थायस से भेंट करना चाहता हूं। ईश्वर साक्षी है कि मैं यहां इसी काम के लिए आया हूं।"

वह अमीरों जैसे वस्त्र पहने हुए था और उसकी बातों से रोब टपकता था। अतएव दासी उसे अंदर ले गई और बोली—"थायस परियों के कुंज में विराजमान है।"

थायस ने स्वाधीन, लेकिन निर्धन और मूर्तिपूजक माता-पिता के घर जन्म लिया था। जब वह बहुत छोटी-सी लड़की थी तो उसका बाप एक सराय का भटियारा था। उस सराय में प्रायः मल्लाह बहुत आते थे। बाल्यकाल की अशृंखल, किंतु सजीव स्मृतियां उसके मन में अब भी संचित थीं। उसे अपने बाप की याद आती थी, जो पैर-पर-पैर रखे अंगीठी के सामने बैठा रहता था। वह लंबा, भारी-भरकम और शांत प्रकृति का मनुष्य था। उसे अपनी दुर्बल माता की भी याद आती थी, जो भूखी बिल्ली की भांति घर में चारों ओर चक्कर लगाती रहती थी। सारा घर उसके तीक्ष्ण कंठ-स्वर से गूंजता और उसके उद्दीप्त नेत्रों की ज्योति से चमकता रहता था। पड़ोस वाले कहते थे, यह डायन है, रात को उल्लू बन जाती है और अपने प्रेमियों के पास उड़ जाती है। यह अफीमचियों की गप थी।

थायस अपनी मां से भली-भांति परिचित थी और जानती थी कि वह जादू-टोना नहीं करती। हां, उसे लोभ का रोग था और दिन की कमाई को रात-भर गिनती रहती थी। आलसी पिता और लोभिनी माता थायस के लालन-पालन की ओर विशेष ध्यान न देते थे। वह किसी जंगली पौधे के समान अपनी बाढ़ से बढ़ती जाती थी। वह मतवाले मल्लाहों के कमरबंद से एक-एक करके पैसे निकालने में निपुण हो गई। वह अपने अश्लील वाक्यों और बाजारी गीतों से उनका मनोरंजन करती थी, यद्यपि वह स्वयं उनका आशय न जानती थी।

घर शराब की महक से भरा रहता था। जहां-तहां शराब के चमड़े के पीपे रखे रहते थे और वे मल्लाहों की गोद में बैठती फिरती थी। तब मुंह में शराब का लसका लगाए वह पैसे लेकर घर से निकलती और एक बुढ़िया से गुलगुले लेकर खाती।

नित्यप्रति एक ही अभिनय होता रहता था। मल्लाह अपनी जान-जोखिम से भरी यात्राओं की कथा कहते, चौसर खेलते, देवताओं को गालियां देते और उन्मत्त होकर 'शराब-शराब, सबसे उत्तम शराब!' की रट लगाते। नित्यप्रति रात को मल्लाहों के हुल्लड़ से बालिका की नींद उचट जाती थी। एक-दूसरे को वे घोंघे फेंककर मारते जिससे मांस कट जाता था और भयंकर कोलाहल मचता था। कभी तलवारें भी निकल पड़ती थीं और रक्तपात हो जाता था।

6

अहमद ने शांतिपूर्वक फैसला सुना, दीनता से न्यायाधीश को प्रणाम किया और फिर उसे कारागार में बंद कर दिया गया। उसके जीवन के केवल तीन दिन और शेष थे और तीनों दिन वह कैदियों को उपदेश देता रहा। कहते हैं, उसके उपदेशों का ऐसा असर पड़ा कि सारे कैदी और जेल के कर्मचारी मसीह की शरण में आ गए। यह उसके अविचल धर्मानुराग का फल था।

चौथे दिन वह उसी स्थान पर पहुंचाया गया, जहां से दो साल पहले थायस को गोद में लिये वह बड़े आनंद से निकला था। जब उसके हाथ सलीब पर ठोंक दिए गए, तो उसने 'उफ' तक न किया और एक भी अपशब्द उसके मुंह से न निकला! अंत में वह बोला–"मैं प्यासा हूं!"

तीन दिन और तीन रात उसे असह्य प्राणपीड़ा भोगनी पड़ी। मानव शरीर इतना दुस्सह अंग-विच्छेद सह सकता है, असंभव-सा प्रतीत होता था।

थायस को यह याद करके बहुत दुःख होता था कि बाल्यावस्था में यदि किसी को मुझसे स्नेह था तो वह सरल, सहृदय अहमद था। अहमद इस घर का हब्शी गुलाम था, तवे से भी ज्यादा काला, लेकिन बड़ा सज्जन, बहुत नेक, जैसे रात की मीठी नींद। वह

बहुधा थायस को घुटनों पर बैठा लेता और पुराने जमाने के तहखानों की अद्भुत कहानियां सुनाता, जो धन-लोलुप राजे-महाराजे बनवाते थे और बनवाकर शिल्पियों और कारीगरों का वध कर डालते थे कि किसी को बता न दें। कभी-कभी ऐसे चतुर चोरों की कहानियां सुनाता जिन्होंने राजाओं की कन्या से विवाह किया और मीनार बनवाए।

बालिका थायस के लिए अहमद बाप भी था, मां भी था, दाई था और कुत्ता भी था। वह अहमद के पीछे-पीछे फिरा करती; जहां वह जाता, परछाईं की तरह साथ लगी रहती। अहमद भी उस पर जान देता था। बहुत रात को अपने पुआल के गद्दे पर सोने के बदले बैठा हुआ वह उसके लिए कागज के गुब्बारे और नौकाएं बनाया करता।

अहमद के साथ उसके स्वामियों ने घोर निर्दयता का बर्ताव किया था। एक कान कटा हुआ था और देह पर कोड़ों के दाग-ही-दाग थे, किंतु उसके मुख पर नित्य सुखमय शांति खेला करती थी। यह कोई उससे न पूछता था कि इस आत्मा की शांति और हृदय के संतोष का स्रोत कहां था। वह बालक की तरह भोला था। काम करते-करते थक जाता तो अपने भद्दे स्वर में धार्मिक भजन गाने लगता जिन्हें सुनकर बालिका कांप उठती और वही बातें स्वप्न में भी देखती।

"हमसे बात कर मेरी बेटी, तू कहां गई थी और क्या देखा था?"

"मैंने कफन और सफेद कपड़े देखे। स्वर्गदूत कब्र पर बैठे हुए थे और मैंने प्रभु मसीह की ज्योति देखी।"

कुछ क्षण बाद थायस उससे पूछती–"दादा, तुम कब्र में बैठे हुए दूतों का भजन क्यों गाते हो?"

अहमद जवाब देता–"मेरी आंखों की नन्ही पुतली, मैं स्वर्गदूतों के भजन इसलिए गाता हूं कि हमारे प्रभु मसीह स्वर्गलोक को उड़ गए हैं।"

अहमद ईसाई था। उसकी यथोचित रीति से दीक्षा हो चुकी थी और ईसाइयों के समाज में उसका नाम भी थियोडोर प्रसिद्ध था। वह रातों को छिपकर अपने सोने के समय में उनकी संगीत-सभाओं में शामिल हुआ करता था।

उस समय ईसाई धर्म पर विपत्ति की घटाएं छाई हुई थीं। रूस के बादशाह की आज्ञा से ईसाइयों के गिरजे खोदकर फेंक दिए गए थे, पवित्र पुस्तकें जला डाली गई थीं और पूजा की सामग्रियां लूट ली गई थीं। ईसाइयों के सम्मानपद छीन लिए गए थे और चारों ओर उन्हें मौत-ही-मौत दिखाई देती थी। सिकंद्रिया में रहने वाले समस्त ईसाई समाज के लोग संकट में थे। जिसके विषय में ईसावलंबी होने का जरा भी संदेह होता, उसे तुरंत कैद में डाल दिया जाता था।

सभी देशों में इन खबरों से हाहाकार मचा हुआ था कि स्याम, अरब, ईरान आदि स्थानों में ईसाई बिशपों और व्रतधारिणी कुमारियों को कोड़े मारे गए, सूली पर चढ़ा दिया गया और जंगल के जानवरों के सामने डाल दिया गया। इस दारुण विपत्ति के समय जब ऐसा निश्चय हो रहा था कि ईसाइयों का नाम-निशान भी न रहेगा; एंथोनी ने अपने एकांतवास से निकलकर मानो मुरझाए हुए धान में पानी डाल दिया। एंथोनी मिस्त्रनिवासी ईसाइयों का नेता, विद्वान, सिद्धपुरुष था, जिसके अलौकिक कृत्यों की खबरें दूर-दूर तक फैली हुई थीं। वह आत्मज्ञानी और तपस्वी था। उसने समस्त देश में भ्रमण करके ईसाई संप्रदाय मात्र को श्रद्धा और धर्मोत्साह से प्लावित कर दिया। विधर्मियों से गुप्त रहकर वह एक समय में ईसाइयों की समस्त सभाओं में पहुंच जाता था और सभी में उस शक्ति और विचारशीलता का संचार कर देता था, जो उसके रोम-रोम में व्याप्त थी। गुलामों के साथ असाधारण कठोरता का व्यवहार किया गया था। इससे भयभीत होकर कितने ही धर्मविमुख हो गए और अधिकांश जंगल की ओर भाग गए। वहां या तो वे साधु हो जाएंगे या डाके डालकर निर्वाह करेंगे, लेकिन अहमद पूर्ववत् इन सभाओं में सम्मिलित होता, कैदियों से भेंट करता, आहत पुरुषों की सेवा व उपचार करता और मृतकों का क्रियाकर्म करता तथा निर्भय होकर ईसाई धर्म की घोषणा करता था। प्रतिभाशाली एंथोनी अहमद की यह दृढ़ता और निश्चलता देखकर इतना प्रसन्न हुआ कि चलते समय उसे छाती से लगा लिया और बड़े प्रेम से आशीर्वाद दिया।

जब थायस सात वर्ष की हुई तो अहमद ने उससे ईश्वर-चर्चा करनी शुरू की। उसकी कथा सत्य और असत्य का विचित्र मिश्रण लेकिन बाल्यहृदय के अनुकूल थी।

ईश्वर फिरऊन की भांति स्वर्ग में, अपने हरम के खेमों और अपने बाग के वृक्षों की छांह में रहता है। वह बहुत प्राचीन काल से वहां रहता है और दुनिया से भी पुराना है। उसके केवल एक ही बेटा है, जिसका नाम प्रभु ईसू है। वह स्वर्ग के दूतों और रमणी युवतियों से भी सुंदर है। ईश्वर उसे हृदय से प्यार करता है। उसने एक दिन प्रभु मसीह से कहा–'मेरे भवन और हरम, मेरे खजूर के वृक्षों और मीठे पानी की नदियों को छोड़कर पृथ्वी पर जाओ और दीन-दुःखी प्राणियों का कल्याण करो! वहां तुझे छोटे बालक की भांति रहना होगा। वहां दुःख ही तेरा भोजन होगा और तुझे इतना रोना होगा कि आंसुओं से नदियां बह निकलें, जिनमें दीन-दुःखी जन नहाकर अपनी थकन को भूल जाएं। जाओ प्यारे पुत्र!'

प्रभु मसीह ने अपने पूज्य पिता की आज्ञा मान ली और आकर बेथलेहम नगर में अवतार लिया। वे खेतों और जंगलों में फिरते थे और अपने साथियों से कहते थे–'मुबारक हैं वे लोग, जो भूखे रहते हैं, क्योंकि मैं उन्हें अपने पिता

की मेज पर खाना खिलाऊंगा। मुबारक हैं वे लोग, जो प्यासे रहते हैं, क्योंकि वे स्वर्ग की निर्मल नदियों का जल पिएंगे और मुबारक हैं वे, जो रोते हैं, क्योंकि मैं अपने दामन से उनके आंसू पोंछूंगा।'

यही कारण है कि दीन-हीन प्राणी उन्हें प्यार करते हैं और उन पर विश्वास करते हैं, लेकिन धनी लोग उनसे डरते हैं कि कहीं यह गरीबों को उनसे ज्यादा धनी न बना दें। उस समय क्लियोपेट्रा और सीजर पृथ्वी पर सबसे बलवान थे। वे दोनों ही मसीह से जलते थे, इसीलिए पुजारियों और न्यायाधीशों को हुक्म दिया कि प्रभु मसीह को मार डालो। उनकी आज्ञा से लोगों ने एक सलीब खड़ी की और प्रभु को सूली पर चढ़ा दिया, किंतु प्रभु मसीह ने कब्र के द्वार को तोड़ डाला और फिर अपने पिता ईश्वर के पास चले गए।

उसी समय से प्रभु मसीह के भक्त स्वर्ग जाते हैं। ईश्वर प्रेम से उनका स्वागत करता है और उनसे कहता है–'आओ, मैं तुम्हारा स्वागत करता हूं, क्योंकि तुम मेरे बेटे को प्यार करते हो। हाथ धोकर मेज पर बैठ जाओ।' तब स्वर्ग की अप्सराएं गाती हैं और जब तक मेहमान लोग भोजन करते हैं, नाच होता रहता है। उन्हें ईश्वर अपनी आंखों की ज्योति से अधिक प्यार करता है, क्योंकि वे उसके मेहमान होते हैं और उनके विश्राम के लिए अपने भवन के गलीचे और उनके स्वाद के लिए अपने बाग का अनार प्रदान करता है।

अहमद इस प्रकार थायस से ईश्वर-चर्चा करता था। वह विस्मित होकर कहती थी–"मुझे ईश्वर के बाग के अनार मिलें तो खूब खाऊं।"

अहमद कहता था–"स्वर्ग के फल वही प्राणी खा सकते हैं, जो बपतिस्मा ले लेते हैं।"

तब थायस ने बपतिस्मा लेने की आकांक्षा प्रकट की। प्रभु मसीह में उसकी भक्ति देखकर अहमद ने उसे और भी धर्मकथाएं सुनानी शुरू कीं।

इस प्रकार एक वर्ष बीत गया। ईस्टर का शुभ सप्ताह आया और ईसाइयों ने धर्मोत्सव मनाने की तैयारी की। इसी सप्ताह एक रात को थायस नींद से चौंकी तो देखा कि अहमद उसे गोद में उठा रहा है। उसकी आंखों में इस समय अद्भुत चमक थी। वह और दिनों की भांति फटे हुए पाजामे नहीं, बल्कि एक श्वेत लंबा ढीला चोगा पहने हुए था। उसके थायस को उसी चोगे में छिपा लिया और उसके कान में बोला–"आ, मेरी आंखों की पुतली, आ! और बपतिस्मा के पवित्र वस्त्र धारण कर।"

वह लड़की को छाती से लगाए हुए चला। थायस कुछ डरी, किंतु उत्सुक भी थी। उसने सिर चोगे से बाहर निकाल लिया और अपने दोनों हाथ अहमद की

गरदन में डाल दिए। अहमद उसे लिए वेग से दौड़ा चला जाता था। वह एक तंग अंधेरी गली से होकर गुजरा; तब यहूदियों के मुहल्ले को पार किया, फिर एक कब्रिस्तान के गिर्द घूमते हुए खुले मैदान में पहुंचा, जहां ईसाई धर्मावलंबियों की लाशें सलीबों पर लटकी हुई थीं।

थायस ने अपना सिर चोगे में छिपा लिया और फिर रास्ते-भर उसे मुंह बाहर निकालने का साहस न हुआ। उसे शीघ्र ज्ञात हो गया कि हम लोग किसी तहखाने में चले जा रहे हैं। जब उसने फिर आंखें खोलीं तो स्वयं को एक तंग खोह में पाया। राल की मशालें जल रही थीं। खोह की दीवारों पर ईसाई सिद्ध महात्माओं के चित्र बने हुए थे, जो मशालों के अस्थिर प्रकाश में चलते-फिरते, सजीव मालूम होते थे। उनके हाथों में खजूर की डालें थीं और उनके इर्द-गिर्द मेमने, कबूतर, फाख्ते और अंगूर की बेलें चित्रित थीं। इन्हीं चित्रों में थायस ने ईसू को पहचाना, जिसके पैरों के पास फूलों का ढेर लगा हुआ था।

खोह के मध्य में एक पत्थर के जलकुंड के पास एक वृद्ध पुरुष लाल रंग का ढीला कुरता पहने खड़ा था। यद्यपि उसके वस्त्र बहुमूल्य थे, पर वह अत्यंत दीन और सरल जान पड़ता था। उसका नाम बिशप जीवन था, जिसे बादशाह ने देश से निकाल दिया था। अब वह भेड़ की ऊन कातकर अपना निर्वाह करता था। उसके समीप दो लड़के खड़े थे। निकट ही एक बूढ़ी हब्शिन एक छोटा-सा सफेद कपड़ा लिये खड़ी थी।

अहमद ने थायस को जमीन पर बैठा दिया और बिशप के सामने घुटनों के बल बैठकर बोला—"पूज्य पिता, यही वह छोटी लड़की है जिसे मैं प्राणों से भी अधिक चाहता हूं। मैं उसे आपकी सेवा में लाया हूं कि आप अपने वचनानुसार, यदि इच्छा हो तो, उसे बपतिस्मा प्रदान कीजिए।" यह सुनकर बिशप ने हाथ फैलाया। उनकी उंगलियों के नाखून उखाड़ लिये गए थे, क्योंकि आपत्ति के दिनों में वह राजाज्ञा की परवाह न करके अपने धर्म पर दृढ़ रहे थे।

थायस डर गई और अहमद की गोद में छिप गई, किंतु बिशप के इन स्नेहमय शब्दों ने उस आश्वस्त कर दिया—"प्रिय पुत्री, डरो मत। अहमद तेरा धर्मपिता है जिसे हम लोग थियोडोर कहते हैं और यह वृद्धा स्त्री तेरी माता है जिसने अपने हाथों से तेरे लिए एक सफेद वस्त्र तैयार किया। इसका नाम नीतिदा है। यह इस जन्म में गुलाम है; पर स्वर्ग में यह प्रभु मसीह की प्रेयसी बनेगी।"

उसने फिर थायस से पूछा—"थायस, क्या तू ईश्वर पर, जो हम सभी का परमपिता है, उसके इकलौते पुत्र प्रभु मसीह पर जिसने हमारी मुक्ति के लिए प्राण अर्पण किए और मसीह के शिष्यों पर विश्वास करती है?"

हब्शी और हब्शिन ने एक स्वर से कहा—"हां।"

बिशप के आदेश से तब नीतिदा ने थायस के कपड़े उतारे। वह नग्न हो गई। उसके गले में केवल एक यंत्र था। बिशप ने उसे तीन बार जलकुंड में गोता दिया और तब नीतिदा ने देह का पानी पोंछकर अपना सफेद वस्त्र पहना दिया। इस प्रकार वह बालिका ईसा की शरण में आई, जो कितनी परीक्षाओं और प्रलोभनों के बाद अमर जीवन प्राप्त करने वाली थी।

जब यह संस्कार समाप्त हो गया और सब लोग खोह से बाहर निकले तो अहमद ने बिशप से कहा—"पूज्य पिता, हमें आज आनंद मनाना चाहिए; क्योंकि हमने एक आत्मा को प्रभु मसीह के चरणों पर समर्पित किया। आज्ञा हो तो हम आपके शुभ स्थान पर चलें और शेष रात्रि उत्सव मनाने में काटें।"

बिशप ने प्रसन्नता से इस प्रस्ताव को स्वीकार किया। लोग बिशप के घर आए। इसमें केवल एक कमरा था। दो चरखे रखे हुए थे और एक फटी हुई दरी बिछी थी। जब ये लोग अंदर पहुंचे तो बिशप ने नीतिदा से कहा—"चूल्हा और तेल की बोतल लाओ—भोजन बनाएं।"

यह कहकर उसने कुछ मछलियां निकालीं, उन्हें तेल में भूना, तब सबके-सब फर्श पर बैठकर भोजन करने लगे। बिशप ने अपनी यंत्रणाओं का वृत्तांत कहा और ईसाइयों की विजय पर विश्वास प्रकट किया। उसकी भाषा बहुत ही पेचदार, अलंकृत और उलझी हुई थी। तत्त्व कम, शब्दाडंबर बहुत था।

थायस मंत्रमुग्ध-सी बैठी सुनती रही।

भोजन समाप्त हो जाने पर बिशप ने मेहमानों को थोड़ी-सी शराब पिलाई। नशा चढ़ा तो वे बहक-बहककर बातें करने लगे। एक क्षण के बाद अहमद और नीतिदा ने नाचना शुरू किया। यह प्रेतनृत्य था। दोनों हाथ हिला-हिलाकर कभी एक-दूसरे की तरफ लपकते, कभी दूर हट जाते। जब सेवा होने में थोड़ी देर रह गई तो अहमद ने थायस को फिर गोद में उठाया और घर चला आया।

अन्य बालकों की भांति थायस भी आमोदप्रिय थी। दिन-भर वह गलियों में बालकों के साथ नाचती-गाती रहती थी। रात को घर आती, तब भी वे गीत गाया करती, जिनका सिर-पैर कुछ न होता।

अब उसे अहमद जैसे शांत, सीधे-सीधे आदमी की अपेक्षा लड़के-लड़कियों की संगति अधिक रुचिकर मालूम होती! अहमद भी उसके साथ कम दिखाई देता। ईसाइयों पर अब बादशाह की क्रूर दृष्टि न थी, इसलिए वह अबाध रूप से धर्म सभाएं करने लगे थे। धर्मनिष्ठ अहमद इन सभाओं में सम्मिलित होने से कभी न चूकता। उसका धर्मोत्साह दिनोंदिन बढ़ने लगा। कभी-कभी वह बाजार में ईसाइयों को

अलंकार ❖ प्रेमचंद

जमा करके उन्हें आने वाले सुखों की शुभ सूचना देता। उसकी सूरत देखते ही शहर के भिखारी, मजदूर, गुलाम, जिनका कोई आश्रय न था, जो रातों में सड़क पर सोते थे, एकत्र हो जाते और वह उनसे कहता—"गुलामों के मुक्त होने का समय निकट हैं, न्याय जल्द आने वाला है, धन के मतवाले चैन की नींद न सो सकेंगे। ईश्वर के राज्य में गुलामों को ताजा शराब और स्वादिष्ट फल खाने को मिलेंगे और धनी लोग कुत्ते की भांति दुबके हुए मेज के नीचे बैठे रहेंगे और उनकी जूठन खाएंगे।"

यह शुभ संदेश शहर के कोने-कोने में गूंजने लगता और धनी स्वामियों को शंका होती कि कहीं उनके गुलाम उत्तेजित होकर बगावत न कर बैठें। थायस का पिता भी उससे जला करता था। वह कुत्सित भावों को गुप्त रखता।

एक दिन चांदी का एक नमकदान जो देवताओं के यज्ञ के लिए अलग रखा हुआ था, चोरी हो गया। अहमद ही अपराधी ठहराया गया। अवश्य अपने स्वामी को हानि पहुंचाने और देवताओं का अपमान करने के लिए उसने यह अधर्म किया है! चोरी को साबित करने के लिए कोई प्रमाण न था और अहमद पुकार-पुकारकर कहता था—'मुझ पर व्यर्थ ही यह दोषारोपण किया जाता है।' तिस पर भी वह अदालत में खड़ा किया गया।

थायस के पिता ने कहा—"यह कभी मन लगाकर काम नहीं करता।"

न्यायाधीश ने उसे प्राणदंड का हुक्म दे दिया। जब अहमद अदालत से चलने लगा तो न्यायाधीश ने कहा—"तुमने अपने हाथों से अच्छी तरह काम नहीं लिया, इसलिए अब यह सलीब में ठोंक दिए जाएंगे!"

अहमद ने शांतिपूर्वक फैसला सुना, दीनता से न्यायाधीश को प्रणाम किया और फिर उसे कारागार में बंद कर दिया गया। उसके जीवन के केवल तीन दिन और शेष थे और तीनों दिन वह कैदियों को उपदेश देता रहा। कहते हैं, उसके उपदेशों का ऐसा असर पड़ा कि सारे कैदी और जेल के कर्मचारी मसीह की शरण में आ गए। यह उसके अविचल धर्मानुराग का फल था।

चौथे दिन वह उसी स्थान पर पहुंचाया गया, जहां से दो साल पहले थायस को गोद में लिये वह बड़े आनंद से निकला था। जब उसके हाथ सलीब पर ठोंक दिए गए, तो उसने 'उफ' तक न किया और एक भी अपशब्द उसके मुंह से न निकला! अंत में वह बोला—"मैं प्यासा हूं!"

तीन दिन और तीन रात उसे असह्य प्राणपीड़ा भोगनी पड़ी। मानव शरीर इतना दुस्सह अंग-विच्छेद सह सकता है, असंभव-सा प्रतीत होता था। बार-बार लोगों को ख्याल होता था कि वह मर गया। मक्खियां आंखों पर जमा हो जातीं, किंतु सहसा उसके रक्तवर्ण नेत्र खुल जाते थे।

चौथे दिन प्रातःकाल उसने बालकों जैसे सरल और मृदु स्वर में गाना शुरू किया–'मरियम, बता तू कहां गई थी और वहां क्या देखा?' तब उसने मुस्कराकर कहा–'वह स्वर्ग के दूत तुझे लेने आ रहे हैं। उनका मुख कितना तेजस्वी है। वह अपने साथ फल और शराब लिये आते हैं। उनके परों से कैसी निर्मल, सुखद वायु चल रही है।'

और यह कहते-कहते उसका प्राणांत हो गया।

मरने पर भी उसका मुखमंडल आत्मोल्लास से उद्दीप्त हो रहा था। यहां तक कि वे सिपाही भी जो सलीब की रक्षा कर रहे थे, विस्मित हो गए। बिशप जीवन ने आकर शव का मृतक संस्कार किया और ईसाई समुदाय ने महात्मा थियोडोर की कीर्ति को परम उज्ज्वल अक्षरों में अंकित किया।

7

थायस अब पूरा दिन अकेले बिछावन पर पड़ी, तकिए में मुंह छिपाए रोया करती। लोलस कई बार किसी-न-किसी युक्ति से उसके पास पहुंचा, पर उसका प्रेमाग्रह, रोना-धोना, एक भी उसे न पिघला सका। उसके सामने वह ताक न सकती, केवल यही कहती–"नहीं, नहीं।"

एक पक्ष के बाद थायस की जिद जाती रही। उसे ज्ञात हुआ कि मैं लोलस के प्रेमपाश में फंस गई हूं। वह उसके घर गई और उसके साथ रहने लगी। अब उनके आनंद की सीमा न थी। दिन-भर एक-दूसरे से आंखें मिलाए बैठे प्रेमालाप किया करते। संध्या को नदी के नीरव निर्जन तट पर हाथ-में-हाथ डाले टहलते। कभी-कभी अरुणोदय के समय उठकर पहाड़ियों पर संबुल के फूल बटोरने चले जाते। उनकी थाली एक थी। प्याला एक था, मेज एक थी। लोलस उसके मुंह के अंगूर निकालकर अपने मुंह में डालकर खा जाता।

अहमद के प्राणदंड के समय थायस का ग्यारहवां वर्ष पूरा हो चुका था। इस घटना से उसके हृदय को गहरा सदमा पहुंचा। उसकी आत्मा अभी इतनी पवित्र न थी कि वह अहमद की मृत्यु को उसके जीवन के समान ही मुबारक समझती, उसकी मृत्यु को उद्धार समझकर प्रसन्न होती। उसके अबोध मन में यह भ्रांत बीज

उत्पन्न हुआ कि इस संसार में वही प्राणी दया-धर्म का पालन कर सकता है, जो कठिन-से-कठिन यातनाएं सहने के लिए तैयार रहे। यहां सज्जनता का दंड अवश्य मिलता है। उसे सत्कर्म से भय होता था कि कहीं मेरी भी यही दशा न हो। उसका कोमल शरीर पीड़ा सहने में असमर्थ था।

वह छोटी ही उम्र में बादशाह के युवकों के साथ क्रीड़ा करने लगी। संध्या समय वह बूढ़े आदमियों के पीछे लग जाती और उनसे कुछ-न-कुछ ले मरती थी। इस भांति जो कुछ मिलता, उससे मिठाइयां और खिलौने मोल लेती, पर उसकी लोभिनी माता चाहती थी कि वह जो कुछ पाए, मुझे दे। थायस इसे न मानती थी, इसलिए उसकी माता उसे मारा-पीटा करती थी। माता की मार से बचने के लिए वह बहुधा घर से भाग जाती और शहरपनाह की दीवार की दरारों में वन्य-जंतुओं के साथ छिपी रहती।

एक दिन उसकी माता ने इतनी निर्दयता से उसे पीटा कि वह घर से भागी और शहर के फाटक के पास चुपचाप पड़ी सिसक रही थी कि एक बुढ़िया उसके सामने जाकर खड़ी हो गई। वह थोड़ी देर तक मुग्ध भाव से उसकी ओर ताकती रही और फिर बोली–"ओ मेरी गुलाब, मेरी गुलाब, मेरी फूल-सी बच्ची! धन्य है तेरा पिता जिसने तुझे पैदा किया और धन्य है तेरी माता जिसने तुझे पाला।"

थायस चुपचाप बैठी जमीन की ओर देखती रही। उसकी आंखें लाल थीं, वह रो रही थी।

बुढ़िया ने फिर कहा–"मेरी आंखों की पुतली, मुन्नी! क्या तेरी माता तुझ जैसी देवकन्या को पाल-पोसकर आनंद से फूल नहीं जाती और तेरा पिता तुझे देखकर गौरव से उन्मत्त नहीं हो जाता?"

थायस ने इस तरह भुनभुनाकर उत्तर दिया मानो मन ही में कह रही है–मेरा बाप शराब से फूला हुआ पीपा है और माता रक्त चूसने वाली जोंक है।

बुढ़िया ने दाएं-बाएं देखा कि कोई सुन तो नहीं रहा है, तब निस्संक होकर अत्यंत मृदु कंठ से बोली–"अरे मेरी प्यारी आंखों की ज्योति, ओ मेरी खिली हुई गुलाब की कली, मेरे साथ चलो। क्यों इतना कष्ट सहती हो? ऐसे मां-बाप को झाड़ू मारो। मेरे यहां तुम्हें नाचने और हंसने के सिवाय और कुछ न करना पड़ेगा। मैं तुम्हें शहद के रसगुल्ले खिलाऊंगी और मेरा बेटा तुम्हें आंखों की पुतली बनाकर रखेगा। वह बड़ा सुंदर, सजीला जवान है, उसकी दाढ़ी पर अभी बाल भी नहीं निकले। वह गोरे रंग का कोमल स्वभाव का प्यारा लड़का है।"

थायस ने कहा–"मैं शौक से तुम्हारे साथ चलूंगी।" वह उठकर बुढ़िया के पीछे शहर से बाहर चली गई।

अलंकार ❖ प्रेमचंद

बुढ़िया का नाम मीरा था। उसके पास कई लड़के-लड़कियों की एक मंडली थी। उन्हें उसने नाचना, गाना, नकलें करना सिखाया था। इस मंडली को लेकर वह नगर-नगर घूमती थी और अमीरों के जलसों में उनका नाच-गाना कराके अच्छा पुरस्कार लिया करती थी। उसकी चतुर आंखों ने देख लिया कि यह कोई साधारण लड़की नहीं है। उसका उठान कहे देता था कि आगे चलकर वह अत्यंत रूपवती रमणी होगी। उसने उसे कोड़े मारकर संगीत और पिंगल की शिक्षा दी। जब सितार की तालों के साथ उसके पैर न उठते तो वह उसकी कोमल पिंडलियों में चमड़े के तस्मे से मारती।

मीरा का पुत्र जो हिजड़ा था, थायस से द्वेष रखता था, जो उसे स्त्री मात्र से था, पर वह नाचने में, नकल करने में, मनोगत भावों को संकेत, सैन, आकृति द्वारा व्यक्त करने में, प्रेम की घातों को दर्शाने में अत्यंत कुशल था। हिजड़ों में यह गुण प्राय: ईश्वरदत्त होते हैं। उसने थायस को यह विद्या सिखाई, खुशी से नहीं, बल्कि इसलिए कि इस तरकीब से वह जी भरकर थायस को गालियां दे सकता था। जब उसने देखा कि थायस नाचने-गाने में निपुण होती जाती है और रसिक लोग उसके नृत्य-गान से जितने मुग्ध होते हैं, उतना मेरे नृत्य-कौशल से नहीं होते तो उसकी छाती पर सांप लोटने लगा। वह उसके गालों को नोच लेता, उसके हाथ-पैर में चुटकियां काटता, पर उसकी जलन से थायस को लेशमात्र भी दु:ख न होता था। निर्दय व्यवहार का उसे अभ्यास हो गया था।

अंतियोकस उस समय बहुत आबाद शहर था। मीरा जब इस शहर में आई तो उसने रईसों से थायस की खूब प्रशंसा की। थायस का रूप-लावण्य देखकर लोगों ने बड़े चाव से उसे अपनी राग-रंग की मजलिसों में निमंत्रित किया और उसके नृत्य-गान पर मोहित हो गए। शनै: शनै: यही उसका नित्य का काम हो गया। नृत्य-गान समाप्त होने पर वह प्राय: सेठ-साहूकारों के साथ नदी के किनारे, घने कुंजों में विहार करती। उस समय तक उसे प्रेम के मूल्य का ज्ञान न था, जो कोई बुलाता, उसके पास जाती मानो कोई जौहरी का लड़का धनराशि को कौड़ियों की भांति लुटा रहा हो। उसका एक-एक कटाक्ष हृदय को कितना उद्विग्न कर देता है, उसका एक-एक कर स्पर्श कितना रोमांचकारी होता है, यह उसके अज्ञात यौवन को विदित न था।

एक रात उसका मुजरा नगर के सबसे धनी रसिक युवकों के सामने हुआ। जब नृत्य बंद हुआ तो नगर के प्रधान राज्यकर्मचारी का बेटा, जवानी की उमंग और काम-उत्तेजना से विह्वल होकर उसके पास आया और ऐसे मधुर स्वर में बोला जो प्रेमरस में सना हुआ था–"थायस, यह मेरा परम सौभाग्य होता यदि

तेरी अलकों में गुंथी हुई पुष्पमाला या तेरे कोमल शरीर का आभूषण अथवा तेरे चरणों की पादुका मैं होता। यह मेरी परम लालसा है कि पादुका की भांति तेरे सुंदर चरणों से कुचला जाता, मेरा प्रेमालिंगन तेरे सुकोमल शरीर का आभूषण और तेरी अलकराशि का पुष्प होता। सुंदरी रमणी, मैं प्राणों को हाथ में लिये तेरी भेंट करने को उत्सुक हो रहा हूं। मेरे साथ चल और हम दोनों प्रेम में मग्न होकर संसार को भूल जाएं।"

जब तक वह बोलता रहा, थायस उसकी ओर विस्मित होकर ताकती रही। उसे ज्ञात हुआ कि उसका रूप मनोहर है। अकस्मात् उसे अपने माथे पर ठंडा पसीना बहता हुआ जान पड़ा। वह हरी घास की भांति आर्द्र हो गई। उसके सिर में चक्कर आने लगे, आंखों के सामने मेघघटा-सी उठती हुई जान पड़ी।

युवक ने फिर वही प्रेमाकांक्षा प्रकट की, लेकिन थायस ने फिर इनकार किया। उसके आतुर नेत्र, उसकी प्रेम-याचना बस निष्फल हुई और जब उसने अधीर होकर उसे अपनी गोद में ले लिया और बलात् खींच ले जाना चाहा तो उसने निष्ठुरता से उसे हटा दिया। तब वह उसके सामने बैठकर रोने लगा, पर उसके हृदय में एक नवीन, अज्ञात और अलक्षित चेतना उदित हो गई थी। वह अब भी दुराग्रह करती रही।

मेहमानों ने सुना तो बोले–"यह कैसी पगली है? लोलस कुलीन, रूपवान और धनी है–यह नाचने वाली युवती उसका अपमान करती है!"

लोलस घर लौटा तो प्रेममद में मतवाला हो रहा था। प्रातःकाल वह फिर थायस के घर आया, तो उसका मुख विवर्ण और आंखें लाल थीं। उसने थायस के द्वार पर फूलों की माला चढ़ाई, लेकिन थायस भयभीत और अशांत थी। वह लोलस से मुंह छिपाती रहती थी, फिर भी लोलस की स्मृति एक क्षण के लिए भी उसकी आंखों से न उतरती। उसे वेदना होती थी, पर वह इसका कारण न जानती थी। उसे आश्चर्य होता था कि मैं इतनी खिन्न और अन्यमनस्क क्यों हो गई हूं। वह अन्य सब प्रेमियों से दूर भागती थी। उनसे उसे घृणा होती थी। उसे दिन का प्रकाश अच्छा न लगता।

थायस अब पूरा दिन अकेले बिछावन पर पड़ी, तकिए में मुंह छिपाए रोया करती। लोलस कई बार किसी-न-किसी युक्ति से उसके पास पहुंचा, पर उसका प्रेमाग्रह, रोना-धोना, एक भी उसे न पिघला सका। उसके सामने वह ताक न सकती, केवल यही कहती–"नहीं, नहीं।"

एक पक्ष के बाद थायस की जिद जाती रही। उसे ज्ञात हुआ कि मैं लोलस के प्रेमपाश में फंस गई हूं। वह उसके घर गई और उसके साथ रहने लगी। अब

अलंकार ❖ प्रेमचंद

उनके आनंद की सीमा न थी। दिन-भर एक-दूसरे से आंखें मिलाए बैठे प्रेमालाप किया करते। संध्या को नदी के नीरव निर्जन तट पर हाथ-में-हाथ डाले टहलते। कभी-कभी अरुणोदय के समय उठकर पहाड़ियों पर संबुल के फूल बटोरने चले जाते। उनकी थाली एक थी। प्याला एक था, मेज एक थी। लोलस उसके मुंह के अंगूर निकालकर अपने मुंह में डालकर खा जाता।

एक दिन मीरा लोलस के पास आकर रोने-पीटने लगी कि मेरी थायस को छोड़ दो। वह मेरी बेटी है, मेरी आंखों की पुतली! मैंने इसी उदर से उसे निकाल, इस गोद में उसका लालन-पालन किया और अब तू उसे मेरी गोद से छीन लेना चाहता है।

लोलस ने उसे प्रचुर धन देकर विदा किया, लेकिन जब वह धनतृष्णा से लोलुप होकर फिर आई तो लोलस ने उसे कैद करा दिया। न्यायाधिकारियों को ज्ञात हुआ कि वह कुटनी है, भोली लड़कियों को बहका ले जाना ही उसका उद्यम है तो उसे प्राणदंड दे दिया और वह जंगली जानवरों के सामने फेंक दी गई।

लोलस अपनी अखंड, संपूर्ण कामना से थायस को प्यार करता था। उसकी प्रेम कल्पना ने विराट रूप धारण कर लिया था, जिससे उसकी किशोर चेतना सशंक हो जाती थी।

थायस अंत:करण से कहती—"मैंने तुम्हारे सिवाय और किसी से प्रेम नहीं किया।"
लोलस जवाब देता—"तुम संसार में अद्वितीय हो।"
दोनों पर छ: महीने तक यह नशा सवार रहा। अंत में यह टूट गया।

थायस को ऐसा जान पड़ता कि मेरा हृदय शून्य और निर्जन है। वहां से कोई चीज गायब हो गई है। लोलस उसकी दृष्टि में कुछ और मालूम होता था। वह सोचती—'मुझमें सहसा यह अंतर क्यों हो गया? यह क्या बात है कि लोलस अब और मनुष्यों जैसा हो गया है, अपना-सा नहीं रहा? मुझे क्या हो गया है?'

यह दशा उसे असह्य प्रतीत होने लगी। अखंड प्रेम के आस्वादन के बाद अब यह नीरस, शुष्क व्यापार उसकी तृष्णा को तृप्त न कर सका। वह अपने खोए हुए लोलस को किसी अन्य प्राणी में खोजने की गुप्त इच्छा को हृदय में छिपाए हुए, लोलस के पास से चली गई। उसने सोचा—'प्रेम रहने पर भी किसी पुरुष के साथ रहना, उस आदमी के साथ रहने से कहीं सुखकर है जिससे अब प्रेम नहीं रहा।' वह फिर नगर के विषय-भोगियों के साथ उन धर्मोत्सवों में जाने लगी, जहां वस्त्रहीन युवतियां मंदिरों में नृत्य किया करती थीं या जहां वेश्याओं के गोल-के-गोल नदी में तैरा करते थे। वह उस विलासप्रिय और रंगीले नगर के राग-रंग में दिल खोलकर भाग लेने लगी। वह नित्य रंगशालाओं में आती,

जहां चतुर गवैये और नर्तक देश-देशांतरों से आकर अपने करतब दिखाते थे और उत्तेजना के भूखे दर्शकवृंद वाह-वाह की ध्वनि से आसमान सिर पर उठा लेते थे।

थायस गायकों, अभिनेताओं, विशेषत: उन स्त्रियों के चाल-ढाल को बड़े ध्यान से देखा करती थी, जो दु:खांत नाटकों में मनुष्य से प्रेम करने वाली देवियों या देवताओं से प्रेम करने वाली स्त्रियों का अभिनय करती थीं। शीघ्र ही उसे वह लटके मालूम हो गए, जिनके द्वारा वे पात्राएं दर्शकों का मन हर लेती थीं। उसने सोचा, क्या मैं जो उन सभी से रूपवती हूं, ऐसा ही अभिनय करके दर्शकों को प्रसन्न नहीं कर सकती? वह रंगशाला व्यवस्थापक के पास गई और उससे कहा कि मुझे भी इस नाट्यमंडली में सम्मिलित कर लीजिए। उसके सौंदर्य ने उसकी पूर्वशिक्षा के साथ मिलकर उसकी सिफारिश की। व्यवस्थापक ने उसकी प्रार्थना स्वीकार कर ली और वह पहली बार रंगमंच पर आई।

पहले दर्शकों ने उसका बहुत आशाजनक स्वागत न किया। एक तो वह इस काम में अभ्यस्त न थी, दूसरे उसकी प्रशंसा के पुल बांधकर जनता को पहले ही से उत्सुक न बनाया गया था, लेकिन कुछ दिनों तक गौण चरित्रों का पार्ट खेलने के बाद उसके यौवन ने वह हाथ-पांव निकाले कि सारा नगर लोट-पोट हो गया। रंगशाला में कहीं तिल रखने-भर की जगह न बचती। नगर के बड़े-बड़े हाकिम, रईस, अमीर, लोकमत के प्रभाव से रंगशाला में आने पर मजबूर हुए। शहर के चौकीदार, पल्लेदार, मेहतर, घाट के मजदूर, दिन-दिन-भर उपवास करते थे कि अपनी जगह सुरक्षित करा लें। कविजन उसकी प्रशंसा में कवित्त कहते।

लंबी दाढ़ियों वाले विज्ञानशास्त्री व्यायामशालाओं में थायस की निंदा और उपेक्षा करते। जब उसका ताम-झाम सड़क पर से निकलता तो ईसाई पादरी मुंह फेर लेते थे। उसके द्वार की चौखट पुष्प-मालाओं से भरी रहती थी। अपने प्रेमियों से उसे इतना अतुल धन मिलता कि उसे गिनना मुश्किल था। तराजू पर तौल लिया जाता था। कृपण बूढ़ों की संग्रह की हुई समस्त संपत्ति उसके ऊपर कौड़ियों की भांति लुटाई जाती थी, पर उसे गर्व न था, ऐंठ न थी। देवताओं की कृपादृष्टि और जनता की प्रशंसा-ध्वनि से उसके हृदय को गौरवयुक्त आनंद होता था। सबकी प्यारी बनकर वह अपने को प्यार करने लगी थी।

8

थायस परियों के कुंज में शयन कर रही थी। उसने आईने में अपने सौंदर्य की अवनति के प्रथम चिह्न देखे थे। उसे इस विचार से पीड़ा हो रही थी कि झुर्रियों और श्वेत बालों का आक्रमण होने वाला है। उसने इस विचार से स्वयं को आश्वासन देने की विफल चेष्टा की कि मैं जड़ी-बूटियों के हवन करके मंत्रों द्वारा अपने वर्ण की कोमलता को फिर से प्राप्त कर लूंगी। उसके कानों में इन शब्दों की निर्दय ध्वनि आई–"थायस, तू बुढ़िया हो जाएगी!"
भय से थायस के माथे पर ठंडा-ठंडा पसीना आ गया। उसने पुनः अपने आपको संभालकर आईने में देखा और उसे ज्ञात हुआ कि मैं अब भी परम सुंदरी और प्रेयसी बनने के योग्य हूं। उसने पुलकित मन से मुस्कराकर मन में कहा–'आज भी सिकंद्रिया में कोई ऐसी रमणी नहीं है, जो अंगों की चपलता और लचक में मुझसे टक्कर ले सके। मेरी बांहों की शोभा अब भी हृदय को खींच सकती है, यथार्थ में यही प्रेम का पाश है!'

कई वर्ष तक एंटियोकवासियों के प्रेम और प्रशंसा का सुख उठाने के बाद उसके मन में प्रबल उत्कंठा हुई कि सिकंद्रिया चलूं और उस नगर में अपना ठाठ-बाट दिखाऊं, जहां बचपन में मैं

नंगी और भूखी, दरिद्र और दुर्बल, सड़कों पर मारी-मारी फिरती थी और गलियों की खाक छानती थी। सिकंद्रिया आंखें बिछाए उसकी राह देखता था। उसने बड़े हर्ष से उसका स्वागत किया और उस पर मोती बरसाए। वह क्रीड़ाभूमि में आती तो धूम मच जाती। प्रेमियों और विलासियों के मारे उसे सांस न मिलती, पर वह किसी को मुंह न लगाती। जब लोलस उसे न मिला तो उसने उसकी चिंता ही छोड़ दी। उस स्वर्गसुख की अब उसे आशा न थी।

थायस के अन्य प्रेमियों में तत्त्वज्ञानी निसियास भी था, जो विरक्त होने का दावा करने पर भी उसके प्रेम का इच्छुक था। वह धनवान था, पर अन्य धनपतियों की भांति अभिमानी और मंदबुद्धि न था। उसके स्वभाव में विनय और सौहार्द की आभा झलकती थी, किंतु उसका मधुर हास्य और मृदु-कल्पनाएं उसे रिझाने में सफल न होतीं।

थायस को निसियास से प्रेम न था, कभी-कभी उसके सुभाषितों से उसे चिंता होती थी। उसके शंकावाद से उसका चित्त व्यग्र हो जाता था, क्योंकि निसियास की श्रद्धा किसी पर न थी और थायस की श्रद्धा सभी पर थी। वह ईश्वर पर, भूत-प्रेतों पर जादू-टोने पर, यंत्र-मंत्र पर पूरा विश्वास करती थी। उसकी भक्ति प्रभु मसीह पर भी थी, स्याम वालों की पुनीता देवी पर भी उसे विश्वास था कि रात को जब अमुक प्रेत गलियों में निकलता है तो कुत्ते भौंकते हैं। मारण, उच्चाटन, वशीकरण के विधानों पर और शक्ति पर उसे अटल विश्वास था।

थायस का चित्त अज्ञात के लिए उत्सुक रहता था। वह देवताओं की मनौतियां करती थी और सदैव शुभाशाओं में मग्न रहती थी। भविष्य से उसे शंका रहती थी, फिर भी वह उसे जानना चाहती थी। उसके यहां, ओझे, सयाने, तांत्रिक, मंत्र जगाने वाले, हाथ देखने वाले जमा रहते थे। वह उनके हाथों नित्य धोखा खाती, पर सतर्क न होती थी। वह मौत से डरती थी और उससे सतर्क रहती थी। सुख-भोग के समय भी उसे भय होता था कि कोई निर्दय कठोर हाथ उसका गला दबाने के लिए बढ़ा आता है और वह चिल्ला उठती थी।

निसियास कहता था—"प्रिये, एक ही बात है, चाहे हम रुग्ण और जर्जर होकर महारात्रि की गोद में समा जाएं अथवा यहीं बैठे, आनंद-भोग करते, हंसते-खेलते संसार से प्रस्थान कर जाएं। जीवन का उद्देश्य सुख-भोग है। आओ, जीवन की बाहार लूटें। प्रेम से हमारा जीवन सफल हो जाएगा। इंद्रियों द्वारा प्राप्त ज्ञान ही यथार्थ ज्ञान है। इसके सिवाय सब मिथ्या के लिए अपने जीवन-सुख में क्यों बाधा डालें?"

अलंकार ❖ प्रेमचंद

थायस सरोष होकर उत्तर देती—"तुम जैसे मनुष्यों से भगवान बचाए, जिन्हें कोई आशा नहीं, कोई भय नहीं। मैं प्रकाश चाहती हूं, जिससे मेरा अंत:करण चमक उठे।"

जीवन के रहस्य को समझने के लिए थायस ने दर्शन ग्रंथों को पढ़ना शुरू किया, पर वे उसकी समझ में न आए। ज्यों-ज्यों बाल्यावस्था उससे दूर होती जाती थी, त्यों-त्यों उसकी याद उसे विकल करती थी।

थायस को रातों में भेष बदलकर उन सड़कों, गलियों और चौराहों पर घूमना बहुत प्रिय मालूम होता, जहां उसका बचपन इतने दु:ख से कटा था। उसे अपने माता-पिता के मरने का दु:ख होता था, इस कारण और भी कि वह उन्हें प्यार न कर सकी थी।

जब किसी ईसाई पूजक से थायस की भेंट हो जाती तो उसे अपना बपतिस्मा याद आता और उसका चित्त अशांत हो जाता। एक रात को वह एक लंबा लबादा ओढ़े, सुंदर केशों को एक काले टोप से छिपाए, शहर के बाहर विचर रही थी कि सहसा एक गिरजाघर के सामने पहुंच गई। उसे याद आया, मैंने इसे पहले भी देखा है।

कुछ लोग अंदर गा रहे थे और दीवार की दरारों से उज्ज्वल प्रकाश-रेखाएं बाहर झांक रही थीं। इसमें कोई नवीन बात न थी, क्योंकि इधर लगभग बीस वर्षों से ईसाई धर्म में को विघ्न बाधा न थी, ईसाई लोग निरापद रूप से अपने धर्मोत्सव करते थे, लेकिन इन भजनों में इतनी अनुरक्ति, करुण स्वर्ग-ध्वनि थी, जो मर्मस्थल में चुटकियां लेती हुई जान पड़ती थी।

थायस अंत:करण के वशीभूत होकर इस तरह द्वार खोलकर भीतर घुस गई मानो किसी ने उसे बुलाया है। वहां उसे बाल, वृद्ध, नर-नारियों का एक बड़ा समूह एक समाधि के सामने सिजदा करता हुआ दिखाई दिया। यह कब्र केवल पत्थर की एक ताबूत थी, जिस पर अंगूर के गुच्छों और बेलों के आकार बने हुए थे, पर उस पर लोगों की असीम श्रद्धा थी। वह खजूर की टहनियों और गुलाब की पुष्प-मालाओं से की हुई थी।

चारों तरफ दीपक जल रहे थे और उसके मलिन प्रकाश में लोबान, ऊद आदि का धुआं स्वर्गदूतों के वस्त्रों की तहों-सा दिखाई देता था और दीवार के चित्र स्वर्ग के दृश्यों जैसे।

कई श्वेत वस्त्रधारी पादरी कब्र के पैरों पर पेट के बल पड़े हुए थे। उनके भजन दु:ख के आनंद को प्रकट करते थे और अपने शोकोल्लास में दु:ख और सुख, हर्ष और शोक का ऐसा समावेश कर रहे थे कि थायस को उनके सुनने

से जीवन के सुख और मृत्यु के भय, एक साथ ही किसी जलस्रोत की भांति अपनी सचिंत स्नायुओं में बहते हुए जान पड़े।

जब गाना बंद हुआ तो भक्तजन उठे और एक कतार में कब्र के पास जाकर उसे चूमा। ये सामान्य प्राणी थे; जो मजूरी करके निर्वाह करते थे। क्या ही धीरे-धीरे पग उठाते, आंखों में आंसू भरे, सिर झुकाए, वे आगे बढ़ते और बारी-बारी से कब्र की परिक्रमा करते थे। स्त्रियों ने अपने बालकों को गोद में उठाकर कब्र पर उनके होंठ रख दिए।

थायस ने विस्मित और चिंतित होकर एक पादरी से पूछा—"पूज्य पिता, यह कैसा समारोह है?"

पादरी ने उत्तर दिया—"क्या तुम्हें नहीं मालूम कि हम आज संत थियोडोर की जयंती मना रहे हैं? उनका जीवन पवित्र था। उन्होंने स्वयं को धर्म की बलिवेदी पर चढ़ा दिया, इसीलिए हम श्वेत वस्त्र पहनकर उनकी समाधि पर लाल गुलाब के फूल चढ़ाने आए हैं।"

यह सुनते ही थायस घुटनों के बल बैठ गई और जोर से रो पड़ी। अहमद की अर्धविस्मृत स्मृतियां जाग्रत हो गई थीं। उस दीन, दुखी, अभागे प्राणी की कीर्ति कितनी उज्ज्वल है! उसके नाम पर दीपक जलते हैं, गुलाब की लपटें आती हैं, हवन के सुगंधित धुएं उठते हैं, मीठे स्वरों का नाद होता है और पवित्र आत्माएं मस्तक झुकाती हैं।

थायस ने सोचा—'अपने जीवन में वह पुण्यात्मा था, पर अब वह पूज्य और उपास्य हो गया है! वह अन्य प्राणियों की अपेक्षा क्यों इतना श्रद्धास्पद है? वह कौन-सी अज्ञात वस्तु है, जो धन और भोग से भी बहुमूल्य है?

वह आहिस्ता से उठी और उस संत की समाधि की ओर चली जिसने उसे गोद में खिलाया था। उसकी अपूर्व आंखों में भरे हुए अश्रुबिंदु दीपक के आलोक में चमक रहे थे। वह सिर झुकाकर, दीन-भाव से कब्र के पास गई और उस पर अधरों से अपनी हार्दिक श्रद्धा अंकित कर दी–उन्हीं अधरों से जो अगणित तृष्णाओं का क्रीड़ाक्षेत्र थे!

जब वह घर आई तो निसियास को बाल संवारे, वस्त्रों में सुगंध मले, कबा के बंद खोले बैठे देखा। वह उसके इंतजार में समय काटने के लिए एक नीतिग्रंथ पढ़ रहा था। उसे देखते ही वह बांहें खोले उसकी ओर बढ़ा और मृदु हास्य से बोला—"कहां गई थीं चंचला देवी? तुम जानती हो तुम्हारे इंतजार में बैठा हुआ, मैं इस नीतिग्रंथ में क्या पढ़ रहा था?"

"नीति के वाक्य और शुद्धाचरण के उपदेश?"

"कदापि नहीं। ग्रंथ के पन्नों पर अक्षरों की जगह अगणित छोटी-छोटी थायसें नृत्य कर रही थीं। उनमें से एक भी मेरी उंगली से बड़ी न थी, पर उनकी छवि अपार थी और सब एक ही थायस का प्रतिबिंब थीं। कोई तो रत्नजड़ित वस्त्र पहने अकड़ती हुई चलती थी, कोई श्वेत मेघसमूह के सदृश्य स्वच्छ आवरण धारण किए हुए थी; कोई ऐसी भी थीं जिनकी नग्नता हृदय में वासना का संचार करती थी। सबके पीछे दो, एक ही रंग-रूप की थीं। इतनी अनुरूप कि उनमें भेद करना कठिन था। दोनों हाथ-में-हाथ मिलाए हुए थीं, दोनों ही हंसती थीं। पहली कहती थी-मैं प्रेम हूं। दूसरी कहती थी-मैं नृत्य हूं।"

यह कहकर निसियास ने थायस को अपने करपाश में खींच लिया।

थायस की आंखें झुकी हुई थीं। निसियास को यह ज्ञान न हो सका कि उनमें कितना रोष भरा हुआ है।

निसियास इसी भांति सूक्तियों की वर्षा करता रहा, इस बात से बेखबर कि थायस का ध्यान ही इधर नहीं है। वह कह रहा था–"जब मेरी आंखों के सामने यह शब्द आए–अपनी आत्म-शुद्धि के मार्ग में कोई बाधा मत आने दो, तो मैंने पढ़ा 'थायस के अधरस्पर्श अग्नि से दाहक और मधु से मधुर हैं।' इसी भांति एक पंडित दूसरे पंडितों के विचारों को उलट-पलट देता है और यह तुम्हारा ही दोष है। यह सर्वथा सत्य है कि जब तक हम वही हैं जो हैं, तब तक हम दूसरों के विचारों में अपने ही विचारों की झलक देखते रहेंगे।"

वह अब भी इधर मुखातिब न हुई। उसकी आत्मा अभी तक हब्शी की कब्र के सामने झुकी हुई थी। सहसा उसे आह भरते देखकर निसियास ने उसकी गरदन का चुंबन लिया और बोला–"प्रिये, संसार में सुख नहीं है, जब तक हम संसार को भूल न जाएं। आओ, हम संसार से छल करें, छल करके उससे सुख लें–प्रेम में सब कुछ भूल जाएं।"

लेकिन थायस ने उसे पीछे हटा दिया और व्यथित होकर बोली–"तुम प्रेम का मर्म नहीं जानते! तुमने कभी किसी से प्रेम नहीं किया। मैं तुम्हें नहीं चाहती, जरा भी नहीं चाहती। यहां से चले जाओ, मुझे तुमसे घृणा होती है। अभी चले जाओ, मुझे तुम्हारी सूरत से नफरत है। मुझे उन सब प्राणियों से घृणा है, जो धनी है, आनंदभोगी हैं–जाओ, जाओ। दया और प्रेम उन्हीं में है, जो अभागे हैं। जब मैं छोटी थी तो मेरे यहां एक हब्शी था जिसने सलीब पर जान दी। वह सज्जन था, वह जीवन के रहस्यों को जानता था। तुम उसके चरण धोने योग्य भी नहीं हो–चले जाओ। तुम्हारा स्त्रियों जैसा श्रृंगार मुझे एक आंख नहीं भाता, फिर मुझे अपनी सूरत मत दिखाना।"

यह कहते-कहते थायस फर्श पर मुंह के बल गिर पड़ी और उसने सारी रात रोकर काटी। उसने संकल्प किया कि मैं संत थियोडोर की भांति और दरिद्र दशा में जीवन व्यतीत करूंगी।

दूसरे दिन वह फिर उन्हीं वासनाओं में लिप्त हो गई जिनकी उसे चाट पड़ गई थी। वह जानती थी कि उसकी रूप-शोभा अभी पूरे तेज पर है, पर वह स्थायी नहीं, इसीलिए इसके द्वारा जितना सुख और जितनी ख्याति प्राप्त हो सकती थी, उसे प्राप्त करने के लिए वह अधीर हो उठी।

थिएटर में वह पहले की अपेक्षा और देर तक बैठकर पुस्तकावलोकन किया करती। वह कवियों, मूर्तिकारों और चित्रकारों की कल्पनाओं को सजीव बना देती थी–विद्वानों और तत्त्वज्ञानियों को उसकी गति और अंग-विन्यास में उस प्राकृतिक माधुर्य की झलक नजर आती थी, जो समस्त संसार में व्यापक है और उनके विचार में ऐसी अपूर्व शोभा स्वयं एक पवित्र वस्तु थी। दीन, दरिद्र, मूर्ख लोग उसे एक स्वर्गिक पदार्थ समझते थे। कोई किसी रूप में उसकी उपासना करता था, तो कोई किसी रूप में। कोई उसे भोग्य समझता था, कोई स्तुत्य और कोई पूज्य, किंतु इस प्रेम, भक्ति और श्रद्धा की पात्रा होकर भी वह दुःखी थी, मृत्यु की शंका उसे अब और भी अधिक होने लगी। किसी वस्तु से उसकी इस शंका से निवृत्ति न होती। उसका विशाल भवन और उपवन भी, जिनकी शोभा अकथनीय थी और जो समस्त नगर में जनश्रुति बने हुए थे, उसे आश्वस्त करने में असफल थे।

इस उपवन में ईरान और हिंदुस्तान के वृक्ष थे, जिनके लाने और पालने में अपरिमित धन व्यय हुआ था। उनकी सिंचाई के लिए एक निर्मल जलधारा बहाई गई थी। समीप ही एक झील बनी हुई थी, जिसमें एक कुशल कलाकार के हाथों सजाए हुए स्तंभ-चिह्नों और कृत्रिम पहाड़ियों तक तट पर की सुंदर मूर्तियों का प्रतिबिंब दिखाई देता था।

उपवन के मध्य में 'परियों का कुंज' था। यह नाम इसलिए पड़ा था कि उस भवन के द्वार पर तीन पूरे कद की स्त्रियों की मूर्तियां खड़ी थीं। वे सशंक होकर पीछे ताक रही थीं कि कोई देखता न हो। मूर्तिकार ने उनकी चितवनों द्वारा मूर्तियों में जान डाल दी थी।

भवन में जो प्रकाश आता था वह पानी की पतली चादरों से छनकर मद्धिम और रंगीन हो जाता था। दीवारों पर भांति-भांति की झालरें, मालाएं और चित्र लटके हुए थे। बीच में एक हाथीदांत की परम मनोहर मूर्ति थी, जो निसियास ने भेंट की थी।

अलंकार ❖ प्रेमचंद

एक तिपाई पर एक काले पाषाण की बकरी की मूर्ति थी, जिसकी आंखें नीलम की बनी हुई थीं। उसके थनों को घेरे हुए छ: चीनी के बच्चे खड़े थे, लेकिन बकरी अपने फटे हुए खुर उठाकर ऊपर की पहाड़ी पर उचक जाना चाहती थी। फर्श पर ईरानी कालीनें बिछी हुई थीं, मसनदों पर केथे के बने हुए सुनहरे बेल-बूटे थे।

सोने के धूपदान से सुगंधित धुएं उठ रहे थे और बड़े-बड़े चीनी गमलों में फूलों से लदे हुए पौधे सजाए हुए थे। सिरे पर, ऊदी छाया में, एक बड़े हिंदुस्तानी कछुए के सुनहरे नख चमक रहे थे, जो पेट के बल उलट दिया गया था। यही थायस का शयनागार था। इसी कछुए के पेट पर लेटी हुई वह इस सुगंध और सजावट और सुषमा का आनंद उठाती थी, मित्रों से बातचीत करती थी और या तो अभिनयकला का मनन करती थी या बीते हुए दिनों का।

तीसरा पहर था। थायस परियों के कुंज में शयन कर रही थी। उसने आईने में अपने सौंदर्य की अवनति के प्रथम चिह्न देखे थे। उसे इस विचार से पीड़ा हो रही थी कि झुर्रियों और श्वेत बालों का आक्रमण होने वाला है। उसने इस विचार से स्वयं को आश्वासन देने की विफल चेष्टा की कि मैं जड़ी-बूटियों के हवन करके मंत्रों द्वारा अपने वर्ण की कोमलता को फिर से प्राप्त कर लूंगी। उसके कानों में इन शब्दों की निर्दय ध्वनि आई–"थायस, तू बुढ़िया हो जाएगी!"

भय से थायरा के माथे पर ठंडा-ठंडा पसीना आ गया। उसने पुन: अपने आपको संभालकर आईने में देखा और उसे ज्ञात हुआ कि मैं अब भी परम सुंदरी और प्रेयसी बनने के योग्य हूं। उसने पुलकित मन से मुस्कराकर मन में कहा–'आज भी सिकंद्रिया में कोई ऐसी रमणी नहीं है, जो अंगों की चपलता और लचक में मुझसे टक्कर ले सके। मेरी बांहों की शोभा अब भी हृदय को खींच सकती है, यथार्थ में यही प्रेम का पाश है!'

वह इसी विचार में मग्न थी कि उसने एक अपरिचित मनुष्य को अपने सामने आते देखा। उसकी आंखों में ज्वाला थी, दाढ़ी बढ़ी हुई थी और वस्त्र बहुमूल्य थे। उसके हाथ से आईना छूटकर गिर पड़ा और वह भय से चीख उठी।

पापनाशी स्तंभित हो गया। उसका अपूर्व सौंदर्य देखकर उसने शुद्ध अंत:करण से प्रार्थना की–"भगवान, मुझे ऐसी शक्ति दीजिए कि इस स्त्री का मुख मुझे लुब्ध न करे, वरन् तेरे इस दास की प्रतिज्ञा को और भी दृढ़ करे।"

पापनाशी स्वयं को संभालकर बोला–"थायस, मैं एक दूर देश में रहता हूं, तेरे सौंदर्य की प्रशंसा सुनकर यहां आया हूं। मैंने सुना था तुमसे चतुर अभिनेत्री और तुमसे मुग्धकर स्त्री संसार में नहीं है। तुम्हारे प्रेम-रहस्यों और तुम्हारे धन

के विषय में जो कुछ कहा जाता है, वह आश्चर्यजनक है। 'रोडोप' की कथा याद आती है, जिसकी कीर्ति को नील के मांझी नित्य गाया करते हैं, इसलिए मुझे भी तुम्हारे दर्शनों की अभिलाषा हुई और अब मैं देखता हूं कि प्रत्यक्ष सुनी-सुनाई बातों से कहीं बढ़कर है। जितना मशहूर हो, उससे तुम हजार गुना चतुर और मोहिनी हो। वास्तव में तुम्हारे सामने बिना मतवालों की भांति डगमगाए आना असंभव है।"

यह शब्द कृत्रिम थे, किंतु योगी ने पवित्र भक्ति से प्रभावित होकर सच्चे जोश से उनका उच्चारण किया।

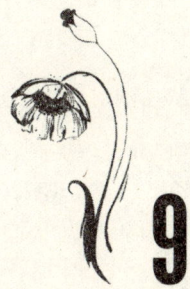

9

पापनाशी ने वारांगना के सुंदर ललाट को अपने होंठों से स्पर्श किया।

इसके बाद वह चुप हो गया कि ईश्वर स्वयं मधुर, सांत्वनाप्रद शब्दों में थायस को अपनी दयालुता का विश्वास दिलाए और 'परियों के रमणीक कुंज' में थायस की सिसकियों के सिवा, जो जलधारा की कल-कल ध्वनि से मिल गई थीं, कुछ और न सुनाई दिया।

वह इसी भांति देर तक रोती रही। अश्रुप्रवाह को रोकने का प्रयत्न उसने न किया। यहां तक कि उसके हब्शी गुलाम सुंदर वस्त्र; फूलों के हार और भांति-भांति के इत्र लिये आ पहुंचे। उसने मुस्कराने की चेष्टा करके कहा—"अरे, रोने का समय बिलकुल नहीं रहा। आंसुओं से आंखें लाल हो जाती हैं और उनमें चित्त को विकल करने वाला पुष्प विकास नहीं रहता, चेहरे का रंग फीका पड़ जाता है, वर्ण की कोमलता नष्ट हो जाती है...।"

थायस ने प्रसन्न होकर उस विचित्र प्राणी की ओर ताका जिससे वह पहले भयभीत हो गई थी। उसके अभद्र और उद्दंड वेश ने उसे विस्मित कर दिया। उसे अब तक जितने मनुष्य मिले थे, यह उन सभी से निराला था। उसके मन में ऐसे अद्भुत

प्राणी का जीवन-वृत्तांत जानने की प्रबल उत्कंठा हुई। उसने उसका मजाक उड़ाते हुए कहा-"महाशय, आप प्रेम-प्रदर्शन में बड़े कुशल मालूम होते हैं। होशियार रहिएगा कि मेरी चितवनें आपके हृदय के पार न हो जाएं। मेरे प्रेम के मैदान में जरा संभलकर कदम रखिएगा।"

पापनाशी बोला-"थायस, मुझे तुमसे अगाध प्रेम है। तुम मुझे जीवन और आत्मा से भी प्रिय हो। तुम्हारे लिए मैंने अपना वन्य-जीवन छोड़ा है, तुम्हारे लिए मेरे होंठों से, जिन्होंने मौनव्रत धारण किया था, अपवित्र शब्द निकले हैं। तुम्हारे लिए मैंने वह देखा, जो न देखना चाहिए था, वह सुना है जो मेरे लिए वर्जित था। तुम्हारे लिए मेरी आत्मा तड़प रही है, मेरा हृदय अधीर हो रहा है और जलस्रोत की भांति विचार की धाराएं प्रवाहित हो रही हैं। तुम्हारे लिए मैं अपने नंगे पैर सर्पों और बिच्छुओं पर रखते हुए भी नहीं हिंचका हूं। अब तुम्हें मालूम हो गया होगा कि मुझे तुमसे कितना प्रेम है, लेकिन मेरा प्रेम उन मनुष्यों जैसा नहीं है, जो वासना की अग्नि से जलते हुए तुम्हारे पास जीवभक्षी व्याघ्रों की और उन्मत्त सांडों की भांति दौड़े आते हैं। उनका वही प्रेम होता है, जो सिंह को मृगशावक से। उनकी पाशविक कामलिप्सा तुम्हारी आत्मा को भी भस्मीभूत कर डालेगी। मेरा प्रेम पवित्र है, अनंत है, स्थायी है। मैं तुमसे ईश्वर के नाम पर, सत्य के नाम पर प्रेम करता हूं। मेरा हृदय पतितोद्धार और ईश्वरीय दया के भाव से परिपूर्ण है। मैं तुम्हें फलों से की हुई शराब की मस्ती से और एक अल्परात्रि के सुखस्वप्न से कहीं उत्तम पदार्थों का वचन देने आया हूं। मैं तुम्हें महाप्रसाद और सुधारसपान का निमंत्रण देने आया हूं। मैं तुम्हें उस आनंद का सुख-संवाद सुनाने आया हूं, जो नित्य, अमर, अखंड है। मृत्युलोक के प्राणी यदि उसे देख लें तो आश्चर्य से भर जाएं।"

थायस ने कुटिल हास्य करके उत्तर दिया-"मित्र, यदि वह ऐसा अद्‌भुत प्रेम है तो तुरंत दिखा दो। एक क्षण भी विलंब न करो। लंबी-लंबी वक्तृताओं से मेरे सौंदर्य का अपमान होगा। मैं आनंद का स्वाद उठाने के लिए रो रही हूं, किंतु जो मेरे दिल की बात पूछो, तो मुझे इस कोरी प्रशंसा के सिवा और कुछ हाथ न आएगा। वादे करना आसान है; उन्हें पूरा करना मुश्किल है। सभी मनष्यों में कोई-न-कोई गुण विशेष होता है। ऐसा मालूम होता है कि तुम वाणी में निपुण हो। तुम एक अज्ञात प्रेम का वचन देते हो। मुझे यह व्यापार करते इतने दिन हो गए और उसका इतना अनुभव हो गया है कि अब उसमें किसी नवीनता की, किसी रहस्य की आशा नहीं रही। इस विषय का ज्ञान प्रेमियों को दार्शनिकों से अधिक होता है।"

"थायस, दिल्लगी की बात नहीं है–मैं तुम्हारे लिए अछूता प्रेम लाया हूं।"

"मित्र, तुम बहुत देर में आए। मैं सभी प्रकार के प्रेमों का स्वाद ले चुकी हूं।"

"मैं जो प्रेम लाया हूं, वह उज्ज्वल है, श्रेय है! तुम्हें जिस प्रेम का अनुभव हुआ है, वह निंद्य और त्याज्य है।"

थायस ने गर्व से गरदन उठाकर कहा–"मित्र, तुम मुंहफट जान पड़ते हो। तुम्हें गृहस्वामिनी के प्रति मुख से ऐसे शब्द निकालने में जरा भी संकोच नहीं होता? मेरी ओर आंख उठाकर देखो और तब बताओ कि मेरा स्वरूप निंदित और पतित प्राणियों ही जैसा है। नहीं, मैं अपने कृत्यों पर लज्जित नहीं हूं। अन्य स्त्रियां भी, जिनका जीवन मेरे ही जैसा है, स्वयं को नीच और पतित नहीं समझतीं, यद्यपि, उनके पास न इतना धन है और न इतना रूप। सुख मेरे पैरों के नीचे आंखें बिछाए रहता है, इसे सारा जगत जानता है। मैं संसार के मुकुटधारियों को पैर की धूलि समझती हूं। उन सभी ने इन्हीं पैरों पर शीश नवाए हैं। आंखें उठाओ। मेरे पैरों की ओर देखो। लाखों प्राणी उनका चुंबन करने के लिए अपने प्राण भेंट कर देंगे। मेरा डील-डौल बहुत बड़ा नहीं है, मेरे लिए पृथ्वी पर बहुत स्थान की जरूरत नहीं। जो लोग मुझे देवमंदिर के शिखर से देखते हैं, उन्हें मैं बालू के कण के समान दिखाई देती हूं, पर इस कण ने मनुष्यों में जितनी ईर्ष्या, जितना द्वेष, जितनी निराशा, जितनी अभिलाषा और जितने पापों का संचार किया है, उनके बोझ से अटल पर्वत भी दब जाएगा। जब मेरी कीर्ति समस्त संसार में प्रसारित हो रही है तो तुम्हारी लज्जा और निद्रा की बात करना पागलपन नहीं तो और क्या है?"

पापनाशी ने अविचलित भाव से उत्तर दिया–"सुंदरी, यह तुम्हारी भूल है। मनुष्य जिस बात की सराहना करते हैं, वह ईश्वर की दृष्टि में पाप है। हमने इतने भिन्न-भिन्न देशों में जन्म लिया है कि यदि हमारी भाषा और विचार अनुरूप न हों तो कोई आश्चर्य की बात नहीं, लेकिन मैं ईश्वर को साक्षी मानकर कहता हूं कि मैं तुम्हारे पास से जाना नहीं चाहता। कौन मेरे मुख में ऐसे आग्नेय शब्दों को प्रेरित करेगा, जो तुम्हें मोम की भांति पिघला दें कि मेरी उंगलियां तुम्हें अपनी इच्छा के अनुसार रूप दे सकें? ओ नारीरत्न! यह कौन-सी शक्ति है, जो तुम्हें मेरे हाथों में सौंप देगी कि मेरे अंत:करण में निहित सद्प्रेरणा तुम्हारा पुनर्संस्कार करके तुम्हें ऐसा नया और परिष्कृत सौंदर्य प्रदान करे कि तुम आनंद से विह्वल होकर पुकार उठो, मेरा फिर से नया संस्कार हुआ? कौन मेरे हृदय में उस सुधास्रोत को प्रवाहित करेगा कि तुम उसमें नहाकर फिर अपनी मौलिक पवित्रता का लाभ कर सको? कौन मुझे मर्दन की निर्मल धारा में परिवर्तित कर देगा जिसकी लहरों का स्पर्श तुम्हें अनंत सौंदर्य से विभूषित कर दे?"

थायस का क्रोध शांत हो गया। उसने सोचा–'यह पुरुष अनंत जीवन के रहस्यों से परिचित है और जो कुछ वह कह सकता है, उसमें ऋषि-वाक्यों जैसी प्रतिभा है। यह अवश्य कोई कीमियागर है और ऐसे गुप्त मंत्र जानता है, जो जीर्णावस्था का निवारण कर सकते हैं।' उसने अपनी देह को उसकी इच्छाओं को समर्पित करने का निश्चय कर लिया।

थायस एक सशंक पक्षी की भांति कई कदम पीछे हट गई और अपने पलंग की पट्टी पर बैठकर उसकी प्रतीक्षा करने लगी। उसकी आंखें झुकी हुई थीं और लंबी पलकों की मलिन छाया कपालों पर पड़ रही थी। ऐसा जान पड़ता था कि कोई बालक नदी के किनारे बैठा हुआ किसी विचार में मग्न है।

पापनाशी केवल उसकी ओर टकटकी लगाए ताकता रहा, अपनी जगह से जौ-भर भी न हिला। उसके घुटने थरथरा रहे थे और मालूम होता था कि वे उसे संभाल न सकेंगे। उसका तालू सूख गया था, कानों में तीव्र भनभनाहट की आवाज आने लगी। अकस्मात् उसकी आंखों के सामने अंधकार छा गया मानो समस्त भवन मेघाच्छादित हो गया है। उसे ऐसा भाषित हुआ कि प्रभु मसीह ने इस स्त्री को छिपाने के निमित्त उसकी आंखों पर परदा डाल दिया है। इस गुप्त करावलंब से आश्वस्त और सशक्त होकर उसने ऐसे गंभीर भाव से कहा, जो किसी वृद्ध तपस्वी के यथायोग्य था–"क्या तुम समझती हो कि तुम्हारा यह आत्म-हनन ईश्वर की निगाहों से छिपा हुआ है?"

थायस ने सिर हिलाकर कहा–"ईश्वर? ईश्वर से कौन कहता है कि सदैव परियों के कुंज पर आंखें जमाए रखे? यदि हमारे काम उसे नहीं भाते तो वह यहां से चला क्यों नहीं जाता? लेकिन हमारे कर्म उसे बुरे लगते ही क्यों हैं? उसी ने हमारी सृष्टि की है। जैसा उसने बनाया है, वैसे ही हम हैं। जैसी वृत्तियां उसने हमें दी हैं, उसी के अनुसार हम आचरण करते हैं! फिर उसे हमसे रुष्ट होने अथवा विस्मित होने का क्या अधिकार है? उसकी तरफ से लोग बहुत-सी मनघड़ंत बातें किया करते हैं और उसे ऐसे-ऐसे विचारों का श्रेय देते हैं, जो उसके मन में कभी न थे। तुम्हें उसके मन की बातें जानने का दावा है। तुम्हें उसके चरित्र का यथार्थ ज्ञान है! तुम कौन हो कि उसके वकील बनकर मुझे ऐसी-ऐसी आशाएं दिलाते हो?"

पापनाशी ने मंगनी के बहुमूल्य वस्त्र उतारकर नीचे का मोटा कुरता दिखाते हुए कहा–"मैं धर्माश्रम का योगी हूं। मेरा नाम पापनाशी है। मैं उसी पवित्र तपोभूमि से आ रहा हूं। ईश्वर की आज्ञा से मैं एकांतसेवन करता हूं। मैंने संसार से और संसार के प्राणियों से मुंह मोड़ लिया था। इस पापमय संसार में निर्लिप्त

रहना ही मेरा उद्दिष्ट मार्ग है, लेकिन तेरी मूर्ति मेरी शांतिकुटीर में आकर मेरे सम्मुख खड़ी हुई और मैंने देखा कि तू पाप और वासना में लिप्त है, मृत्यु तुझे अपना ग्रास बनाने को खड़ी है। मेरी दया जाग्रत हो गई और तेरा उद्धार करने के लिए उपस्थित हुआ हूं। मैं तुझे पुकारकर कहता हूं–थायस, उठ, अब समय नहीं है।"

योगी के ये शब्द सुनकर थायस भय से थर-थर कांपने लगी। उसका मुख श्रीहीन हो गया, वह केश छिटकाए, दोनों हाथ जोड़े रोती और विलाप करती हुई उसके पैरों पर गिर पड़ी और बोली–"महात्माजी, ईश्वर के लिए मुझ पर दया कीजिए। आप यहां क्यों आए हैं? आपकी क्या इच्छा है? मेरा सर्वनाश न कीजिए। मैं जानती हूं कि तपोभूमि के ऋषिगण हम जैसी स्त्रियों से घृणा करते हैं, जिनका जन्म ही दूसरों को प्रसन्न रखने के लिए होता है। मुझे भय हो रहा है कि आप मुझसे घृणा करते हैं और मेरा सर्वनाश करने को उद्यत हैं। कृपया यहां से सिधारिए। मैं आपकी शक्ति और सिद्धि के सामने सिर झुकाती हूं, लेकिन आपका मुझ पर कोप करना उचित नहीं है, क्योंकि मैं अन्य मनुष्यों की भांति आप लोगों की भिक्षावृत्ति और संयम की निंदा नहीं करती। आप भी मेरे भोग-विलास को पाप न समझिए। मैं रूपवती हूं और अभिनय करने में चतुर हूं। मेरा काबू न अपनी दशा पर है और न अपनी प्रकृति पर। मैं जिस काम के योग्य बनाई गई हूं, वही करती हूं। मनुष्यों को मुग्ध करने के निमित्त ही मेरी सृष्टि हुई है। आप भी तो अभी कह रहे थे कि मैं तुम्हें प्यार करता हूं। अपनी सिद्धियों से मेरा अनुपकार न कीजिए। ऐसा मंत्र न चलाइए कि मेरा सौंदर्य नष्ट हो जाए या मैं पत्थर तथा नमक की मूर्ति बन जाऊं। मुझे भयभीत न कीजिए। मेरे तो पहले से ही प्राण सूखे हुए हैं। मुझे मौत का मुंह न दिखाइए–मुझे मौत से बहुत डर लगता है।"

पापनाशी ने उसे उठने का इशारा किया और बोला–"बच्चा, डर मत। तेरे प्रति अपमान या घृणा का शब्द भी मेरे मुंह से न निकलेगा। मैं उस महान पुरुष की ओर से आया हूं, जो पापियों को गले लगाता था, वेश्याओं के घर भोजन करता था, हत्यारों से प्रेम करता था, पतितों को सांत्वना देता था। मैं स्वयं पापमुक्त नहीं हूं कि दूसरों पर पत्थर फेंकूं। मैंने कितनी ही बार उस विभूति का दुरुपयोग किया है, जो ईश्वर ने मुझे प्रदान की है। क्रोध ने मुझे यहां आने पर उत्साहित नहीं किया। मैं दया के वशीभूत होकर आया हूं। मैं निष्कपट भाव से प्रेम के शब्दों में तुझे आश्वासन दे सकता हूं, क्योंकि मेरा पवित्र धर्मस्नेह ही मुझे यहां लाया है। मेरे हृदय में वात्सल्य की अग्नि प्रज्वलित हो रही है और

यदि तेरी आंखें जो विषय के स्थूल, अपवित्र दृश्यों के वशीभूत हो रही हैं, वस्तुओं को उनके आध्यात्मिक रूप में देखतीं तो तुझे विदित होता कि मैं उस जलती हुई झाड़ी का एक पल्लव हूं, जो ईश्वर ने अपने प्रेम का परिचय देने के लिए मूसा को पर्वत पर दिखाई थी—जो समस्त संसार में व्याप्त है और जो वस्तुओं को भस्म कर देने के बदले, जिस वस्तु में प्रवेश करती है, उसे सदा के लिए निर्मल और सुगंधमय बना देती है।"

थायस ने आश्वस्त होकर कहा—"महात्माजी, अब मुझे आप पर विश्वास हो गया है। मुझे आपसे किसी अनिष्ट या अमंगल की आशंका नहीं है। मैंने धर्माश्रम के तपस्वियों की बहुत चर्चा सुनी है। एंटोनी और पॉल के विषय में बड़ी अद्भुत कथाएं सुनने में आई हैं। आपके नाम से भी मैं अपरिचित नहीं हूं और मैंने लोगों को कहते सुना है कि यद्यपि आपकी उम्र अभी कम है, आप धर्मनिष्ठा में उन तपस्वियों से भी श्रेष्ठ हैं जिन्होंने अपना समस्त जीवन ईश्वर आराधना में व्यतीत किया। यद्यपि मेरा अपसे परिचय न था, किंतु आपको देखते ही मैं समझ गई कि आप कोई साधारण पुरुष नहीं हैं। बताइए, आप मुझे वह वस्तु प्रदान कर सकते हैं, जो सारे संसार के सिद्ध और साधु, ओझे और सयाने, कापालिक और वैतालिक नहीं कर सके? आपके पास मौत की दवा है? आप मुझे अमर जीवन दे सकते हैं? यही सांसारिक इच्छाओं का सप्तम स्वर्ग है।"

पापनाशी ने उत्तर दिया—"कामिनी, अमर जीवन लाभ करना प्रत्येक प्राणी की इच्छा के अधीन है। विषय-वासनाओं को त्याग दे, जो तेरी आत्मा का सर्वनाश कर रहे हैं। उस शरीर को पिशाचों के पंजे से छुड़ा ले, जिसे ईश्वर ने अपने मुंह के पानी से साना और अपने श्वास से जिलाया, अन्यथा प्रेत और पिशाच उसे बड़ी क्रूरता से जलाएंगे। नित्य के विलास से तेरे जीवन का स्रोत क्षीण हो गया है। आ और एकांत के पवित्र सागर में उसे फिर प्रवाहित कर दे। आ और मरुभूमि में छिपे हुए सोतों का जल सेवन कर जिनका उफान स्वर्ग तक पहुंचता है। ओ चिंताओं में डूबी हुई आत्मा! आ, अपनी इच्छित वस्तु को प्राप्त कर! ओ आनंद की भूखी स्त्री! आ और सच्चे आनंद का आस्वादन कर। दरिद्रता का, विराग का, त्याग कर, ईश्वर के चरणों में आत्म-समर्पण कर! आ, ओ स्त्री, जो आज प्रभु मसीह की द्रोहिणी है, लेकिन कल उसको प्रेयसी होगी। आ, उसका दर्शन कर, उसे देखते ही तू पुकार उठेगी कि मुझे प्रेमधन मिल गया!"

थायस भविष्यचिंतन में खोई हुई थी, बोली—"महात्मा, अगर मैं जीवन के सुखों को त्याग दूं और कठिन तपस्या करूं तो क्या यह सत्य है कि मैं फिर जन्म लूंगी और मेरे सौंदर्य को आंच न आएगी?"

अलंकार ❖ प्रेमचंद

पापनाशी ने कहा–"थायस, मैं तेरे लिए अनंतजीवन का संदेश लाया हूं। विश्वास कर, मैं जो कुछ कहता हूं, सर्वथा सत्य है।"

थायस–मुझे उसकी सत्यता पर विश्वास क्योंकर आए?

पापनाशी–दाऊद और अन्य नबी उसकी साक्षी देंगे, तुझे अलौकिक दृश्य दिखाई देंगे, वे इसका समर्थन करेंगे।"

थायस–योगीजी, आपकी बातों से मुझे बहुत संतोष हो रहा है, क्योंकि वास्तव में मुझे इस संसार में सुख नहीं मिला। मैं किसी रानी से कम नहीं हूं, किंतु फिर भी मेरी दुराशाओं और चिंताओं का अंत नहीं है। मैं जीने से उकता गई हूं। अन्य स्त्रियां मुझ से ईर्ष्या करती हैं, पर मैं कभी-कभी उस दुःख की मारी, पोपली बुढ़िया से ईर्ष्या करती हूं, जो शहर के फाटक की छांह में बैठी तलाशे बेचा करती है। कितनी ही बार मेरे मन में आया है कि गरीब ही सुखी, सज्जन और सच्चे होते हैं और दीन, हीन, निष्प्रभ रहने में चित्त को बड़ी शांति मिलती है। आपने मेरी आत्मा में एक तूफान-सा पैदा कर दिया है और जो नीचे दबी पड़ी थी, उसे ऊपर कर दिया है। हां! मैं किसका विश्वास करूं? मेरे जीवन का क्या अंत होगा–जीवन ही क्या है?

वह ये बातें कर रही थी कि पापनाशी के मुख पर तेज छा गया।

उसका मुखमंडल आदि ज्योति से चमक उठा, उसके मुंह से यह प्रतिभाशाली वाक्य निकले–"कामिनी! सुन, मैंने जब इस घर में कदम रखा तो मैं अकेला न था। मेरे साथ कोई और भी था और वह अब भी मेरी बगल में खड़ा है। तू अभी उसे नहीं देख सकती, क्योंकि तेरी आंखों में इतनी शक्ति नहीं है, लेकिन शीघ्र ही स्वर्गिक प्रतिभा से तू उसे आलोकित देखेगी और तेरे मुंह से आप-ही-आप निकल पड़ेगा–यही मेरा आराध्य देव है। तूने अभी उसकी अलौकिक शक्ति देखी! अगर उसने मेरी आंखों के सामने अपने दयालु हाथ न फैला दिए होते तो अब तक मैं तेरे साथ पापाचरण कर चुका होता; क्योंकि स्वतः मैं अत्यंत दुर्बल और पापी हूं। उसने हम दोनों की रक्षा की। वह जितना ही शक्तिशाली है, उतना ही दयालु है और उसका नाम है मुक्तिदाता। दाऊद और अन्य नबियों ने उसके आने की खबर दी थी, चरवाहों और ज्योतिषियों ने हिंडोले में उसके सामने शीश झुकाया था। फरीसियों ने उसे सलीब पर चढ़ाया, फिर वह उठकर स्वर्ग को चला गया। तुझे मृत्यु से इतना सशंक देखकर वह स्वयं तेरे घर आया है कि तुझे मृत्यु से बचा ले। प्रभु मसीह! क्या इस समय तुम यहां उपस्थित नहीं हो, उसी रूप में जो तुमने गैलिली के निवासियों को दिखाया था। कितना विचित्र समय था! बैतुलहम के बालक तारागण को हाथ में लेकर खेलते थे,

जो उस समय धरती के निकट ही स्थित थे। प्रभु मसीह, क्या यह सत्य नहीं है कि तुम इस समय यहां उपस्थित हो और मैं तुम्हारी पवित्र देह को प्रत्यक्ष देख रहा हूं? क्या तेरा दयालु कोमल मुखारविंद यहां नहीं है? क्या वे आंसू जो तेरे गालों पर बह रहे हैं, प्रत्यक्ष आंसू नहीं हैं? हां, ईश्वरीय न्याय का कर्त्ता उन मोतियों के लिए हाथ रोपे खड़ा है और उन्हीं मोतियों से थायस की आत्मा की मुक्ति होगी। प्रभु मसीह, क्या तू बोलने के लिए होंठ नहीं खोले हुए है? बोल, मैं सुन रहा हूं! और थायस, सुलक्षण थायस! सुन, प्रभु मसीह तुझसे क्या कह रहे हैं–ऐ मेरी भटकी हुई मेषसुंदरी, मैं बहुत दिनों से तेरी खोज में हूं। अंत में मैं तुझे पा गया। अब फिर मेरे पास से न भागना। आ, मैं तेरा हाथ पकड़ लूं और अपने कंधों पर बिठाकर स्वर्ग के बाड़े में ले चलूं। आ मेरी थायस, मेरी प्रियतमा, आ! और मेरे साथ रो।"

यह कहते-कहते पापनाशी भक्ति से विह्वल होकर जमीन पर घुटनों के बल बैठ गया। उसकी आंखों से आत्मोल्लास की ज्योति-रेखाएं निकलने लगीं।

थायस को पापनाशी के चेहरे पर जीते-जागते मसीह का स्वरूप दिखाई दिया। वह करुण क्रंदन करती हुई बोली–"ओ मेरी बीती हुई बाल्यावस्था, ओ मेरे दयालु पिता अहमद! ओ संत थियोडोर, मैं क्यों न तेरी गोद में उसी समय मर गई, जब तू अरुणोदय के समय मुझे अपनी चादर में लपेटे लिए आता था और मेरे शरीर से बपतिस्मा के पवित्र जल की बूंदें टपक रही थीं।"

पापनाशी यह सुनकर चौंक पड़ा मानो कोई अलौकिक घटना हो गई है और दोनों हाथ फैलाए हुए थायस की ओर यह कहते हुए बढ़ा–"भगवान, तेरी महिमा अपार है। क्या तू बपतिस्मा के जल से प्लावित हो चुकी है? हे परमपिता, भक्त-वत्सल प्रभु, ओ बुद्धि के अगाध सागर! अब मुझे मालूम हुआ कि वह कौन-सी शक्ति थी, जो मुझे तेरे पास खींचकर लाई। अब मुझे ज्ञात हुआ कि वह कौन-सा रहस्य था जिसने तुझे मेरी दृष्टि में इतना सुंदर, इतना चित्ताकर्षक बना दिया था। अब मुझे मालूम हुआ कि मैं तेरे प्रेमपाश में क्यों इस भांति जकड़ गया था कि अपना शांतिवास छोड़ने पर विवश हुआ। इसी बपतिस्मा-जल की महिमा थी जिसने मुझे ईश्वर के द्वार को छुड़ाकर तुझे खोजने के लिए इस विषाक्त वायु से भरे हुए संसार में आने पर बाध्य किया, जहां माया-मोह में फंसे हुए लोग अपना कलुषित जीवन व्यतीत करते हैं। उस पवित्र जल की एक बूंद–केवल एक ही बूंद मेरे मुख पर छिड़क दी गई है जिसमें तूने स्नान किया था। आ, मेरी प्यारी बहन, आ, अपने भाई के गले लग जा, जिसका हृदय तेरा अभिवादन करने के लिए तड़प रहा है।"

यह कहकर पापनाशी ने वारांगना के सुंदर ललाट को अपने होंठों से स्पर्श किया।

इसके बाद वह चुप हो गया कि ईश्वर स्वयं मधुर, सांत्वनाप्रद शब्दों में थायस को अपनी दयालुता का विश्वास दिलाए और 'परियों के रमणीक कुंज' में थायस की सिसकियों के सिवा, जो जलधारा की कल-कल ध्वनि से मिल गई थीं, कुछ और न सुनाई दिया।

वह इसी भांति देर तक रोती रही। अश्रुप्रवाह को रोकने का प्रयत्न उसने न किया। यहां तक कि उसके हब्शी गुलाम सुंदर वस्त्र; फूलों के हार और भांति-भांति के इत्र लिये आ पहुंचे।

उसने मुस्कराने की चेष्टा करके कहा–"अरे, रोने का समय बिलकुल नहीं रहा। आंसुओं से आंखें लाल हो जाती हैं और उनमें चित्त को विकल करने वाला पुष्प विकास नहीं रहता, चेहरे का रंग फीका पड़ जाता है, वर्ण की कोमलता नष्ट हो जाती है। मुझे आज कई रसिक मित्रों के साथ भोजन करना है। मैं चाहती हूं कि मेरा मुखचंद्र सोलहों कला से चमके, क्योंकि वहां कई ऐसी स्त्रियां आएंगी, जो मेरे मुख पर चिंता या ग्लानि के चिह्न को तुरंत भांप जाएंगी और मन में प्रसन्न होंगी कि अब इनका सौंदर्य थोड़े ही दिनों का और मेहमान है, नायिका अब प्रौढ़ा हुआ चाहती है। ये गुलाम मेरा श्रृंगार करने आए हैं। पूज्य पिता आप कृपया दूसरे कमरे में जा बैठिए और इन दोनों को अपना काम करने दीजिए। ये अपने काम में बड़े प्रवीण और कुशल हैं। मैं उन्हें यथेष्ट पुरस्कार देती हूं। वे जो सोने की अंगूठियां पहने हैं और जिनके मोती जैसे दांत चमक रहे हैं, उन्हें मैंने प्रधानमंत्री की पत्नी से लिया है।"

पापनाशी की पहले तो यह इच्छा हुई कि थायस को इस भोज में सम्मिलित होने से यथाशक्ति रोके, पर पुनः विचार किया तो विदित हुआ कि यह उतावली का समय नहीं है।

वर्षों का जमा हुआ मनो-मालिन्य एक रगड़ से नहीं दूर हो सकता। रोग का मूलनाश शनैः शनैः, क्रम से ही होगा, इसलिए उसने धर्मोत्साह के बदले बुद्धिमत्ता से काम लेने का निश्चय किया और पूछा–"वाह, किन-किन मनुष्यों से भेंट होगी?"

थायस ने उत्तर दिया–"पहले तो वयोवृद्ध कोटा से भेंट होगी, जो यहां के जलसेना के सेनापति हैं। उन्होंने ने यह दावत दी है। निसियास और अन्य दार्शनिक भी आएंगे जिन्हें किसी विषय की मीमांसा करने में ही सबसे अधिक आनंद प्राप्त होता है। इनके अतिरिक्त कविसमाजभूषण कलिक्रांत और देवमंदिर के अध्यक्ष भी आएंगे। कई युवक होंगे जिनको घोड़े निकालने ही में परम आनंद आता है

और कई स्त्रियां मिलेंगी जिनके विषय में इसके सिवाय और कुछ नहीं कहा जा सकता कि वे युवतियां हैं।"

पापनाशी ने ऐसी उत्सुकता से जाने की सम्मति दी मानो उसे आकाशवाणी हुई है, बोला–"तो अवश्य जाओ थायस, अवश्य जाओ। मैं तुम्हें सहर्ष आज्ञा देता हूं, लेकिन मैं तेरा साथ न छोडूंगा। मैं भी इस दावत में तुम्हारे साथ चलूंगा। इतना जानता हूं कि कहां बोलना और कहां चुप रहना चाहिए। मेरे साथ रहने से तुम्हें कोई असुविधा अथवा झेंप न होगी।"

दोनों गुलाम अभी उसे आभूषण पहना ही रहे थे कि थायस खिल-खिलाकर हंस पड़ी और बोली–"वे धर्माश्रम के एक तपस्वी को मेरे प्रेमियों में देखकर क्या कहेंगे?"

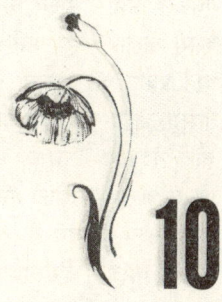

10

हरमोडोरस—महाशय कोटा, मेरा तो विचार है कि सुव्यवस्थित शासन पद्धति केवल एक कल्पित वस्तु है और हम उसे प्राप्त करने में सफल नहीं हो सकते, क्योंकि यूनान के लोग भी, जो सभी विषयों में इतने निपुण और दक्ष थे, निर्दोष शासन प्रणाली का आविर्भाव न कर सके। अतएव इस विषय में हमें सफल होने की कोई आशा भी नहीं। हम भविष्य में उसकी कल्पना नहीं कर सकते। निर्भरांत लक्षणों से प्रकट हो रहा है कि संसार शीघ्र ही मूर्खता और बर्बरता के अंधकार में मग्न हुआ चाहता है। कोटा, हमें अपने जीवन में इन्हीं आंखों से बड़ी-बड़ी भयंकर दुर्घटनाएं देखनी पड़ी हैं। विद्या, बुद्धि और सदाचरण से जितनी मानसिक सांत्वनाएं उपलब्ध हो सकती हैं, उनमें अब जो शेष रह गया, वह यही है कि अध:पतन का शोक दृश्य देखें।

जब थायस ने पापनाशी के साथ भोजशाला में पदार्पण किया तो मेहमान लोग पहले ही से आ चुके थे। वह गद्देदार कुर्सियों पर तकिया लगाए, एक अर्द्धचंद्राकार मेज के सामने बैठे हुए थे। मेज पर सोने-चांदी के बरतन जगमगा रहे थे। मेज के बीच में एक चांदी का थाल था जिसके चारों पायों की जगह चार परियां बनी हुई थीं जो कराबों में से एक प्रकार का सिरका उंडेल-उंडेलकर तली हुई

मछलियों को उनमें तैरा रही थीं। थायस के अंदर कदम रखते ही मेहमानों ने उच्च स्वर में उसकी अभ्यर्थना की।

एक ने कहा–"सूक्ष्म कलाओं की देवी को नमस्कार!"

दूसरा बोला–"उस देवी को नमस्कार, जो अपनी मुखाकृति से मन के समस्त भावों को प्रकट कर सकती है।"

तीसरा बोला–"देवता और मनुष्य की लाड़ली को सादर प्रणाम!"

चौथे ने कहा–"उसको नमस्कार जिसकी सभी आकांक्षा करते हैं!

पांचवां बोला–"उसको नमस्कार जिसकी आंखों में विष है और उसका उतार भी।"

छठा बोला–"स्वर्ग के मोती को नमस्कार!"

सातवां बोला–"सिकंद्रिया के गुलाब को नमस्कार!"

थायस मन में झुंझला रही थी कि अभिवादनों का यह प्रवाह कब शांत होता है। जब लोग चुप हुए तो उसने गृहस्वामी कोटा से कहा–"लूशियस, मैं आज तुम्हारे पास एक मरुस्थलनिवासी तपस्वी लाई हूं, जो धर्माश्रम के अध्यक्ष हैं। इनका नाम पापनाशी है। यह एक सिद्ध पुरुष हैं जिनके शब्द अग्नि की भांति उद्दीपक होते हैं।"

लूशियस ऑरेलियस कोटा ने, जो जलसेना का सेनापति था, खड़े होकर पापनाशी का सम्मान किया और बोला–"ईसाई धर्म के अनुगामी संत पापनाशी का मैं हृदय से स्वागत करता हूं। मैं स्वयं उस मत का सम्मान करता हूं, जो अब साम्राज्यव्यापी हो गया है। श्रद्धेय महाराज कॉन्स्टेनटाइन ने तुम्हारे सहधर्मियों को साम्राज्य के शुभेच्छकों की प्रथम श्रेणी में स्थान प्रदान किया है। लेटिन जाति की उदारता का कर्तव्य है कि वह तुम्हारे प्रभु मसीह को अपने देवमंदिर में प्रतिष्ठित करे। हमारे पुरखों का कथन था कि प्रत्येक देवता में कुछ-न-कुछ अंश ईश्वर का अवश्य होता है, लेकिन यह इन बातों का समय नहीं है। आओ, प्याले उठाएं और जीवन का सुख भोगें। इसके सिवा और सब मिथ्या है।"

वयोवृद्ध कोटा बड़ी गंभीरता से बोलते थे। उन्होंने आज एक नए प्रकार की नौका का नमूना सोचा था और अपने 'कार्थेज जाति का इतिहास' का छठवां भाग समाप्त किया था। उन्हें संतोष था कि आज का दिन सफल हुआ, इसलिए वे बहुत प्रसन्न थे।

एक क्षण के उपरांत वे पापनाशी से फिर बोले–"संत पापनाशी, यहां तुम्हें कई सज्जन बैठे दिखाई दे रहे हैं जिनका सत्संग बड़े सौभाग्य से प्राप्त होता है–ये सरापीज मंदिर के अध्यक्ष हरमोडोरस हैं; ये तीनों दर्शन के ज्ञाता निसियास, डोरियन और जेनी हैं; ये कवि कलिक्रांत हैं, ये दोनों युवक चेरिया और अरिस्टो

पुराने मित्रों के पुत्र हैं और उनके निकट दोनों रमणियां फिलिना और ड्रोसिया हैं जिनकी रूप-छवि पर हृदय मुग्ध हो जाता है।"

निसियास ने पापनाशी से आलिंगन किया और उसके कान में बोला-"बंधुवर मैंने तुम्हें पहले ही सचेत कर दिया था कि वीनस (शृंगार की देवी-यूनान के लोग शुक्र को वीनस कहते थे) बड़ी बलवती है। यह उसी की शक्ति है, जो तुम्हें इच्छा न रहने पर भी यहां खींच लाई है। सुनो, तुम वीनस के आगे सिर न झुकाओगे, उसे सब देवताओं की माता न स्वीकार करोगे, तो तुम्हारा पतन निश्चित है। तुम उसकी अवहेलना करके सुखी नहीं रह सकते। तुम्हें ज्ञात नहीं है कि गणितशास्त्र के उद्भट ज्ञाता मिलानथस का कथन था मैं वीनस की सहायता के बिना त्रिभुजों की व्याख्या भी नहीं कर सकता।"

डोरियन, जो कई पल तक इस नए आगंतुक की ओर ध्यान से देखता रहा था, सहसा तालियां बजाकर बोला-"ये वही हैं मित्रो! ये वही महात्मा हैं। इनका चेहरा, इनकी दाढ़ी, इनके वस्त्र वही हैं। इसमें लेशमात्र भी संदेह नहीं। मेरी इनसे नाट्यशाला में भेंट हुई थी, जब हमारी थायस अभिनय कर रही थी। मैं शर्त बदकर कह सकता हूं कि इन्हें उस समय बड़ा क्रोध आ गया था और उस आवेश में इनके मुंह में उद्दंड शब्दों का प्रवाह-सा आ गया था। ये धर्मात्मा पुरुष हैं, पर हम सभी को आड़े हाथों लेंगे। इनकी वाणी में बड़ा तेज और विलक्षण प्रतिभा है। यदि मार्कस ईसाइयों क। प्लेटो है तो गापनाशी निसंदेह डेमॉस्थिनीज है।"

किंतु फिलिना और ड्रोसिया की टकटकी थायस पर लगी हुई थी मानो वे उसका भक्षण कर लेंगी।

थायस ने अपने केशों में बनशे के पीले-पीले फूलों का हार गूंथा था, जिसका प्रत्येक फूल उसकी आंखों की हल्की आभा की सूचना देता था। इस भांति के फूल तो उसकी कोमल चितवनों के सदृश थे। इस रमणी की छवि में यही विशेषता थी। इसकी देह पर प्रत्येक वस्तु खिल उठती थी-सजीव हो जाती थी।

थायस की चांदी के तारों से सजी हुई पेशवाज के पांयचे फर्श पर लहराते थे। उसके हाथों में न कंगन थे, न गले में हार। इस आभूषणहीन छवि में ज्योत्स्ना की म्लान शोभा थी, एक मनोहर उदासी, जो कृत्रिम बनाव-संवार से अधिक चित्ताकर्षक होती है!

वास्तव में थायस के सौंदर्य का मुख्य आधार उसकी दो खुली हुई नर्म, कोमल, गोरी-गोरी बांहें थीं। फिलिना और ड्रोसिया को भी विवश होकर थायस के जूड़े और पेशवाज की प्रशंसा करनी पड़ी, यद्यपि उन्होंने थायस से इस विषय में कुछ नहीं कहा।

फिलिना ने थायस से कहा–"तुम्हारी रूप-शोभा कितनी अद्भुत है! जब तुम पहले-पहल सिकंद्रिया आई थी, उस समय भी तुम इससे अधिक सुंदर न रही होगी। मेरी माता को तुम्हारी उस समय की सूरत याद है। यह कहती है कि उस समय समस्त नगर में तुम्हारे जोड़ की एक भी रमणी न थी–तुम्हारा सौंदर्य अतुलनीय था।"

ड्रोसिया ने मुस्कराकर पूछा–"तुम्हारे साथ यह कौन नया प्रेमी आया है? बड़ा विचित्र, भयंकर रूप है। अगर हाथियों के चरवाहे होते हैं तो इस पुरुष की सूरत अवश्य उनसे मिलती होगी। सच बताना बहन, यह वनमानुस तुम्हें कहां मिल गया? क्या यह उन जंतुओं में से तो नहीं है जो रसातल में रहते हैं और वहां के धूमर प्रकाश से काले हो जाते हैं।"

फिलिना ने ड्रोसिया के होंठों पर उंगली रख दी और बोली–"चुप! प्रणय के रहस्य अभेद्य होते हैं और उनकी खोज करना वर्जित है, लेकिन मुझसे कोई पूछे तो मैं इस अद्भुत मनुष्य के होंठों की अपेक्षा, एटना के जलते हुए, अग्निप्रसारक मुख से चुंबित होना अधिक पसंद करूंगी। बहन, इस विषय में तुम्हारा कोई वश नहीं। तुम देवियों की भांति रूप-गुणशील और कोमल हृदय हो। देवियों ही की भांति तुम्हें छोटे-बड़े, भले-बुरे, सभी का मन रखना पड़ता है, सभी के आंसू पोंछने पड़ते हैं। हमारी तरह केवल सुंदर सुकुमार ही की याचना स्वीकार करने से तुम्हारा यह लोक-सम्मान कैसे होगा?"

थायस ने कहा–"तुम दोनों जरा मुंह संभालकर बातें करो। यह सिद्ध और चमत्कारी पुरुष है। कानों में कही कई बातें ही नहीं, मनोगत विचारों को भी जान लेता है। कहीं उसे क्रोध आ गया तो सोते में हृदय को चीर निकालेगा और उसके स्थान पर एक स्पंज रख देगा, दूसरे दिन जब तुम पानी पियोगी तो दम घुटने से मर जाओगी।"

थायस ने देखा कि दोनों युवतियों के मुख वर्णहीन हो गए हैं, जैसे उड़ा हुआ रंग। वह उन्हें इसी दशा में छोड़कर पापनाशी के समीप एक कुर्सी पर जा बैठी सहसा कोटा की मृदु, पर गर्व से भरी हुई कंठ-ध्वनि कनफुसकियों के ऊपर सुनाई दी–"मित्रो, आप लोग अपने-अपने स्थानों पर बैठ जाएं। ओ गुलामो! वह शराब लाओ जिसमें शहद मिली है।"

तब भरा हुआ प्याला हाथ में लेकर वह बोला–"पहले देवतुल्य समराट और साम्राज्य के कर्णधार सम्राट कॉन्स्टेनटाइन की शुभेच्छा का प्याला पियो। देश का स्थान सर्वोपरि है, देवताओं से भी उच्च, क्योंकि देवता भी इसी के उदर में अवतरित होते हैं।"

अलंकार ❖ प्रेमचंद

सब मेहमानों ने भरे हुए प्याले होंठों से लगाए; केवल पापनाशी ने न पिया, क्योंकि कॉन्स्टेनटाइन ने ईसाई सम्प्रदाय पर अत्याचार किए थे, इसलिए भी कि ईसाई मत मृत्युलोक में अपने स्वदेश का अस्तित्व नहीं मानता।

डोरियन ने प्याला खाली करके कहा—"देश का इतना सम्मान क्यों? देश है क्या? एक बहती हुई नदी। किनारे बदलते रहते हैं और जल में नित नई तरंगें उठती रहती हैं।"

जलसेनानायक ने उत्तर दिया—"डोरियन, मुझे मालूम है कि तुम नागरिक विषयों की परवाह नहीं करते और तुम्हारा विचार है कि ज्ञानियों को इन वस्तुओं से अलग रहना चाहिए। इसके प्रतिकूल मेरा विचार है कि एक सत्यवादी पुरुष के लिए सबसे महान इच्छा यही होनी चाहिए कि वह साम्राज्य में किसी पद पर अधिष्ठित हो। साम्राज्य एक महत्त्वपूर्ण वस्तु है।"

देवालय के अध्यक्ष हरमोडोरस ने उत्तर दिया—"डोरियन महाशय ने जिज्ञासा की है कि स्वदेश क्या है? मेरा उत्तर है कि देवताओं की बलिवेदी और पितरों के समाधिस्तूप ही स्वदेश के पर्याय हैं। नागरिकता समृतियों और आशाओं के समावेश से उत्पन्न होती है।"

युवक एरिस्टोबोलस ने बात काटते हुए कहा—"भाई, ईश्वर जानता है, आज मैंने एक सुंदर घोड़ा देखा। डेमोफून का था। उन्नत मस्तक है, छोटा मुंह और सुदृढ़ टांगें। ऐसा गरदन उठाकर अलबेली चाल से चलता है जैसे मुर्गा।"

चेरियास ने सिर हिलाकर शंका की—"ऐसा अच्छा घोड़ा तो नहीं है एरिस्टोबोलस, जैसा तुम बताते हो। उसके सुम पतले हैं और गामचियां बहुत छोटी हैं। वह चाल का सच्चा नहीं, जल्द ही सुम लेने लगेगा और उसके लंगड़े हो जाने का भय है।"

ये दोनों यही विवाद कर रहे थे। कि ड्रोसिया ने जोर से चीत्कार किया। उसकी आंखों में पानी भर आया।

कुछ देर बाद वह जोर से खांसकर बोली—"कुशल हुई, नहीं तो यह मछली का कांटा निगल गई थी। देखो सलाई के बराबर है और उससे भी कहीं तेज। वह तो कहो, मैंने जल्दी से उंगली डालकर निकाल दिया। देवताओं की मुझ पर दया है। वे मुझे अवश्य प्यार करते हैं।"

निसियास ने मुस्कराकर कहा—"ड्रोसिया, तुमने क्या कहा कि देवगण तुम्हें प्यार करते हैं, तब तो वे मनुष्यों ही की भांति सुख-दुख का अनुभव कर सकते होंगे। यह निर्विवाद है कि प्रेम से पीड़ित मनुष्य को कष्टों का सामना अवश्य करना पड़ता है और उसके वशीभूत हो जाना मानसिक दुर्बलता का चिह्न है। ड्रोसिया के प्रति देवगणों को जो प्रेम है, इससे उनकी दोषपूर्णता सिद्ध होती है।"

ड्रोसिया यह व्याख्या सुनकर बिगड़ गई और बोली–"निसियास, तुम्हारा तर्क सर्वथा अनर्गल और तत्त्वहीन है, लेकिन वह तो तुम्हारा स्वभाव ही है। तुम बात तो समझते नहीं, ईश्वर ने इतनी बुद्धि ही नहीं दी और निरर्थक शब्दों में उत्तर देने की चेष्टा करते हो।"

निसियास मुस्कराया–"हां-हां, ड्रोसिया, बातें किए जाओ, चाहे वे गालियां ही क्यों न हों। जब-जब तुम्हारा मुंह खुलता है, हमारे नेत्र तृप्त हो जाते हैं। तुम्हारे दांतों की बत्तीसी कितनी सुंदर है–जैसे मोतियों की माला!"

इतने में एक वृद्ध पुरुष, जिसकी सूरत से विचारशीलता झलकती थी और जो वेशवस्त्र से बहुत सुव्यवस्थित न जान पड़ता था। वह मस्तक गर्व से उठाए मंद गति से चलता हुआ कमरे में आया।

कोटा ने अपने ही गद्दे पर उस वृद्ध पुरुष को बैठने का संकेत किया और बोला–"यूक्राइटीज, तुम खूब आए। तुम्हें यहां देखकर मेरा चित्त बहुत प्रसन्न हुआ। इस मास में तुमने दर्शन पर कोई नया ग्रंथ लिखा? अगर मेरी गणना गलत नहीं है तो यह इस विषय का 92वां निबंध है, जो तुम्हारी लेखनी से निकला है। तुम्हारी नरकट की कलम में बड़ी प्रतिभा है। तुमने यूनान को भी मात कर दिया।"

यूक्राइटीज ने अपनी श्वेत दाढ़ी पर हाथ फेरकर कहा–"बुलबुल का जन्म गाने के लिए हुआ है। मेरा जन्म देवताओं की स्तुति के लिए, मेरे जीवन का यही उद्देश्य है।"

डोरियन–हम यूक्राइटीज को बड़े आदर के साथ नमस्कार करते हैं, जो विरागवादियों में जब अकेले ही बच रहे हैं। हमारे बीच में वह किसी दिव्य पुरुष की प्रतिभा की भांति गंभीर, प्रौढ़, श्वेत खड़े हैं। उनके लिए मेला भी निर्जन, शांत स्थान है और उनके मुख से जो शब्द निकलते हैं, वे किसी के कानों में नहीं पड़ते।

यूक्राइटीज–डोरियन, यह तुम्हारा भ्रम है। सत्य विवेचन अभी संसार से लुप्त नहीं हुआ है। सिकंद्रिया, रोम, कुस्तुन्तुनिया आदि स्थानों में मेरे कितने ही अनुयायी हैं। गुलामों की एक बड़ी संख्या और केसर के कई भतीजों ने अब यह अनुभव कर लिया है कि इंद्रियों का क्योंकर दमन किया जा सकता है, स्वच्छंद जीवन कैसे उपलब्ध हो सकता है? वे सांसारिक विषयों से निर्लिप्त रहते हैं और असीम आनंद उठाते हैं। उनमें से कई मनुष्यों ने अपने सत्कर्मों द्वारा एपिक्टीटस और मार्कस ऑरेलियस का पुन: संस्कार कर दिया है, लेकिन अगर यही सत्य हो कि संसार से सत्कर्म सदैव के लिए उठ गया, तो इस क्षति से मेरे आनंद में क्या बाधा हो सकती है, क्योंकि मुझे इसकी प्रवाह नहीं है कि

संसार में सत्कर्म है या उठ गया। डोरियन, अपने आनंद को अपने अधीन न रखना मूर्खों और मंदबुद्धि वालों का काम है। मुझे ऐसी किसी वस्तु की इच्छा नहीं है, जो विधाता की इच्छा के अनुकूल है। इस विधि से मैं स्वयं को उनसे अभिन्न बना लेता हूं और उनके निर्भरांत संतोष में सहभागी हो जाता हूं। अगर सत्कर्मों का पतन हो रहा है तो हो, मैं प्रसन्न हूं, मुझे कोई आपत्ति नहीं। यह निरापत्ति मेरे चित्त को आनंद से भर देती है, क्योंकि यह मेरे तर्क या साहस की प्रमोज्ज्वल कीर्ति है। प्रत्येक विषय में मेरी बुद्धि देवबुद्धि का अनुसरण करती है और नकल असल से कहीं मूल्यवान होती है। वह अविश्रांत सचिंता और सदुद्योग का फल होती है।

निसियास–आपका आशय समझ गया। आप अपने को ईश्वर, इच्छा के अनुरूप बनाते हैं, लेकिन अगर उद्योग ही से सब कुछ हो सकता है, अगर लगन ही मनुष्य को ईश्वरतुल्य बना सकती और साधनों से ही आत्मा परमात्मा में विलीन होती है, तो उस मेंक ने, जो अपने को फुलाकर बैल बना लेना चाहता था, निस्संदेह वैराग्य का सर्वश्रेष्ठ सिद्धांत चरितार्थ कर दिया।

यूक्राइटीज–निसियास, तुम मसखरापन करते हो। इसके सिवा तुम्हें और कुछ नहीं आता, लेकिन जैसा तुम कहते हो, वही सही। अगर वह बैल जिसका तुमने उल्लेख किया है, वास्तव में 'एपिस' की भांति देवता है या उस पाताललोक के बैल के सदृश है जिसके मंदिर के अध्यक्ष को हम यहां बैठे हुए देख रहे हैं और उस मेक ने सद्प्रेरणा से अपने को उस बैल के समतुल्य बना लिया, तो क्या वह बैल से अधिक श्रेष्ठ नहीं है? यह संभव है कि तुम उस नन्हें से पशु के साहस और पराक्रम की प्रशंसा न करो।

चार सेवकों ने एक जंगली सुअर, जिसके अभी तक बाल भी अलग नहीं किए गए थे, लाकर मेज पर रखा। चार छोटे-छोटे सुअर जो मैदे के बने थे मानो उसका दूध पीने के लिए उत्सुक हैं। इससे प्रकट होता था कि सुअर मादा है।

जेनाथेमीज ने पापनाशी की ओर देखकर कहा–"मित्रो, हमारी सभा को आज एक नए मेहमान ने अपनी चरणों से पवित्र किया है। श्रद्धेय संत पापनाशी, जो मरुस्थल में एकांतनिवासी और तपस्या करते हैं, आज संयोग से हमारे मेहमान हो गए हैं।"

कोटा–मित्र जेनाथेमीज, इतना और बता दो कि उन्होंने बिना निमंत्रित हुए यह कृपा की है, इसलिए उन्हीं को सम्मानपद की शोभा बढ़ानी चाहिए।

जेनाथेमीज–इसलिए मित्रवरो, हमारा कर्तव्य है कि उनके सम्मानार्थ वही बातें करें, जो उन्हें रुचिकर हों। यह तो स्पष्ट है कि ऐसा त्यागी पुरुष मसालों

की गंध को इतना रुचिकर नहीं समझता जितना पवित्र विचारों की सुगंध को। इसमें कोई संदेह नहीं है कि जितना आनंद उन्हें ईसाई धर्मसिद्धांतों के विवेचन से प्राप्त होगा, जिनके वह अनुयायी हैं, उतना और विषय से नहीं हो सकता। मैं स्वयं इस विवेचन का पक्षपाती हूं, क्योंकि इसमें कितने ही सर्वांग सुंदर और विचित्र रूपकों का समावेश है, जो मुझे अत्यंत प्रिय हैं। अगर शब्दों से आशय का अनुमान किया जा सकता है, तो ईसाई सिद्धांतों में सत्य की मात्रा प्रचुर है और ईसाई धर्मग्रंथ ईश्वरज्ञान से परिपूर्ण हैं, लेकिन संत पापनाशी, मैं यहूदी धर्मग्रंथों को इनके समान सम्मान के योग्य नहीं समझता। उनकी रचना ईश्वरीय ज्ञान द्वारा नहीं हुई है, वरन् एक पिशाच द्वारा जो ईश्वर का महान शत्रु था। इसी पिशाच ने, जिसका नाम आइवे था, उन ग्रंथों को लिखवाया। वह उन दुष्टात्माओं में से था, जो नरकलोक में बसते हैं और उन समस्त विडंबनाओं के कारण हैं जिनसे मनुष्य मात्र पीड़ित हैं, लेकिन आइवे अज्ञान, कुटिलता और क्रूरता में उन सभी से बढ़कर था। इसके विरुद्ध, सोने के परों जैसा सर्प जो ज्ञानवृद्ध से लिपटा हुआ था, प्रेम और प्रकाश से बनाया था। इन दोनों शक्तियों में, जो एक प्रकाश की थी और दूसरी अंधकार की थी—विरोध होना अनिवार्य था। यह घटना संसार की घटनासृष्टि के थोड़े ही दिनों पश्चात् घटी। दोनों विरोधी शक्तियों में युद्ध छिड़ गया। ईश्वर अभी कठिन परिश्रम के बाद विश्राम न करने पाए थे; आदम और हौवा, आदि पुरुष, आदि स्त्री, अदन के बाग में नंगे घूमते और आनंद से जीवन व्यतीत कर रहे थे। इतने में दुर्भाग्य से आइवे को सूझी कि इन दोनों प्राणियों पर और उनकी आने वाली संतानों पर आधिपत्य जमाऊं। वह तुरंत अपनी दुरिच्छा को पूरा करने का प्रयत्न करने लगा। वह न गणित में कुशल था, न संगीत में; न उस शास्त्र से परिचित था, जो राज्य का संचालन करता है; न उस ललितकला से जो चित्त को मुग्ध करती है। उसने इन दोनों सरल बालकों जैसी बुद्धि रखने वाले प्राणियों को भयंकर पिशाचलीलाओं से, शंकोत्पादक क्रोध से और मेघगर्जनों से भयभीत कर दिया। आदम और हौवा अपने ऊपर उसकी छाया का अनुभव करके एक-दूसरे से चिमट गए और भय ने उनके प्रेम को और भी घनिष्ठ कर दिया। उस समय उस विराट संसार में कोई उनकी रक्षा करने वाला न था। जिधर आंख उठाते थे, उधर सन्नाटा दिखाई देता था। सर्प को उनकी यह निस्सहाय दशा देखकर दया आ गई और उसने उनके अंत:करण को बुद्धि के प्रकाश से आलोकित करने का निश्चय किया, जिसमें ज्ञान से सतर्क होकर वह मिथ्या, भय और भयंकर प्रेतलीलाओं से चिंतित न हों, किंतु इस कार्य को सुचारु रूप से पूरा करने के लिए बड़ी सावधानी और बुद्धिमत्ता

की आवश्यकता थी और पूर्व दंपती की सरलहृदयता ने इसे और भी कठिन बना दिया, किंतु दयालु सर्प से न रहा गया। उसने गुप्त रूप से इन प्राणियों के उद्धार करने का निश्चय किया। आइवे डींग तो यह मारता था कि वह अंतर्यामी है, लेकिन यथार्थ में वह बहुत सूक्ष्मदर्शी न था। सर्प ने इन प्राणियों के पास आकर पहले उन्हें अपने पैरों की सुंदरता और खाल की चमक से मुग्ध कर दिया। देह से भिन्न-भिन्न आकार बनाकर उसने उनकी विचारशक्ति को जाग्रत कर दिया। यूनान के गणिताचार्यों ने उन आकारों के अद्‌भुत गुणों को स्वीकार किया है। आदम इन आकारों पर हौवा की अपेक्षा अधिक विचारता था, किंतु जब सर्प ने उनसे ज्ञान-तत्त्वों का विवेचन करना शुरू किया, उन रहस्यों का जो प्रत्यक्ष रूप से सिद्ध नहीं किए जा सकते तो उसे ज्ञात हुआ कि आदम लाल मिट्टी से बनाए जाने के कारण इतना स्थूल बुद्धि था कि इन सूक्ष्म विवेचनों को ग्रहण नहीं कर सकता था, लेकिन हौवा अधिक चैतन्य होने के कारण इन विषयों को आसानी से समझ जाती थी, इसलिए सर्प से बहुधा अकेले ही इन विषयों का निरूपण किया करती थी, जिसमें पहले खुद दीक्षित होकर तब अपने पति को दीक्षित करे....।

डोरियन–महाशय जेनाथेमीज! क्षमा कीजिएगा, आपकी बात काटता हूं। आपका यह कथन सुनकर मुझे शंका होती है कि सर्प उतना बुद्धिमान और विचारशील न था, जितना आपने उसे बताया है। यदि वह ज्ञानी होता तो क्या वह इस ज्ञान को हौवा के छोटे से मस्तिष्क में आरोपित करता, जहां काफी स्थान न था? मेरा विचार है कि वह आइवे के समान ही मूर्ख और कुटिल था और हौवा को एकांत में इसीलिए उपदेश देता था कि स्त्री को बहकाना बहुत कठिन न था। आदमी अधिक चतुर और अनुभवशील होने के कारण, उसकी बुरी नीयत को ताड़ लेता। यहां उसकी दाल न गलती, इसलिए मैं सर्प की साधुता का कायल हूं, न कि उसकी बुद्धिमत्ता का।

जेनाथेमीज–डोरियन, तुम्हारी शंका निर्मूल है। तुम्हें यह नहीं मालूम है कि जीवन के सर्वोच्च और गूढ़तम रहस्य बुद्धि और अनुमान द्वारा ग्रहण नहीं किए जा सकते, बल्कि अंतर्ज्योति द्वारा किए जाते हैं। यही कारण है कि स्त्रियां जो पुरुषों की भांति सहनशील नहीं होती हैं, पर जिनकी चेतनाशक्ति अधिक तीव्र होती है, ईश्वरविषयों को आसानी से समझ जाती हैं। स्त्रियों को सत्स्वप्न दिखाई देते हैं, पुरुषों को नहीं। स्त्री का पुत्र या पति दूर देश में किसी संकट में पड़ जाए तो स्त्री को तुरंत उसकी शंका हो जाती है। देवताओं का वस्त्र स्त्रियों जैसा होता है, क्या इसका कोई आशय नहीं है? इसलिए सर्प की यह दूरदर्शिता थी कि उसने

ज्ञान का प्रकाश डालने के लिए मंदबुद्धि आदम को नहीं; बल्कि चैतन्यशील हौवा को पसंद किया, जो नक्षत्रों-सी उज्ज्वल और दूध-सी स्निग्ध थी। हौवा ने सर्प के उपदेश को सहर्ष सुना और ज्ञानवृक्ष के समीप जाने के लिए तैयार हो गई, जिसकी शाखाएं स्वर्ग तक सिर उठाए हुए थीं और जो ईश्वरीय दया से इस भांति आच्छादित था मानो ओस की बूंदों में नहाया हुआ हो। इस वृक्ष की पत्तियां समस्त संसार के प्राणियों की बोलियां बोलती थीं और उनके शब्दों के सम्मिश्रण से अत्यंत मधुर संगीत की ध्वनि निकलती थी। जो प्राणी इसका फल खाता था, उसे खनिज पदार्थों का, पत्थरों का, वनस्पतियों का, प्राकृतिक और नैतिक नियमों का संपूर्ण ज्ञान प्राप्त हो जाता था। इसके फल अग्नि के समान थे और संशयात्मा, भीरु प्राणी भयवश उसे अपने होंठों पर रखने का साहस न कर सकते थे, पर हौवा ने तो सर्प के उपदेशों को बड़े ध्यान से सुना था, इसलिए उसने इन निर्मूल शंकाओं को तुच्छ समझा और उस फल को चखने के लिए उद्यत हो गई, जिससे ईश्वरीय ज्ञान प्राप्त हो जाता था, लेकिन आदम के प्रेमसूत्र में बंधे होने के कारण उसे यह कब स्वीकार हो सकता था। उसने पति का हाथ पकड़ा और ज्ञानवृक्ष के पास आई। उसने एक तपता हुआ फल उठाया, उसे थोड़ा-सा काटकर खाया और शेष अपने चिरसंगी को दे दिया। मुसीबत यह हुई कि आइवे उसी समय बगीचे में टहल रहा था। ज्यों ही हौवा ने फल उठाया, वह अचानक उनके सिर पर आ पहुंचा और जब उसे ज्ञात हुआ कि इन प्राणियों के ज्ञानचक्षु खुल गए हैं तो उसके क्रोध की ज्वाला दहक उठी। अपनी समग्र सेना को बुलाकर उसने पृथ्वी के गर्भ में ऐसा भयंकर उत्पात मचाया कि ये दोनों शक्तिहीन प्राणी थर-थर कांपने लगे। फल आदम के हाथ से छूट पड़ा और हौवा ने अपने पति की गरदन में हाथ डालकर कहा—'मैं भी अज्ञानी बनी रहूंगी और अपने पति की विपत्ति में उसका साथ दूंगी।' विजयी आइवे आदम और हौवा और उनकी भविष्य की संतानों को भय और कापुरुषता की दशा में रखने लगा। वह बड़ा कलानिधि था। वह बड़े बृहदाकार आकाशवज्रों के बनाने में सिद्धहस्त था। उसके कलानैपुण्य ने सर्प के शास्त्र को परास्त कर दिया अतएव उसने प्राणियों को मूर्ख, अन्यायी, निर्दय बना दिया और संसार में कुकर्म का सिक्का चला दिया, तब से लाखों वर्ष व्यतीत हो जाने पर भी मनुष्य ने धर्मपथ नहीं पाया। यूनान के कतिपय विद्वानों तथा महात्माओं ने अपने बुद्धिबल से उस मार्ग को खोज निकालने का प्रयत्न किया। पाइथागोरस, प्लेटो आदि तत्त्वज्ञानियों के हम सदैव ऋणी रहेंगे, लेकिन वे अपने प्रयत्न में सफलीभूत नहीं हुए, यहां तक कि थोड़े दिन हुए नसारा के ईसू ने उस पथ को मनुष्य-मात्र के लिए खोज निकाला।

अलंकार ❖ प्रेमचंद

डोरियन—अगर मैं आपका आशय ठीक समझ रहा हूं तो आपने यह कहा है कि जिस मार्ग को खोज निकालने में यूनान के तत्त्वज्ञानियों को सफलता नहीं हुई, उसे ईसू ने किन साधनों द्वारा पा लिया? किन साधनों के द्वारा वह मुक्तिज्ञान प्राप्त कर लिया, जो प्लेटो आदि आत्मदर्शी महापुरुषों को न प्राप्त हो सका।

जेनाथेमीज—महाशय डोरियन, क्या यह बार-बार बताना पड़ेगा कि बुद्धि और तर्क विद्या प्राप्ति के साधन हैं, किंतु पराविद्या आत्मोल्लास द्वारा ही प्राप्त हो सकती है। प्लेटो, पाइथागोरस, अरस्तू आदि महात्माओं में अपार बुद्धिशक्ति थी, पर वे ईश्वर की उस अनन्य भक्ति से वंचित थे जिससे ईसू सराबोर थे। उनमें वह तन्मयता न थी, जो प्रभु मसीह में थी।

हरमोडोरस—जेनाथेमीज, तुम्हारा यह कथन सर्वथा सत्य है कि जैसे दूब ओस पीकर जीती और फैलती है, उसी प्रकार जीवात्मा का पोषण परम आनंद द्वारा होता है। हम इसके आगे भी जा सकते हैं और कह सकते हैं कि केवल बुद्धि ही में परम आनंद भोगने की क्षमता है। मनुष्य में सर्वप्रधान बुद्धि ही है। पंचभूतों का बना हुआ शरीर तो जड़ है, जीवात्मा अधिक सूक्ष्म है, पर वह भी भौतिक है, केवल बुद्धि ही निर्विकार और अखंड है। जब वह भवन रूपी शरीर से प्रस्थान करके—जो अकस्मात् निर्जन और शून्य हो गया हो, आत्मा के रमणीक उद्यान में विचरण करती हुई ईश्वर में समाविष्ट हो जाती है तो वह पूर्व निश्चित मृत्यु या पुनर्जन्म के आनंद उठाती है, क्योंकि जीवन और मृत्यु में कोई अंतर नहीं। उस अवस्था में उसे स्वर्गिक पवित्रता में मग्न होकर परम आनंद और संपूर्ण ज्ञान प्राप्त हो जाता है। वह उसमें ऐक्य प्रविष्ट हो जाती है, जो सर्वव्यापी है। उसे परम पद या सिद्धि प्राप्त हो जाती है।

निसियास—बड़ी ही सुंदर युक्ति है, लेकिन हरमोडोरस, सच्ची बात तो यह है कि मुझे 'अस्ति' और 'नास्ति' में कोई भिन्नता नहीं दिखाई देती। शब्दों में इस भिन्नता को व्यक्त करने की सामर्थ्य नहीं है। 'अनंत' और 'शून्य' की समानता बड़ी भयावह है। दोनों में से एक भी बुद्धिग्राह्य नहीं है। मस्तिष्क इन दोनों की ही कल्पना में असमर्थ है। मेरे विचार में तो जिस परम पद या मोक्ष की आपने चर्चा की है, वह बहुत ही महंगी वस्तु है। उसका मूल्य हमारा समस्त जीवन नहीं, बल्कि हमारा अस्तित्व है। उसे प्राप्त करने के लिए हमें पहले अपने अस्तित्व को मिटा देना चाहिए। यह एक ऐसी विपत्ति है जिससे परमेश्वर भी मुक्त नहीं, क्योंकि दर्शनों के ज्ञाता और भक्त उसे संपूर्ण और सिद्ध प्रमाणित करने में एड़ी-चोटी का जोर लगा रहे हैं। सारांश यह है कि यदि हमें 'अस्ति' का कुछ बोध नहीं तो 'नास्ति' से भी हम उतने ही अनभिज्ञ हैं। हम कुछ जानते ही नहीं।

कोटा–मुझे भी दर्शन से प्रेम है और अवकाश के समय उसका अध्ययन किया करता हूं, लेकिन इसकी बातें मेरी समझ में नहीं आतीं। हां, सिसरो' के ग्रंथों में अवश्य इसे खूब समझ लेता हूं। रासो, कहां मर गए, मधुमिश्रित वस्तु प्यालों में भरो।

कलित्क्रांत–यह एक विचित्र बात है, लेकिन न जाने क्यों जब मैं क्षुधातुर होता हूं तो मुझे उन नाटक रचने वाले कवियों की याद आती है, जो बादशाहों की मेज पर भोजन किया करते थे और मेरे मुंह में पानी भर आता है, लेकिन जब मैं वह सुधारस पान करके तृप्त हो जाता हूं, जिसकी महाशय कोटा के यहां कोई कमी नहीं मालूम होती और जिसके पिलाने में वे इतने उदार हैं, तो मेरी कल्पना वीर रस में मग्न हो जाती है, योद्धाओं के वीर चरित्र आंखों के आगे फिरने लगते हैं, घोड़ों की टापों और तलवार की झनकारों की ध्वनि कान में आने लगती है। मुझे लज्जा और खेद है कि मेरा जन्म ऐसी अधोगति के समय हुआ। विवश होकर मैं भावना के ही द्वार उस रस का आनंद उठाता हूं, स्वाधीनता देवी की आराधना करता हूं और वीरों के साथ स्वयं वीरगति प्राप्त कर लेता हूं।

कोटा–रोम के प्रजासत्तात्मक राज्य के समय मेरे पुरखों ने ब्रूट्स के साथ अपने प्राण स्वाधीनता देवी की भेंट किए थे, लेकिन यह अनुमान करने के लिए प्रमाणों की कमी नहीं है कि रोम निवासी जिसे स्वाधीनता कहते थे, वह केवल अपनी व्यवस्था स्वयं करने का–अपने ऊपर स्वयं शासन करने का अधिकार था। मैं स्वीकार करता हूं कि स्वाधीनता सर्वोत्तम वस्तु है, जिस पर किसी राष्ट्र को गौरव हो सकता है। ज्यों-ज्यों मेरी आयु गुजरती जाती है और अनुभव बढ़ता जाता है, मुझे विश्वास होता है कि एक सशक्त और सुव्यवस्थित शासन ही प्रजा को यह गौरव प्रदान कर सकता है। गत चालीस वर्षों से मैं भिन्न-भिन्न उच्च पदों पर राज्य की सेवा कर रहा हूं और मेरे दीर्घ अनुभव ने सिद्ध कर दिया है कि जब शासक-शक्ति निर्बल होती है, तो प्रजा को अन्यायों का शिकर होना पड़ता है। अतएव वह वाणी कुशल, जमीन और आसमान के कुलाबे मिलाने वाले व्याख्याता जो शासन को निर्बल और अपंग बनाने की चेष्टा करते हैं, अत्यंत निंदनीय कार्य करते हैं, संभवत: कभी-कभी प्रजा को घोर संकट में डाल देता है, लेकिन अगर वह प्रजामत के अनुसार शासन करता है तो फिर उसके विष का मंत्र नहीं। वह ऐसा रोग है जिसकी औषधि नहीं, रोमराज्य के शस्त्रबल द्वारा संसार में शांति स्थापित होने से पहले, वही राष्ट्र सुखी और समृद्ध थे, जिनका अधिकार कुशल, विचारशील स्वेच्छाचारी राजाओं के हाथ में था।

हरमोडोरस–महाशय कोटा, मेरा तो विचार है कि सुव्यवस्थित शासन पद्धति केवल एक कल्पित वस्तु है और हम उसे प्राप्त करने में सफल नहीं हो सकते, क्योंकि यूनान के लोग भी, जो सभी विषयों में इतने निपुण और दक्ष थे, निर्दोष शासन प्रणाली का आविर्भाव न कर सके। अतएव इस विषय में हमें सफल होने की कोई आशा भी नहीं। हम भविष्य में उसकी कल्पना नहीं कर सकते। निर्भरांत लक्षणों से प्रकट हो रहा है कि संसार शीघ्र ही मूर्खता और बर्बरता के अंधकार में मग्न हुआ चाहता है। कोटा, हमें अपने जीवन में इन्हीं आंखों से बड़ी-बड़ी भयंकर दुर्घटनाएं देखनी पड़ी हैं। विद्या, बुद्धि और सदाचरण से जितनी मानसिक सांत्वनाएं उपलब्ध हो सकती हैं, उनमें अब जो शेष रह गया, वह यही है कि अध:पतन का शोक दृश्य देखें।

कोटा–मित्रवर, यह सत्य है कि जनता की स्वार्थपरता और असभ्य म्लेच्छों की उद्‌दंडता, नित्तांत भयंकर संभावनाएं हैं, लेकिन यदि हमारे पास सुदृढ़ सेना, सुसंगठित नाविकशक्ति और प्रचुर धनबल हो तो...।

हरमोडोरस–वत्स, क्यों अपने को भ्रम में डालते हो? यह मरणासन्न साम्राज्य म्लेच्छों के पशुबल का सामना नहीं कर सकता। इनका पतन अब दूर नहीं है। आह! वे नगर जिन्हें यूनान की विलक्षण बुद्धि या रोमनवासियों के अनुपम धैर्य ने निर्मित किया था; शीघ्र ही मदोन्मत्त नरपशुओं के पैरों तले रौंदे जाएंगे, लुटेंगे और ढहाए जाएंगे। पृथ्वी पर न कला-कौशल का चिह्न रह जाएगा, न दर्शन का, न विज्ञान का। देवताओं की मनोहर प्रतिमाएं देवालयों में तहस-नहस कर दी जाएंगी। मानव हृदय में भी उनकी स्मृति न रहेगी। बुद्धि पर अंधकार छा जाएगा और यह भूमंडल उसी अंधकार में विलीन हो जाएगा। क्या हमें यह आशा हो सकती है कि म्लेच्छ जातियां संसार में सुबुद्धि और सुनीति का प्रसार करेंगी? क्या जर्मन जाति संगीत और विज्ञान की उपासना करेगी? क्या अरब के पशु अमर देवताओं का सम्मान करेंगे? कदापि नहीं। हम विनाश की ओर भयंकर गति से फिसलते चले जा रहे हैं। हमारा प्यारा मित्र जो किसी समय संसार का जीवनदाता था, जो भूमंडल में प्रकाश फैलाता था, उसका समाधिस्तूप बन जाएगा। वह स्वयं अंधकार में लुप्त हो जाएगा। मृत्युदेव रासेपीज मानव-भक्ति की अंतिम भेंट पाएगा और मैं अंतिम देवता का अंतिम पुजारी सिद्ध हूंगा।

इतने में एक विचित्र मूर्ति ने परदा उठाया और मेहमानों के सम्मुख एक कुबड़ा, नाटा मनुष्य उपस्थित हुआ जिसकी चांद पर एक बाल भी न था। वह एशिया निवासियों की भांति एक लाल चोगा और असभ्य जातियों की भांति लाल पाजामा पहने हुए था जिस पर सुनहरे बूटे बने हुए थे।

पापनाशी उस मनुष्य को देखते ही पहचान गया और ऐसा भयभीत हुआ मानो आकाश से वज्र गिर पड़ेगा। उसने तुरंत सिर पर हाथ रख लिये और थर-थर कांपने लगा। यह प्राणी मार्कस एरियन था जिसने ईसाई धर्म में नवीन विचार का प्रचार किया था।

मार्कस एरियन ईसू के अनादित्व पर विश्वास नहीं करता था। उसका कथन था कि जिसने जन्म लिया, वह कदापि अनादि नहीं हो सकता। पुराने विचार के ईसाई, जिनका मुख पात्र नीसा था, कहते हैं कि यद्यपि मसीह ने देह धारण की, किंतु वह अनंतकाल से विद्यमान है। अतएव नीसा के भक्त एरियन को विधमीर कहते थे। एरियन के अनुयायी नीसा को मूर्ख, मंदबुद्धि, पागल आदि उपाधियां देते थे। पापनाशी नीसा का भक्त था। उसकी दृष्टि में ऐसे विधमीर को देखना भी पाप था। इस सभा को वह पिशाचों की सभा समझता था, लेकिन इस पिशाच-सभा से प्रकृतिवादियों के उपवाद और विज्ञानियों का दुष्कल्पनाओं से भी वह इतना सशंक और चंचल न हुआ था, लेकिन इस विधमीर की उपस्थिति मात्र ने उसके प्राण हर लिये। वह भागने वाला ही था कि सहसा उसकी निगाह थायस पर जा पड़ी और उसकी हिम्मत बंध गई। उसने उसके लंबे, लहराते हुए लहंगे का किनारा पकड़ लिया और मन में प्रभु मसीह की वंदना करने लगा।

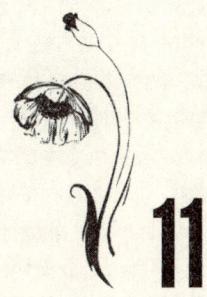

11

योनिया आकाश से उतरी और यूनान की एक स्त्री के गर्भ में प्रविष्ट हुई। जन्म के समय वह नन्हीं-सी दुर्बल प्राणहीन शिशु थी। उसका नाम हेलेन रखा गया। उसकी बाल्यावस्था बड़ी तकलीफ से कटी, लेकिन युवती होकर वह अतीव सुंदर रमणी हुई, जिसकी रूप-शोभा अनुपम थी। यही उसकी इच्छा थी, क्योंकि वह चाहती थी कि उसका नश्वर शरीर घोरतम लिप्साओं की परीक्षाग्नि में जले। काम-लोलुप और उद्दंड मनुष्यों से अपहरित होकर उसने समस्त संसार के व्यभिचार, बलात्कार और दुष्टता के दंडस्वरूप, सभी प्रकार की अमानुषीय यातनाएं सहीं और अपने सौंदर्य द्वारा राष्ट्रों का संहारा कर दिया, जिसमें ईश्वर भूमंडल के कुकर्मों को क्षमा कर दे। वह ईश्वरीय विचारशक्ति, वह योनिया, कभी इतनी स्वर्गिक शोभा को प्राप्त न हुई थी, अब वह नारी रूप धारण करके योद्धाओं और ग्वालों को यथावसर अपनी शैया पर स्थान देती थी।

उपस्थित जनों ने उस प्रतिभाशाली विद्वान पुरुष का बड़े सम्मान से स्वागत किया, जिसे लोग ईसाई धर्म का प्लेटो कहते थे। हरमोडोरस सबसे पहले बोला–"परम आदरणीय मार्कस, हम आपको इस सभा में पदार्पण करने के लिए हृदय से धन्यवाद देते हैं। आपका शुभागमन बड़े ही शुभ अवसर पर हुआ है। हमें ईसाई धर्म का

उससे अधिक ज्ञान नहीं है, जितना प्रकट रूप से पाठशालाओं के पाठ्यक्रम में रखा हुआ है। आप ज्ञानी पुरुष हैं, आपकी विचार शैली साधारण जनता की विचार शैली से अवश्य भिन्न होगी। हम आपके मुख से उस धर्म के रहस्यों की मीमांसा सुनने के लिए उत्सुक हैं जिनके आप अनुयायी हैं। आप जानते हैं कि हमारे मित्र जेनाथेमीज को नित्य रूपकों और दृष्टांतों की धुन सवार रहती है और उन्होंने अभी पापनाशी महोदय से यहूदी ग्रंथों के विषय में कुछ जिज्ञासा की थी, लेकिन उक्त महोदय ने कोई उत्तर नहीं दिया और हमें इसका कोई आश्चर्य न होना चाहिए, क्योंकि उन्होंने मौन व्रत धारण किया है। आपने ईसाई धर्मसभाओं में व्याख्यान दिए हैं। बादशाह कॉन्स्टेनटाइन की सभा को भी आपने अपनी अमृतवाणी से कृतार्थ किया है। आप चाहें तो ईसाई धर्म का तात्त्विक विवेचन और उन गुप्त आशयों का स्पष्टीकरण करके, जो ईसाई दंतकथाओं में निहित हैं, हमें संतुष्ट कर सकते हैं। क्या ईसाइयों का मुख सिद्धांत तौहीद (अद्वैतवाद) नहीं है, जिस पर मेरा विश्वास होगा?"

मार्कस–हां, सुविज्ञ मित्रो! मैं अद्वैतवादी हूं! मैं उस ईश्वर को मानता हूं, जो न जन्म लेता है, न मरता है, जो अनंत है, अनादि है, सृष्टि का कर्ता है।

निसियास–महाशय मार्कस, आप एक ईश्वर को मानते हैं, यह सुनकर हर्ष हुआ। उसी ने सृष्टि की रचना की, यह विकट समस्या है। यह उसके जीवन में बड़ा क्रांतिकारी समय होगा। सृष्टि रचना से पहले भी वह अनंतकाल से विद्यमान था। बहुत सोच-विचार के बाद उसने सृष्टि को रचने का निश्चय किया। अवश्य ही उस समय उसकी अवस्था अत्यंत शोचनीय रही होगी। अगर सृष्टि की उत्पत्ति करता है तो उसकी अखंडता, संपूर्णता में बाधा पड़ती है। अकर्मण्य बना बैठा रहता हैं तो उसे अपने अस्तित्व ही पर भ्रम होने लगता है, किसी को उसकी खबर ही नहीं होती, कोई उसकी चर्चा ही नहीं करता। आप कहते हैं, उसने अंत में संसार की रचना को ही आवश्यक समझा। मैं आपकी बात मान लेता हूं, यद्यपि एक सर्वशक्तिमान ईश्वर के लिए इतना कीर्तिलोलुप होना शोभा नहीं देता, लेकिन यह तो बताइए उसने क्योंकर सृष्टि की रचना की?

मार्कस–जो लोग ईसाई न होने पर भी, हरमोडोरस और जेनाथेमीज की भांति ज्ञान के सिद्धांतों से परिचित हैं, वे जानते हैं कि ईश्वर ने अकेले, बिना सहायता के सृष्टि नहीं की। उसने एक पुत्र को जन्म दिया और उसी के हाथों सृष्टि का बीजारोपण हुआ।

हरमोडोरस–मार्कस, यह सर्वथा सत्य है। यह पुत्र भिन्न-भिन्न नामों से प्रसिद्ध है, जैसे हेरमीज, अपोलो और ईसू।

अलंकार ❖ प्रेमचंद

मार्कस—यह मेरे लिए कलंक की बात होगी अगर मैं क्राइस्ट, ईसू और उद्धारक के सिवाय और किसी नाम से याद करूं। वही ईश्वर का सच्चा बेटा है, लेकिन वह अनादि नहीं है, क्योंकि उसने जन्म धारण किया। यह तर्क करना कि जन्म से पूर्व भी उसका अस्तित्व था, मिथ्यावादी नीसाई गधों का काम है।

यह कथन सुनकर पापनाशी अंतर्वेदना से विकल हो उठा। उसके माथे पर पसीने की बूंदें आ गईं। उसने सलीब का आकार बनाकर अपने चित्त को शांत किया, किंतु मुख से एक शब्द भी न निकाला।

मार्कस ने कहा—"यह निर्विवाद सिद्ध है कि बुद्धिहीन नीसाइयों ने सर्वशक्तिमान ईश्वर को अपने करावलंब का इच्छुक बनाकर ईसाई धर्म को कलंकित और अपमानित किया है। वह एक है, अखंड है। पुत्र के सहयोग का आश्रित बन जाने से उसके ये गुण कहां रह जाते हैं? निसियास, ईसाइयों के सच्चे ईश्वर का परिहास न करो। वह सागर के सप्तदलों के सदृश केवल अपने विकास की मनोहरता प्रदर्शित करता है, कुदाल नहीं चलाता, सूत नहीं कातता। सृष्टि रचना का श्रम उसने नहीं उठाया। यह उसके पुत्र ईसू का कृत्य था। उसी ने इस विस्तृत भूमंडल को उत्पन्न किया और तब अपने श्रमफल का पुनर्संस्कार करने के निमित्त फिर संसार में अवतरित हुआ, क्योंकि सृष्टि निर्दोष नहीं थी, पुण्य के साथ पाप भी मिला हुआ था, धर्म के साथ अधर्म भी, भलाई के साथ बुराई भी।"

निसियास—भलाई और बुराई में क्या अंतर है?

एक क्षण के लिए सभी विचारों में मग्न हो गए। सहसा हरमोडोरस ने मेज पर अपना एक हाथ फैलाकर एक गधे का चित्र दिखाया जिस पर दो टोकरे लदे हुए थे। एक में श्वेत जैतून के फूल थे; दूसरे में श्याम जैतून के।

उन टोकरों की ओर संकेत करके उसने कहा—"देखो, रंगों की विभिन्नता आंखों को कितनी प्रिय लगती है। हमें यही पसंद है कि एक श्वेत हो, दूसरा श्याम। दोनों एक ही रंग के होते तो उनका मेल इतना सुंदर न मालूम होता, लेकिन यदि इन फूलों में विचार और ज्ञान होता तो श्वेत पुष्प कहते—जैतून के लिए श्वेत होना ही सर्वोत्तम है। इसी तरह काले फूल सफेद फूलों से घृणा करते। हम उनके गुणावगुण की परख निरपेक्ष भाव से कर सकते हैं, क्योंकि हम उनसे उतने ही ऊंचे हैं जितने देवतागण हमसे। मनुष्य के लिए, जो वस्तुओं का एक ही भाग देख सकता है, बुराई-ही-बुराई है। ईश्वर की आंखों में, जो सर्वज्ञ है; बुराई भलाई है। निस्संदेह ही कुरूपता कुरूप होती है, सुंदर नहीं होती, किंतु यदि सभी वस्तुएं सुंदर हो जाएं तो सुंदरता का लोप हो जाएगा, इसलिए परमावश्यक है कि बुराई का नाश न हो; नहीं तो संसार रहने के योग्य न रह जाएगा।"

यूक्राइटीज–इस विषय पर धार्मिक भाव से विचार करना चाहिए। बुराई बुराई है, लेकिन संसार के लिए नहीं, क्योंकि इसका माधुर्य अनश्वर और स्थायी है, बल्कि उस प्राणी के लिए जो करता है और बिना किए रह नहीं सकता।

कोटा–जूपिटर साक्षी है, यह बड़ी सुंदर युक्ति है!

यूक्राइटीज–एक मर्मज्ञ कवि ने कहा है कि संसार एक रंगभूमि है। इसके निर्माता ईश्वर ने हममें से प्रत्येक के लिए कोई-न-कोई अभिनय भाग दे रखा है। यदि उसकी इच्छा है कि तुम भिक्षुक, राजा या अपंग हो तो व्यर्थ रो-रोकर दिन मत काटो, वरन् तुम्हें जो काम सौंपा गया है, उसे यथासाध्य उत्तम रीति से पूरा करो।

निसियास–तब कोई झंझट ही नहीं रहा। लंगड़े को चाहिए कि लंगड़ाए, पागल को चाहिए कि खूब द्वंद्व मचाए; जितना उत्पात कर सके, करे। कुलटा को चाहिए जितने घर घालते बने घाले; जितने घाटों का पानी पी सके, पिए; जितने हृदयों का सर्वनाश कर सके, करे। देशद्रोही को चाहिए कि देश में आग लगा दे, अपने भाइयों का गला कटवा दे, झूठे को झूठ का ओढ़ना-बिछौना बनवाना चाहिए, हत्यारे को चाहिए कि रक्त की नदी बहा दे और अभिनय समाप्त हो जाने पर सभी खिलाड़ी, राजा हो या रंक, न्यायी हो या अन्यायी, खूनी, जालिम, सती, कामनियां; कुलकलंकिनी स्त्रियां, सज्जन, दुर्जन, चोर, साहू सबके-सब उन कवि महोदय के प्रशंसा-पात्र बन जाएं, सभी समान रूप से सराहे जाएं। क्या कहना!

यूक्राइटीज–निसियास, तुमने मेरे विचार को बिलकुल विकृत कर दिया, एक सुंदर तरुण युवती को भयंकर पिशाचिनी बना दिया। यदि तुम देवताओं की प्रकृति, न्याय और सर्वव्यापी नियमों से इतने अपरिचित हो तो तुम्हारी दशा पर जितना खेद किया जाए, उतना कम है।

जेनाथेमीज–मित्रो, मेरा तो भलाई और बुराई, सुकर्म और कुकर्म दोनों ही का सत्ता पर अटल विश्वास है, लेकिन मुझे यह विश्वास है कि मनुष्य का एक भी ऐसा काम नहीं है, चाहे वह जूदा का कपट व्यवहार ही क्यों न हो जिसमें मुक्ति का साधन बीज रूप में प्रस्तुत न हो। अधर्म मानव जाति के उद्धार का कारण हो सकता है और इस हेतु से, वह धर्म का एक अंश है और धर्म के फल का भागी है। ईसाई धर्मग्रंथों में इस विषय की बड़ी सुंदर व्याख्या की गई है। ईसू के एक शिष्य ही ने उनका शांति चुंबन करके उन्हें पकड़वा दिया, किंतु ईसू के पकड़े जाने का फल क्या हुआ? वे सलीब पर खींचे गए और प्राणिमात्र के उद्धार की, व्यवस्था निश्चित कर दी, अपने रक्त से मनुष्य-मात्र के पापों का प्रायश्चित्त कर दिया। अतएव मेरी निगाह में वह तिरस्कार और घृणा सर्वथा अन्यायपूर्ण और निंदनीय है, जो सेंट पॉल के शिष्य के प्रति लोग प्रकट करते हैं। वे यह भूल जाते

हैं कि स्वयं मसीह ने इस चुंबन के विषय में भविष्यवाणी की थी, जो उन्हीं के सिद्धांतों के अनुसार मानव जाति के उद्धार के लिए आवश्यक था और यदि जूदा तीस मुद्राएं न लेता तो ईश्वरीय व्यवस्था में बाधा पड़ती, पूर्व निश्चित घटनाओं की श्रृंखला टूट जाती; दैवी विधानों में व्यतिक्रम उपस्थित हो जाता और संसार में अविद्या, अज्ञान और अधर्म की तूती बोलने लगती।

मार्कस–परमात्मा को विदित था कि जूदा बिना किसी दबाव के कपट कर जाएगा, अतएवं उसने जूदा के पाप को मुक्ति के विशाल भवन का एक मुख्य स्तंभ बना लिया।

जेनाथेमीज–मार्कस महोदय, मैंने अभी जो कथन किया है, वह इस भाव से किया है मानो मसीह के सलीब पर चढ़ने से मानव जाति का उद्धार पूर्ण हो गया। इसका कारण है कि मैं ईसाइयों ही के ग्रंथों और सिद्धांतों से उन लोगों को भ्रांति सिद्ध करना चाहता था, जो जूदा को धिक्कारने से बाज नहीं आते! लेकिन वास्तव में ईसा मेरी निगाह में तीन मुक्तिदाताओं में से केवल एक था। मुक्ति के रहस्य के विषय में यदि आप लोग जानने के लिए उत्सुक हों तो मैं बताऊं कि संसार में उस समस्या की पूर्ति क्योंकर हुई?

उपस्थित जनों ने चारों ओर से कहा–"हां-हां!" की। इतने में बारह युवती-बालिकाएं अनार, अंगूर, सेब आदि से भरे हुए टोकरे सिर पर रखे हुए, एक अंतर्हित वीणा की तालों पर पैर रखती हुई, मंद गति से सभा में आईं और टोकरों को मेज पर रखकर उल्टे पांव लौट गईं।

वीणा बंद हो गई और जेनाथेमीज ने यह कथा कहनी शुरू की–"जब ईश्वर की विचारशक्ति ने जिसका नाम योनिया है, संसार की रचना समाप्त कर ली तो उसने उसका शासनाधिकार स्वर्गदूतों को दे दिया, लेकिन इन शासकों में यह विवेक न था, जो स्वामियों में होना चाहिए। जब उन्होंने मनुष्यों की रूपवती कन्याएं देखीं तो कामातुर हो गए, संध्या समय कुएं पर अचानक आकर उन्हें घेर लिया और अपनी काम-वासना पूरी की। इस संयोग से एक अपरड जाति उत्पन्न हुई जिसने संसार में अन्याय और क्रूरता से हाहाकार मचा दिया, पृथ्वी निरपराधियों के रक्त से तर हो गई, बेगुनाहों की लाशों से सड़कें पट गईं और अपनी सृष्टि की यह दुर्दशा देखकर योनिया अत्यंत शोकातुर हुईं।

योनिया ने वैराग्य से भरे हुए नेत्रों से संसार पर दृष्टिपात किया और लंबी सांस लेकर कहा–"यह सब मेरी करनी है, मेरे पुत्र विपत्तिसागर में डूबे हुए हैं और मेरे ही अविचार से उन्हें मेरे पापों का फल भोगना पड़ रहा है। मैं इसका प्रायश्चित्त करूंगी। स्वयं ईश्वर, जो मेरे ही द्वारा विचार करता है, उनमें आदिम सत्यनिष्ठा

का संचार नहीं कर सकता। जो कुछ हो गया, हो गया, यह सृष्टि अनंतकाल तक दूषित रहेगी, लेकिन कम-से-कम मैं अपने बालकों को इस दशा में न छोड़ूंगा। उनकी रक्षा करना मेरा कर्तव्य है। यदि मैं उन्हें अपने समान सुखी नहीं बना सकती तो स्वयं को उनके समान दुःखी तो बना सकती हूं। मैंने ही देहधारी बनाया है, जिससे उनका अपकार होता है; अतएव मैं स्वयं उन्हीं जैसी देह धारण करूंगी और उन्हीं के साथ जाकर रहूंगी।"

यह निश्चय करके योनिया आकाश से उतरी और यूनान की एक स्त्री के गर्भ में प्रविष्ट हुई। जन्म के समय वह नन्हीं-सी दुर्बल प्राणहीन शिशु थी। उसका नाम हेलेन रखा गया। उसकी बाल्यावस्था बड़ी तकलीफ से कटी, लेकिन युवती होकर वह अतीव सुंदर रमणी हुई, जिसकी रूप-शोभा अनुपम थी। यही उसकी इच्छा थी, क्योंकि वह चाहती थी कि उसका नश्वर शरीर घोरतम लिप्साओं की परीक्षाग्नि में जले। काम-लोलुप और उद्दंड मनुष्यों से अपहरित होकर उसने समस्त संसार के व्यभिचार, बलात्कार और दुष्टता के दंडस्वरूप, सभी प्रकार की अमानुषीय यातनाएं सहीं और अपने सौंदर्य द्वारा राष्ट्रों का संहारा कर दिया, जिसमें ईश्वर भूमंडल के कुकर्मों को क्षमा कर दे। वह ईश्वरीय विचारशक्ति, वह योनिया, कभी इतनी स्वर्गिक शोभा को प्राप्त न हुई थी, अब वह नारी रूप धारण करके योद्धाओं और ग्वालों को यथावसर अपनी शैया पर स्थान देती थी। कविजनों ने उससे दैवी महत्त्व का अनुभव करके ही उसके चरित्र का इतना शांत, इतना सुंदर, इतना घातक चित्रण किया है और इन शब्दों में उसका संबोधन किया है–'तेरी आत्मा निश्चल सागर की भांति शांत है!'

12

एरिस्टोबोलस चेरियास की बगल में पड़ा खर्राटे ले रहा था। जेनाथेमीज महोदय, जो धर्म और अधर्म की सत्ता के कायल थे, फिलिना को हृदय से लगाए पड़े हुए थे। संसार से विरक्त डोरियन महाशय ड्रोसिया के आवरणहीन वक्ष पर शराब की बूंदें टपकाते थे, जो गोरी छाती पर लालों की भांति नाच रही थीं और वह विरागी पुरुष उन बूंदों को अपने होंठ से पकड़ने की चेष्टा कर रहा था। ड्रोसिया खिलखिला रही थी और बूंदें गुदगुदे वक्ष पर डोरियन के होंठों के सामने से भागती थीं।

सहसा यूक्राइटीज उठा और निसियास के कंधे पर हाथ रखकर उसे दूसरे कमरे के दूसरे सिरे पर ले गया। उसने मुस्कराते हुए कहा–"मित्र, इस समय किस विचार में हो, अगर तुममें अब भी विचार करने की सामर्थ्य है?"

निसियास ने कहा–"मैं सोच रहा हूं कि स्त्रियों का प्रेम अडॉनिस की वाटिका के समान है।"

पश्चाताप और दया ने योनिया से नीच-से-नीच कर्म कराए और दारुण दुःख झेलवाया। अंत में उसकी मृत्यु हो गई और उसकी जन्मभूमि में अभी तक उसकी कब्र मौजूद है। उसका मरना आवश्यक था, जिससे वह भोग-विलास के पश्चात् मृत्यु की पीड़ा

का अनुभव करे और लगाए हुए वृक्ष के कड़वे फल चखे, लेकिन हेलेन के शरीर को त्यागने के बाद उसने फिर स्त्री का जन्म लिया और फिर नाना प्रकार के अपमान और कलंक सहे। इसी भांति जन्म-जन्मांतरों से वह पृथ्वी का पाप-भार अपने ऊपर लेती चली आती है। और उसका यह अनंत आत्म-समर्पण निष्फल न होगा! हमारे प्रेमसूत्र में बंधी हुई वह हमारी दशा पर रोती है, हमारे कष्टों से पीड़ित होती है और अंत में अपना और अपने साथ हमारा उद्धार करेगी और हमें अपने उज्ज्वल, उदार, दयामय हृदय से लगाए हुए स्वर्ग के शांतिभवन में पहुंचा देगी।"

हरमोडोरस—यह कथा मुझे मालूम थी। मैंने कहीं पढ़ा या सुना है कि अपने एक जन्म में यह सीमन जादूगर के साथ रही। मैंने विचार किया था कि ईश्वर ने उसे यह दंड दिया होगा।

जेनाथेमीज—यह सत्य है हरमोडोरस, जो लोग इन रहस्यों का मंथन नहीं करते, उनको भ्रम होता है कि योनिया ने स्वेच्छा से यह यंत्रणा नहीं झेली, वरन् अपने कर्मों का दंड भोगा, परंतु यथार्थ में ऐसा नहीं है।

कलिक्रांत—महाराज जेनाथेमीज, कोई बतला सकता है कि वह बार-बार जन्म लेने वाली हेलेन इस समय किस देश में, किस वेश में और किस नाम से रहती है?

जेनाथेमीज—इस भेद को खोलने के लिए असाधारण बुद्धि चाहिए और नाराज न होना कलिक्रांत, कवियों के हिस्से में बुद्धि नहीं आती। उन्हें बुद्धि लेकर करना ही क्या है? वह तो रूप के संसार में रहते हैं और बालकों की भांति शब्दों और खिलौनों से अपना मनोरंजन करते हैं।

कलिक्रांत—जेनाथेमीज, जरा जबान संभालकर बातें करो। जानते हो, देवगण कवियों से कितना प्रेम करते हैं? उनके भक्तों की निंदा करोगे तो वे रुष्ट होकर तुम्हारी दुर्गति कर डालेंगे। अमर देवताओं ने स्वयं आदिम नीति पदों में ही घोषित की और उनकी आकाशवाणियां पदों ही में अवतरित होती हैं। भजन उनके कानों को कितने प्रिय हैं! कौन नहीं जानता कि कविजन ही आत्मज्ञानी होते हैं, उनसे कोई बात छिपी नहीं रहती। कौन नबी, कौन पैगंबर, कौन अवतार था, जो कवि न रहा हो? मैं स्वयं कवि हूं और कविदेव अपोलो का भक्त हूं, इसलिए मैं योनिया के वर्तमान रूप का रहस्य बता सकता हूं। हेलेन हमारे समीप ही बैठी हुई है। हम सब उसे देख रहे हैं। तुम लोग उसी रमणी को देख रहे हो, जो अपनी कुर्सी पर तकिया लगाए बैठी हुई है। उसकी आंखों में आंसू की बूंदें मोतियों की तरह झलक रही हैं और अधरों पर अतृप्त प्रेम की इच्छा ज्योत्स्ना की भांति छाई हुई

है। यह वही स्त्री है। वही अनुपम सौंदर्य वाली योनिया, वही विशाल-रूपधारिणी हेलेन, इस जन्म में मनमोहिनी थायस है!

फिलिना—कैसी बातें करते हो कलिक्रांत? थायस ट्रोजन की लड़ाई में? क्यों थायस, तुमने एशिलीज आजक्स, पेरिस आदि शूरवीरों को देखा था? उस समय के घोड़े बड़े होते थे?

एरिस्टाबोलस—घोड़ों की बातचीत कौन करता है? मुझसे करो। मैं इस विद्या का अद्वितीय ज्ञाता हूं।

चेरियास ने कहा—"मैं बहुत पी गया।" और वह मेज से नीचे गिर पड़ा।

कलिक्रांत ने प्याला भरकर कहा—"जो पीकर गिर पड़े, उन पर देवताओं का कोप हो?"

वृद्ध कोटा निद्रा में मग्न थे।

डोरियन थोड़ी देर से बहुत व्यग्र हो रहे थे। आंखें चढ़ गई थीं और नथुने फूल गए थे। वे लड़खड़ाते हुए थायस की कुर्सी के पास आकर बोले—"थायस, मैं तुमसे प्रेम करता हूं, यद्यपि प्रेमासक्त होना बड़ी निंदा की बात है।"

थायस—तुमने पहले क्यों मुझ पर प्रेम नहीं किया?

डोरियन—तब तो पिया ही न था।

थायस—मैंने तो अब तक नहीं पिया, फिर तुमसे प्रेम कैसे करूं?

डोरियन थायस के पास से ट्रोसिया के पास पहुंचा, जिसने उसे इशारे से अपने पास बुलाया था। उसके पास जाते ही उसके स्थान पर जेनाथेमीज आ पहुंचा और थायस के कपोलों पर अपना प्रेम अंकित कर दिया। थायस ने क्रुद्ध होकर कहा—"मैं तुम्हें इससे अधिक धर्मात्मा समझती थी!"

डोरियन—लेकिन तुम्हें यह भय नहीं है कि स्त्री के आलिंगन से तुम्हारी आत्मा अपवित्र हो जाएगी।

जेनाथेमीज—देह के भ्रष्ट होने से आत्मा भ्रष्ट नहीं होती। आत्मा को पृथक रखकर विषय-भोग का सुख उठाया जा सकता है।

थायस—तो आप यहां से खिसक जाइए। मैं चाहती हूं कि जो मुझे प्यार करे, वह तन-मन से प्यार करे। फिलॉसफर सभी बूढ़े बकरे होते हैं।"

एक-एक करके सभी दीपक बुझ गए। उषा की पीली किरणें जो परदों की दरारों से भीतर आ रही थीं, मेहमानों की चढ़ी हुई आंखों और सौंलाए हुए चेहरों पर पड़ रही थीं। एरिस्टोबोलस चेरियास की बगल में पड़ा खर्राटे ले रहा था। जेनाथेमीज महोदय, जो धर्म और अधर्म की सत्ता के कायल थे, फिलिना को हृदय से लगाए पड़े हुए थे। संसार से विरक्त डोरियन महाशय ड्रोसिया के

आवरणहीन वक्ष पर शराब की बूंदें टपकाते थे, जो गोरी छाती पर लालों की भांति नाच रही थीं और वह विरागी पुरुष उन बूंदों को अपने होंठ से पकड़ने की चेष्टा कर रहा था। ड्रोसिया खिलखिला रही थी और बूंदें गुदगुदे वक्ष पर डोरियन के होंठों के सामने से भागती थीं।

सहसा यूक्राइटीज उठा और निसियास के कंधे पर हाथ रखकर उसे दूसरे कमरे के दूसरे सिरे पर ले गया। उसने मुस्कराते हुए कहा–"मित्र, इस समय किस विचार में हो, अगर तुममें अब भी विचार करने की सामर्थ्य है?"

निसियास ने कहा–"मैं सोच रहा हूं कि स्त्रियों का प्रेम अडॉनिस की वाटिका के समान है।"

"उससे तुम्हारा क्या आशय है?"

निसियास–क्यों, तुम्हें मालूम नहीं कि स्त्रियां अपने आंगन में वीनस के प्रेमी के स्मृतिस्वरूप मिट्टी के गमलों में छोटे-छोटे पौधे लगाती हैं? ये पौधे कुछ दिन हरे रहते हैं, फिर मुरझा जाते हैं।

"इसका क्या मतलब है निसियास? यही कि मुरझाने वाली नश्वर वस्तुओं पर प्रेम करना मूर्खता है?"

निसियास ने गंभीर स्वर में उत्तर दिया–"मित्र, यदि सौंदर्य केवल छाया-मात्र है, तो वासना भी दामिनी की दमक से स्थिर नहीं, इसलिए सौंदर्य की इच्छा करना पागलपन नहीं तो क्या है? यह बुद्धिसंगत नहीं है। जो स्वयं स्थायी नहीं है, उसका भी उसी के साथ अंत हो जाना निश्चित है। दामिनी खिसकती हुई छांह को निगल जाए, यही अच्छा है।"

यूक्राइटीज ने ठंडी सांस खींचकर कहा–"निसियास, तुम मुझे उस बालक के समान जान पड़ते हो, जो घुटनों के बल चल रहा हो। मेरी बात मानो, स्वाधीन हो जाओ। स्वाधीन होकर तुम मनुष्य बन जाते हो।"

"यूक्राइटीज, यह क्योंकर हो सकता है कि शरीर के रहते हुए मनुष्य मुक्त हो जाए?"

"प्रिय पुत्र, तुम्हें यह शीघ्र ही ज्ञात हो जाएगा। एक क्षण में तुम कहोगे यूक्राइटीज मुक्त हो गया।"

वृद्ध पुरुष एक संगमरमर के स्तंभ से पीठ लगाए ये बातें कर रहा था और सूर्योदय की प्रथम ज्योति-रेखाएं उसके मुख को आलोकित कर रही थीं। हरमोडोरस और मार्कस भी उसके समीप आकर निसियास की बगल में खड़े थे और चारों प्राणी, मदिरासेवियों के हंसी-ठट्ठे की परवाह न करके ज्ञान-चर्चा में मग्न हो रहे थे।

यूक्राइटीज का कथन इतना विचारपूर्ण और मधुर था कि मार्कस ने कहा–"तुम सच्चे परमात्मा को जानने के योग्य हो।"

यूक्राइटीज ने कहा–"सच्चा परमात्मा सच्चे मनुष्य के हृदय में निवास करता है।"

तब वे लोग मृत्यु की चर्चा करने लगे।

यूक्राइटीज ने कहा–"मैं चाहता हूं कि जब वह आए तो मुझे अपने दोषों को सुधारने और कर्तव्यों का पालन करने में लगा हुआ देखें। उसके सम्मुख मैं अपने निर्मल हाथों को आकाश की ओर उठाऊंगा और देवताओं से कहूंगा कि हे पूज्य देवो, मैंने तुम्हारी प्रतिमाओं का लेश-मात्र भी अपमान नहीं किया, जो तुमने मेरी आत्मा के मंदिर में प्रतिष्ठित कर दी हैं। मैंने वहीं अपने विचारों को, पुष्पमालाओं को, दीपकों को एवं सुगंध को तुम्हारी भेंट किया है। मैंने तुम्हारे ही उपदेशों के अनुसार जीवन व्यतीत किया है और अब जीवन से उकता गया हूं।"

यह कहकर उसने अपने हाथों को ऊपर की तरफ उठाया और एक पल विचार में मग्न रहा, फिर वह आनंद से उल्लसित होकर बोला–"यूक्राइटीज, स्वयं को जीवन से पृथक कर ले, उस पके फल की भांति जो वृक्ष से अलग होकर जमीन पर गिर पड़ता है। उस वृक्ष को धन्यवाद दे जिसने तुझे पैदा किया और उस भूमि को धन्यवाद दे जिसने तेरा पालन किया!"

यह कहने के साथ ही उसने अपने वस्त्रों के नीचे से नंगी कटार निकाली और अपनी छाती में चुभा ली।

जो लोग उसके सम्मुख खड़े थे, तुरंत उसका हाथ पकड़ने दौड़े, लेकिन फौलादी नोक पहले ही हृदय के पार हो चुकी थी। यूक्राइटीज निर्वाण पद प्राप्त कर चुका था! हरमोडोरस और निसियास ने रक्त से सनी हुई देह को एक पलंग पर लिटा दिया। स्त्रियां चीखने लगीं, नींद से चौंके हुए मेहमान गुर्राने लगे! वयोवृद्ध कोटा; जो पुराने सिपाहियों की भांति कुकुरनींद सोता था, जाग पड़ा, शव के समीप आया, घाव को देखा और बोला–"मेरे वैद्य को बुलाओ।"

निसियास ने निराशा से सिर हिलाकर कहा–"यूक्राइटीज का प्राणांत हो गया। और लोगों को जीवन से जितना प्रेम होता है, उतना ही प्रेम इन्हें मृत्यु से था। हम सभी की भांति इन्होंने भी अपनी परम इच्छा के आगे सिर झुका दिया और अब वे देवताओं के तुल्य हैं जिन्हें कोई इच्छा नहीं होती।"

कोटा ने सिर पीट लिया और बोला–"मरने की इतनी जल्दी! अभी तो वे बहुत दिनों तक साम्राज्य की सेवा कर सकते थे। कैसी विडंबना है!"

पापनाशी और थायस पास-पास स्तंभित और अवाक्य बैठे रहे। उनके अंत:करण घृणा, भय और आशा से आच्छादित हो रहे थे।

सहसा पापनाशी ने थायस का हाथ पकड़ लिया और शराबियों को फांदते हुए, जो विषय-भोगियों के पास ही पड़े हुए थे और उस मदिरा और रक्त को पैरों से कुचलते हुए जो फर्श पर बहा हुआ था, वह उसे 'परियों के कुंज' की ओर ले चला।

13

मैं निश्चय कर चुका हूं कि तेरा सर्वस्व अग्नि का भोजन बन जाए, एक धागा भी बाकी न रहे! ईश्वर को कोटि धन्यवाद देता हूं कि तेरी नकाबें और चोलियां और कुर्तियां जिन्होंने समुद्र की लहरों से भी अगण्य चुंबनों का आस्वादन किया है, आज ज्वाला के मुख और जिह्वा का अनुभव करेंगी। गुलामो, दौड़ा—और लकड़ी लाओ—और आग लाओ, तेल के कुप्पे लाकर लुढ़का दो—अगर, कपूर और लोहबान छिड़क दो जिसमें ज्वाला और भी प्रचंड हो जाए! और थायस, तू घर में जा, अपने घृणित वस्त्रों को उतार दे, आभूषणों को पैरों तले कुचल दे और अपने सबसे दीन गुलाम से प्रार्थना कर कि वह तुझे अपना मोटा कुरता दे दे; यद्यपि तू इस दान को भी पाने योग्य नहीं है, जिसे पहनकर वह तेरे फर्श पर झाड़ लगाता है।"

थायस ने कहा—"मैंने इस आज्ञा को शिरोधार्य किया।"

नगर में सूर्य का प्रकाश फैल चुका था। गलियां अभी खाली पड़ी हुई थीं। गली के दोनों तरफ सिकंदर की कब्र तक भवनों के ऊंचे-ऊंचे सतून दिखाई देते थे। गली के संगीन फर्श पर जहां-तहां टूटे हुए हार और बुझी मशालों के टुकड़े पड़े हुए थे। समुद्र की तरफ से हवा के ताजे झोंके आ रहे थे। पापनाशी ने घृणा से अपने भड़कीले वस्त्र उतार फेंके और उसके टुकड़े-टुकड़े करके पैरों तले कुचल दिया।

उसने थायस से कहा–"प्यारी थायस, तूने इन कुमानुषों की बातें सुनीं? ऐसे कौन-से दुर्वचन और अपशब्द हैं, जो उनके मुंह से न निकले हों, जैसे मोरी से मैला पानी निकलता है। इन लोगों ने जगत के कर्ता परमेश्वर को नरक की सीढ़ियों पर घसीटा, धर्म और अधर्म की सत्ता पर शंका की, प्रभु मसीह का अपमान किया और जूदा का यश गाया और वह अंधकार का गीदड़, वह दुर्गंधमय राक्षस, जो इन सभी दुरात्माओं का गुरुघंटाल था, वह पापी मार्कस एरियन खुदी हुई कब्र की भांति मुंह खोल रहा था। प्रिय, तूने इन विष्ठामय गोबरैलों को अपनी ओर रेंगकर आते और अपने आपको उनके गंदे स्पर्श से अपवित्र करते देखा है। तूने औरों को पशुओं की भांति अपने गुलामों के पैरों के पास सोते देखा है। तूने उन्हें पशुओं की भांति उसी फर्श पर संभोग करते देखा है, जिस पर वे मदिरा से उन्मत्त होकर उल्टियां कर चुके थे! तूने एक मंदबुद्धि, सठियाए हुए बूढ़े को अपना रक्त बहाते देखा है, जो उस शराब से भी गंदा था, जो इन भ्रष्टाचारियों ने बहाई थी। ईश्वर को धन्य है! तूने कुवासनाओं का दृश्य देखा और तुझे विदित हो गया कि यह कितनी घृणोत्पादक वस्तु है? थायस! थायस, इन कुमार्गीर दार्शनिकों की भ्रष्टताओं को याद कर और तब सोच कि तू भी उन्हीं के साथ अपने को भ्रष्ट करेगी? उन दोनों कुल्टाओं के कटाक्षों को, हाव-भाव को, घृणित संकेतों को याद कर, वे कितनी निर्लज्जता से हंसती थीं, कितनी बेहयाई से लोगों को अपने पास बुलाती थीं और तब निर्णय कर कि तू भी उन्हीं के सदृश अपने जीवन का सर्वनाश करती रहेगी? ये दार्शनिक पुरुष थे, जो अपने को सभ्य कहते हैं, जो अपने विचारों पर गर्व करते हैं, पर इन वेश्याओं पर ऐसे गिरे पड़ते थे, जैसे कुत्ते हड्डियों पर गिरें!"

थायस ने रात को जो कुछ देखा और सुना था, उससे उसका हृदय ग्लानित और लज्जित हो रहा था। ऐसे दृश्य देखने का उसे यह पहला ही अवसर न था, पर आज जैसा असर उसके मन पर कभी न हुआ था। पापनाशी की सतुत्तेजनाओं ने उसके सद्भाव को जगा दिया था–'कैसे हृदयशून्य लोग हैं, जो स्त्री को अपनी वासनाओं का खिलौना-मात्र समझते हैं! कैसी स्त्रियां हैं, जो अपने देह-समर्पण का मूल्य एक प्याले शराब से अधिक नहीं समझतीं। मैं यह सब जानते और देखते हुए भी इसी अंधकार में पड़ी हुई हूं। मेरे जीवन को धिक्कार है।'

उसने पापनाशी को जवाब दिया–"प्रिय पिता, मुझमें अब जरा भी दम नहीं है। मैं ऐसी अशक्त हो रही हूं मानो दम निकल रहा है। कहां विश्राम मिलेगा? कहां एक घड़ी शांति से लेटूं? मेरा चेहरा जल रहा है, आंखों से आंच-सी निकल रही है, सिर में चक्कर आ रहा है और मेरे हाथ इतने थक गए हैं कि यदि आनंद और शांति मेरे हाथों की पहुंच में भी आ जाए तो मुझमें उसे लेने की शक्ति न होगी।"

पापनाशी ने उसे स्नेहमय करुणा से देखकर कहा–"प्रिय भगिनी! धैर्य और साहस से ही तेरा उद्धार होगा। तेरी सुख-शांति का उज्ज्वल और निर्मल प्रकाश इस भांति निकल रहा है, जैसे सागर और वन से भाप निकलती है।"

ये बातें करते हुए दोनों घर के समीप आ पहुंचे। सरो और सनोवर के वृक्ष जो 'परियों के कुंज' को घेरे हुए थे, दीवार के ऊपर सिर उठाए प्रभात समीर से कांप रहे थे। उनके सामने एक मैदान था। इस समय सन्नाटा छाया हुआ था। मैदान के चारों तरफ योद्धाओं की मूर्तियां बनी हुई थीं और चारों सिरों पर अर्धचंद्राकार संगमरमर की चौकियां बनी हुई थीं, जो दैत्यों की मूर्तियों पर स्थित थीं। थायस एक चौकी पर गिर पड़ी। एक क्षण विश्राम लेने के बाद उसने सचिंत नेत्रों से पापनाशी की ओर देखाकर पूछा–"अब मैं कहां जाऊं?"

पापनाशी ने उत्तर दिया–"तुझे उसके साथ जाना चाहिए, जो तेरी खोज में कितनी ही मंजिलें मारकर आया है। वह तुझे इस भ्रष्ट जीवन से इस प्रकार पृथक कर देगा, जैसे अंगूर बटोरने वाला माली उन गुच्छों को तोड़ लेता है जो पेड़ में लगे-लगे सड़ जाते हैं और उन्हें कोल्हू में ले जाकर सुगंधित शराब के रूप में परिणत कर देता है। सुन, सिकंद्रिया से केवल बारह घंटे की राह पर, समुद्रतट के समीप वैरागियों का एक आश्रम है जिसके नियम इतने सुंदर, बुद्धिमत्ता से इतने परिपूर्ण हैं कि उनको पद्य का रूप देकर सितार और तंबूरे पर गाना चाहिए। यह कहना लेशमात्र भी अत्युबित नहीं है कि जो स्त्रियां यहां पर रहकर उन नियमों का पालन करती हैं, उनके पैर धरती पर रहते हैं और सिर आकाश पर। वे धन से घृणा करती हैं जिससे प्रभु मसीह उन पर प्रेम करें; लज्जाशील रहती हैं कि वे उन पर कृपादृष्टिपात करें, सती रहती हैं कि वे उन्हें प्रेयसी बनाएं। प्रभु मसीह माली का वेश धारण करके, नंगे पांव, अपने विशाल बाहुओं को फैलाए, नित्य दर्शन देते हैं। उसी तरह उन्होंने माता मरियम को कब्र के द्वार पर दर्शन दिए थे। मैं आज तुझे उस आश्रम में ले जाऊंगा और थोड़े ही दिन बाद तुझे इन पवित्र देवियों के सहवास में उनकी अमृतवाणी सुनने का आनंद प्राप्त होगा। वे बहनों की भांति तेरा स्वागत करने को उत्सुक हैं। आश्रम के द्वार पर उसकी अध्यक्षिणी माता अलबीना तेरा मुख चूमेंगी और तुझसे सप्रेम स्वर से कहेंगी, बेटी, आ तुझे गोद में ले लूं, मैं तेरे लिए बहुत विकल थी।"

थायस चकित होकर बोली–"अरे अलबीना! केसर की बेटी, सम्राट केरस की भतीजी! वह भोग-विलास छोड़कर आश्रम में तप कर रही है?"

पापनाशी ने कहा–"हां, हां, वही! अलबीना, जो महल में पैदा हुई और सुनहरे वस्त्र धारण करती रही, जो संसार के सबसे बड़े नरेश की पुत्री है, उसे मसीह

की दासी का उच्च पद प्राप्त हुआ है। वह अब झोंपड़े में रहती है, मोटे वस्त्र पहनती है और कई दिन तक उपवास करती है। वह अब तेरी माता होगी और तुझे अपनी गोद में आश्रय देगी।"

थायस चौकी से उठ बैठी और बोली–"मुझे इसी क्षण अलबीना के आश्रम में ले चलो।"

पापनाशी ने अपनी सफलता पर मुग्ध होकर कहा–"तुझे वहां अवश्य ले चलूंगा और वहां तुझे एक कुटी में रखूंगा, जहां तू अपने पापों का रो-रोकर प्रायश्चित्त करेगी, क्योंकि जब तक तेरे पाप आंसुओं से धुल न जाएं, तू अलबीना की अन्य पुत्रियों से मिल-जुल नहीं सकती और न मिलना उचित ही है। मैं द्वार पर ताला डाल दूंगा और तू वहां आंसुओं से आर्द्र होकर प्रभु मसीह की प्रतीक्षा करेगी। यहां तक कि वे तेरे पापों को क्षमा करने के लिए स्वयं आएंगे और द्वार का ताला खोलेंगे। थायस, इसमें अणु-मात्र भी संदेह न कर, वे आएंगे। आह! जब वे अपनी कोमल, प्रकाशमय उंगलियां तेरी आंखों पर रखकर तेरे आंसू पोंछेंगे, उस समय तेरी आत्मा आनंद से कैसी पुलकित होगी! उनके स्पर्श-मात्र से तुझे ऐसा अनुभव होगा कि कोई प्रेम के हिंडोले में झुला रहा है।"

थायस ने फिर कहा–"प्रिय पिता, मुझे अलबीना के घर ले चलो।"

पापनाशी का हृदय आनंद से उत्फुल्ल हो गया। उसने चारों तरफ गर्व से देखा मानो कोई कंगाल कुबेर का खजाना पा गया हो। निशंक होकर सृष्टि की अनुपम सुषमा का उसने आस्वादन किया। उसकी आंखें ईश्वर के दिए हुए प्रकाश को प्रसन्न होकर पी रही थीं। उसके गालों पर हवा के झोंके न जाने किधर से आकर लगते थे। सहसा मैदान के एक कोने पर थायस के मकान का छोटा-सा द्वार देखकर और यह याद करके कि जिन पत्तियों की शोभा का वह आनंद उठा रहा था, वह थायस के बाग के पेड़ों की हैं। उसे उन सब अपावन वस्तुओं की याद आ गई, जो वहां की वायु को, जो आज इतनी निर्मल और पवित्र थी, दूषित कर रही थी और उसकी आत्मा को इतनी वेदना हुई कि उसकी आंखों से आंसू बहने लगे।

उसने कहा–"थायस, हमें यहां से बिना पीछे मुड़कर देखे हुए भागना चाहिए, लेकिन हमें अपने पीछे तेरे संस्कार के साधनों, साक्षियों और सहयोगियों को भी न छोड़ना चाहिए। वे भारी परदे, वह सुंदर पलंग, वे कालीनें, वे मनोहर चित्र और मूर्तियां, वे धूप आदि जलाने के स्वर्णकुंड, ये सब चिल्ला-चिल्लाकर तेरे पापाचरण की घोषणा करेंगे। क्या तेरी इच्छा है कि ये घृणित सामग्रियां, जिनमें प्रेतों का निवास है, जिनमें पापात्माएं क्रीड़ा करती हैं, मरुभूमि में भी तेरा पीछा करें, यही संस्कार वहां तेरी आत्मा को चंचल करते रहें? यह निरी कल्पना नहीं है कि मेजें

प्राणघातक होती हैं, कुर्सियां और गद्दे प्रेतों के यंत्र बनकर बोलते हैं, चलते-फिरते हैं, हवा में उड़ते हैं, गाते हैं। उन समग्र वस्तुओं को, जो तेरी विलास-लोलुपता के साथी हैं; मिटा दे, सर्वनाश कर दे। थायस, एक क्षण भी विलंब न कर, अभी सारा नगर सो रहा है, कोई हलचल न मचेगी, अपने गुलामों को हुक्म दे कि वह स्थान के मध्य में एक चिता बनाए, जिस पर हम तेरे भवन की सारी संपदा की आहुति कर दें। उसी अग्निराशि में तेरे कुसंस्कार जलकर भस्मीभूत हो जाएं!"

थायस ने सहमत होकर कहा–"पूज्य पिता, आपकी जैसी इच्छा हो, वह कीजिए। मैं भी जानती हूं कि बहुधा प्रेतगण निर्जीव वस्तुओं में रहते हैं। रात में सजावट की कोई-कोई वस्तु बातें करने लगती हैं, किंतु शब्दों में नहीं या तो थोड़ी-थोड़ी देर में खट-खट की आवाज से या प्रकाश की रेखाएं प्रस्फुटित करके। एक और विचित्र बात सुनिए! पूज्य पिता, आपने परियों के कुंज के द्वार पर, दाहिनी ओर एक नग्न स्त्री की मूर्ति को ध्यान से देखा है? एक दिन मैंने आंखों से देखा कि उस मूर्ति ने जीवित प्राणी के समान अपना सिर फेर लिया और फिर एक पल में अपनी पूर्व दशा में आ गई–मैं भयभीत हो गई। जब मैंने निसियास से यह अद्भुत लीला बयान की तो वह मेरी हंसी उड़ाने लगा, लेकिन उस मूर्ति में कोई जादू अवश्य है; क्योंकि उसने एक विदेशी मनुष्य को, जिस पर मेरे सौंदर्य का जादू कुछ असर न कर सका था, अत्यंत प्रबल इच्छाओं से परिपूरित कर दिया। इसमें कोई संदेह नहीं है कि पर की सभी वस्तुओं में प्रेतों का बसेरा है और मेरे लिए यहां रहना जान-जोखिम था, क्योंकि कई आदमी एक पीतल की मूर्ति से आलिंगन करते हुए प्राण खो बैठे हैं–तो भी उन वस्तुओं को नष्ट करना जो अद्वितीय कला में पुण्य प्रदर्शित कर रही हैं और मेरी कालीनों और परदों को जलाना घोर अन्याय होगा। ये अद्भुत वस्तुएं सदैव के लिए संसार से लुप्त हो जाएंगी। उनमें से कई इतने सुंदर रंगों से सुशोभित हैं कि उनकी शोभा अवर्णनीय है और लोगों ने उन्हें मुझे उपहार देने के लिए अतुल धन व्यय किया था। मेरे पास अमूल्य प्याले, मूर्तियां और चित्र हैं। मेरे विचार में उन्हें जलाना भी अनुचित होगा, लेकिन मैं इस विषय में कोई आग्रह नहीं करती। पूज्य पिता, आपकी जैसी इच्छा हो, कीजिए।"

यह कहकर वह पापनाशी के पीछे-पीछे अपने गृहद्वार पर पहुंची जिस पर अगणित मनुष्यों के हाथों से हारों और पुष्पमालाओं की भेंट पा चुकी थी। जब द्वार खुला तो उसने द्वारपाल से कहा कि घर के समस्त सेवकों को बुलाओ। पहले चार भारतवासी आए, जो रसोई का काम करते थे। वे सब सांवले रंग के और काने थे। थायस को एक ही जाति के चार गुलाम और चारों काने, बड़ी मुश्किल से मिले, पर यह उसकी एक दिल्लगी थी और जब तक चारों मिल न गए थे, उसे

चैन न आता था। जब वह मेज पर भोज्य पदार्थ चुनते थे तो मेहमानों को उन्हें देखकर बड़ा कुतूहल होता था। थायस प्रत्येक का वृत्तांत उसके मुख से कहलाकर मेहमानों का मनोरंजन करती थी। इन चारों के बाद उनके सहायक आए, तब बारी-बारी से साईस, शिकारी, पालकी उठाने वाले, हरकारे जिनकी मासपेशियां अत्यंत सुदृढ़ थीं, दो कुशल माली, छ: भयंकर रूप के हब्शी और तीन यूनानी गुलाम, जिनमें एक वैयाकरण था, दूसरा कवि और तीसरा गायक—सब आकर एक लंबी कतार में खड़े हो गए। उनके पीछे हब्शिनें आईं जिनकी बड़ी-बड़ी गोल आंखों में शंका, उत्सुकता और उद्विग्नता झलक रही थी और जिनके मुख कानों तक फटे हुए थे। सबके पीछे छ: तरुणी रूपवती दासियां, अपनी नकाबों को संभालती और धीरे-धीरे बेड़ियों से जकड़े हुए पांव उठाती आकर उदासीन भाव से खड़ी हुईं। जब सबके-सब जमा हो गए तो थायस ने पापनाशी की ओर उंगली उठाकर कहा—"देखो, तुम्हें यह महात्मा जो आज्ञा दें, उसका पालन करो। ये ईश्वर के भक्त हैं। जो इनकी अवज्ञा करेगा, वह खड़े-खड़े मर जाएगा।"

थायस ने सुना था और इस पर विश्वास करती थी कि धर्माश्रम के संत जिस अभागे पुरुष पर कोप करके छड़ी से मारते थे, उसे निगलने के लिए पृथ्वी अपना मुंह खोल देती थी। पापनाशी ने यूनानी दासों और दासियों को सामने से हटा दिया। वह अपने ऊपर उनका साया भी न पड़ने देना चाहता था और शेष सेवकों से कहा—"यहां बहुत-सी लकड़ी जमा करो, उसमें आग लगा दो और जब अग्नि की ज्वाला उठने लगे तो इस घर के सब साज-सामान मिट्टी के बर्तन से लेकर सोने के थालों तक, टाट के टुकड़े से लेकर बहुमूल्य कालीनों तक, सभी मूर्तियां, चित्र, गमले, गड्ड-मड्ड करके इसी चिता में डाल दो, कोई चीज बाकी न रहे।"

यह विचित्र आज्ञा सुनकर सबके-सब विस्मित हो गए और अपनी स्वामिनी की ओर कातर नेत्रों से ताकते हुए मूर्तिवत् खड़े रह गए। वे अभी इसी अकर्मण्य दशा में अवाक् और निश्चल खड़े थे और एक-दूसरे को कुहनियां गड़ाते थे मानो वे इस हुक्म को दिल्लगी समझ रहे हैं कि पापनाशी ने रौद्र रूप धारण करके कहा—"क्यों विलंब हो रहा है?"

इसी समय थायस नंगे पैर, छिटके हुए केश कंधों पर लहराती घर में से निकली। वह भद्दे मोटे वस्त्र धारण किए हुए थी, जो उसके देहस्पर्श मात्र से स्वर्गिक, कामोत्तेजक सुगंध से परिपूरित जान पड़ते थे। उसके पीछे एक माली एक छोटी-सी हाथीदांत की मूर्ति छाती से लगाए लिये आता था। पापनाशी के पास आकर थायस ने मूर्ति उसे दिखाई और कहा—"पूज्य पिता, क्या इसे भी आग में डाल दूं? यह प्राचीन समय की अद्भुत कारीगरी का नमूना है और

इसका मूल्य शतगुण स्वर्ण से कम नहीं। इस क्षति की पूर्ति किसी भांति न हो सकेगी, क्योंकि संसार में एक भी ऐसा निपुण मूर्तिकार नहीं है, जो इतनी सुंदर एरास (प्रेम का देवता) की मूर्ति बना सके। पिता, यह भी स्मरण रखिए कि यह प्रेम का देवता है; इसके साथ निर्दयता करना उचित नहीं। पिता, मैं आपको विश्वास दिलाती हूं कि प्रेम का अधर्म से कोई संबंध नहीं और अगर मैं विषय-भोग में लिप्त हुई तो प्रेम की प्रेरणा से नहीं, बल्कि उसकी अवहेलना करके, उसकी इच्छा के विरुद्ध व्यवहार करके। मुझे उन बातों के लिए कभी पश्चाताप न होगा, जो मैंने उसके आदेश का उल्लंघन करके की हैं। उसकी कदापि यह इच्छा नहीं है कि स्त्रियां उन पुरुषों का स्वागत करें, जो उसके नाम पर नहीं आते। इस कारण इस देवता की प्रतिष्ठा करनी चाहिए। देखिए पिताजी, यह छोटा-सा एरास कितना मनोहर है! एक दिन निसियास ने, जो उन दिनों मुझ पर प्रेम करता था, इसे मेरे पास लाकर कहा था–'आज तो यह देवता यहीं रहेगा और तुम्हें मेरी याद दिलाएगा', पर इस नटखट बालक ने मुझे निसियास की याद तो कभी नहीं दिलाई; हां, एक युवक की याद नित्य दिलाता रहा, जो एंटियोक में रहता था और जिसके साथ मैंने जीवन का वास्तविक आनंद उठाया। मुझे फिर वैसा पुरुष नहीं मिला, यद्यपि मैं सदैव उसकी खोज में तत्पर रही। अब इस अग्नि को शांत होने दीजिए पिताजी! अतुल धन इसकी भेंट हो चुका। इस बालमूर्ति को आश्रय दीजिए और इसे स्वरक्षित किसी धर्मशाला में स्थान दिला दीजिए। इसे देखकर लोगों के चित्त ईश्वर की ओर प्रवृत्त होंगे, क्योंकि प्रेम स्वभावत: मन में उत्कृष्ट और पवित्र विचारों को जाग्रत करता है।"

थायस मन में सोच रही थी कि उसकी वकालत का अवश्य असर होगा और कम-से-कम यह मूर्ति तो बच जाएगी, लेकिन पापनाशी बाज की भांति झपटा और माली के हाथ से मूर्ति छीन ली। उसने तुरंत उसे चिता में डाल दिया और निर्दय स्वर में बोला–"जब यह निसियास की चीज है और उसने इसे स्पर्श किया है तो मुझसे इसकी सिफारिश करना व्यर्थ है। उस पापी का स्पर्श-मात्र समस्त विकारों से परिपूरित कर देने के लिए काफी है।"

उसने चमकते हुए वस्त्र, भांति-भांति के आभूषण, सोने की पादुकाएं, रत्नजड़ित कंघियां, बहुमूल्य आईने, भांति-भांति के गाने-बजाने की वस्तुएं–सरोद, सितार, वीणा, नाना प्रकार के फानूस, अंकवारों में उठा-उठाकर झोंकना शुरू किया। इस प्रकार कितना धन नष्ट हुआ, इसका अनुमान करना है। इधर तो ज्वाला उठ रही थी, चिनगारियां उड़ रही थीं, चटाक-पटाक की निरंतर ध्वनि सुनाई देती थी, उधर हब्शी गुलाम इस विनाशक दृश्य से उन्मत्त होकर तालियां

बजा-बजाकर और भीषण नाद से चिल्ला-चिल्लाकर नाच रहे थे। यह विचित्र दृश्य था, धर्मोत्साह का कितना भयंकर रूप!

इन गुलामों में से कई ईसाई थे। उन्होंने शीघ्र ही इस प्रकार का आशय समझ लिया और घर में ईंधन और आग लाने गए। औरों ने भी उनका अनुकरण किया, क्योंकि ये सब दरिद्र थे और धन से घृणा करते थे और धन से बदला लेने की उनमें स्वाभाविक प्रवृत्ति थी—जो धन हमारे काम नहीं आता, उसे नष्ट ही क्यों न कर डालें! जो वस्त्र हमें पहनने को नहीं मिल सकते, उन्हें जला ही क्यों न डालें! उन्हें इस प्रवृत्ति को शांत करने का यह अच्छा अवसर मिला। जिन वस्तुओं ने हमें इतने दिनों तक जलाया है, उन्हें आज जला देंगे।

चिता तैयार हो रही थी और घर की वस्तुएं बाहर लाई जा रही थीं कि पापनाशी ने थायस से कहा—"पहले मेरे मन में यह विचार हुआ कि सिकंद्रिया के किसी चर्च के कोषाध्यक्ष को लाऊं (यदि अभी कोई ऐसा स्थान है जिसे चर्च कहा जा सके और जिसे एरियन के भ्रष्टाचरण से भ्रष्ट न कर दिया।) और उसे तेरी संपूर्ण संपत्ति दे दूं कि वह उन्हें अनाथ विधवाओं और बालकों को प्रदान कर दे। इस भांति पापोपार्जित धन का पुनीत उपयोग हो जाए, लेकिन एक क्षण में यह विचार जाता रहा; क्योंकि ईश्वर ने इसकी प्रेरणा न की थी। मैं समझ गया कि ईश्वर को कभी मंजूर न होगा कि तेरी पाप की कमाई ईसू के प्रिय भक्तों को दी जाए। इससे उनकी आत्मा को घोर दु:ख होगा। जो स्वयं दरिद्र रहना चाहते हैं, स्वयं कष्ट भोगना चाहते हैं, इसलिए कि इससे उनकी आत्मा शुद्ध होगी। उन्हें यह कलुषित धन देकर उनकी आत्म-शुद्धि के प्रयत्न को विफल करना उनके साथ बड़ा अन्याय होगा, इसलिए मैं निश्चय कर चुका हूं कि तेरा सर्वस्व अग्नि का भोजन बन जाए, एक धागा भी बाकी न रहे! ईश्वर को कोटि धन्यवाद देता हूं कि तेरी नकाबें और चोलियां और कुर्तियां जिन्होंने समुद्र की लहरों से भी अगण्य चुंबनों का आस्वादन किया है, आज ज्वाला के मुख और जिह्वा का अनुभव करेंगी। गुलामो, दौड़ो—और लकड़ी लाओ—और आग लाओ, तेल के कुप्पे लाकर लुढ़का दो—अगर, कपूर और लोहबान छिड़क दो जिसमें ज्वाला और भी प्रचंड हो जाए! और थायस, तू घर में जा, अपने घृणित वस्त्रों को उतार दे, आभूषणों को पैरों तले कुचल दे और अपने सबसे दीन गुलाम से प्रार्थना कर कि वह तुझे अपना मोटा कुरता दे दे; यद्यपि तू इस दान को भी पाने योग्य नहीं है, जिसे पहनकर वह तेरे फर्श पर झाड़ लगाता है।"

थायस ने कहा—"मैंने इस आज्ञा को शिरोधार्य किया।"

14

पापनाशी के हृदय पर कथन का एक-एक शब्द वज्र के समान पड़ रहा था। अंत में वह इन अपशब्दों से प्रतिध्वनित हुआ—"हा! दुर्जन, दुष्ट, पापी! मैं तुझसे घृणा करता हूं और तुझे तुच्छ समझता हूं! दूर हो यहां से, नरक के दूत, उन दुर्बल, दुःखी म्लेच्छों से भी हजार गुना निकृष्ट, जो अभी मुझे पत्थरों और दुर्वचनों का निशाना बना रहे थे! वे अज्ञानी थे, मूर्ख थे; उन्हें कुछ ज्ञान न था कि हम क्या कर रहे हैं और संभव है कि कभी उन पर ईश्वर की दयादृष्टि फिरे और मेरी प्रार्थनाओं के अनुसार उनके अंतःकरण शुद्ध हो जाएं, लेकिन निसियास, अस्पृश्य, पतित निसियास! तेरे लिए कोई आशा नहीं है, तू घातक विष है। तेरे मुख से नैराश्य और नाश के शब्द ही निकलते हैं। तेरे एक हास्य से उससे कहीं अधिक नास्तिकता प्रवाहित होती है जितनी शैतान के मुख से सौ वर्षों में भी न निकलती होगी।"

जब तक चारों भारतीय काने बैठकर आग झोंक रहे थे, हब्शी गुलामों ने चिता में बड़े-बड़े हाथीदांत, आबनूस और सागौन के संदूक डाल दिए, जो धमाके से टूट गए और उनमें से बहुमूल्य रत्नजड़ित आभूषण निकल पड़े। अलाव में से धुएं के काले-काले बादल उठ रहे थे। तब अग्नि जो अभी तक सुलग रही थी, इतना भीषण शब्द करके धधक उठी मानो कोई भयंकर वन्य-पशु गरज

उठा हो। ज्वाला-जिह्वा जो सूर्य के प्रकाश में बहुत धुंधली दिखाई देती थी, किसी राक्षस की भांति अपने शिकार को निगलने लगी।

ज्वाला ने उत्तेजित होकर गुलामों को भी उत्तेजित किया। वे दौड़-दौड़कर भीतर से चीजें बाहर लाने लगे। कोई मोटी-मोटी कालीनें घसीटे चला आता था, कोई वस्त्र के गट्ठर लिये दौड़ा आता था। जिन नकाबों पर सुनहरा काम किया हुआ था, जिन परदों पर सुंदर बेल-बूटे बने हुए थे, सभी आग में झोंक दिए गए। अग्नि मुंह पर नकाब नहीं डालना चाहती और न उसे परदों से प्रेम है। वह भीषण और नग्न रहना चाहती है, फिर लकड़ी के सामानों की बारी आई। भारी मेज, कुर्सियां, मोटे-मोटे गद्दे, सोने की परियों से सुशोभित पलंग गुलामों से उठते ही न थे। तीन बलिष्ठ हब्शी परियों की मूर्तियां छाती से लगाए हुए लाए। इन मूर्तियों में एक इतनी सुंदर थी कि लोग उससे स्त्री जैसा प्रेम करते थे। ऐसा जान पड़ता था कि तीन जंगली बंदर तीन स्त्रियों को उठाए भागे जाते हैं और जब ये तीनों सुंदर नग्न मूर्तियां, इन दैत्यों के हाथ से छूटकर गिरीं और टुकड़े-टुकड़े हो गईं, तो गहरी शोक-ध्वनि कानों में आई।

यह शोर सुनकर पड़ोसी एक-एक करके जागने लगे और आंखें मल-मलकर खिड़कियों से देखने लगे कि यह धुआं कहां से आ रहा है। वे अर्धनग्न दशा में ही बाहर निकल पड़े और अलाव के चारों ओर जमा हो गए।

यह माजरा क्या है? यही प्रश्न एक दूसरे से करता था।

इन लोगों में वे व्यापारी थे जिनसे थायस इत्र, तेल, कपड़े आदि लिया करती थी और वे सचिंत भाव से मुंह लटकाए ताक रहे थे। उनकी समझ में कुछ न आता था कि यह क्या हो रहा है। कई विषय-भोगी पुरुष जो रात-भर के विलास के बाद सिर पर हार लपेटे, कुरते पहने गुलामों के पीछे जाते हुए उधर से निकले तो यह दृश्य देखकर ठिठक गए और जोर-जोर से तालियां बजाकर चिल्लाने लगे। धीरे-धीरे कुतूहलवश और लोग आ गए और बड़ी भीड़ जमा हो गई, फिर लोगों को ज्ञात हुआ कि थायस धर्माश्रम के तपस्वी पापनाशी के आदेश से अपनी समस्त संपत्ति जलाकर किसी आश्रम में प्रविष्ट होने आ रही है।

दुकानदारों ने विचार किया—थायस यह नगर छोड़कर चली जा रही है। अब हम किसके हाथ अपनी चीजें बेचेंगे? कौन हमें मुंहमांगे दाम देगा? यह घोर अनर्थ है। थायस पागल हो गई है क्या? इस योगी ने अवश्य उस पर कोई मंत्र डाल दिया है, नहीं तो इतना सुख-विलास छोड़कर तपस्विनी बन जाना सहज नहीं है। उसके बिना हमारा निर्वाह क्योंकर होगा! वह हमारा सर्वनाश किए डालती है। योगी को क्यों ऐसा करने दिया जाए? आखिर कानून किसलिए है? क्या सिकंद्रिया में कोई नगर का शासक नहीं? थायस को हमारे बाल-बच्चों की जरा भी चिंता नहीं

है। उसे शहर में रहने के लिए मजबूर करना चाहिए। धनी लोग इसी भांति नगर छोड़कर चले जाएंगे तो हम रह चुके। हम राज्य-कर कहां से देंगे?

युवकगण को दूसरे प्रकार की चिंता थी—अगर थायस इस भांति निर्दयता से नगर से जाएगी तो नाट्यशालाओं को जीवित कौन रखेगा? शीघ्र ही उनमें सन्नाटा छा जाएगा, हमारे मनोरंजन की मुख्य सामग्री गायब हो जाएगी, हमारा जीवन शुष्क और नीरस हो जाएगा। वह रंगभूमि का दीपक, आनंद, सम्मान, प्रतिभा और प्राण थी। जिन्होंने उसके प्रेम का आनंद नहीं उठाया था, वे उसके दर्शन-मात्र ही से कृतार्थ हो जाते थे। अन्य स्त्रियों से प्रेम करते हुए भी वह हमारे नेत्रों के सामने उपस्थित रहती थी। हम विलासियों की तो वह जीवनधारा थी। केवल यह विचार कि वह इस नगर में उपस्थित है, हमारी वासनाओं को उद्दीप्त किया करता था। जल की देवी जैसे वृष्टि करती है, अग्नि की देवी जलाती है, उसी भांति यह आनंद की देवी हृदय में आनंद का संचार करती थी।

समस्त नगर में हलचल मची हुई थी। कोई पापनाशी को गालियां देता था, कोई ईसाई धर्म को और कोई स्वयं प्रभु मसीह को सलवातें सुनाता था और थायस के त्याग की भी बड़ी तीव्र आलोचना हो रही थी। ऐसा कोई समाज न था, जहां कुहराम न मचा हो।

"यों मुंह छिपाकर जाना लज्जास्पद है!"

"यह कोई भलमनसाहत नहीं है!"

"अजी, वह तो हमारे पेट की रोटियां छीने लेती है!"

"वह आने वाली संतान को अरसिक बनाए देती है। अब उन्हें रसिकता का उपदेश कौन देगा?"

"अजी, उसने तो अभी हमारे हारों के दाम भी नहीं दिए।"

"मेरे भी पचास जोड़ों के दाम आते हैं।"

"सभी का कुछ-न-कुछ उस पर आता है।"

"जब वह चली जाएगी तो नायिकाओं का पार्ट कौन खेलेगा?"

"इस क्षति की पूर्ति नहीं हो सकती।"

"उसका स्थान सदैव रिक्त रहेगा।"

"उसके द्वार बंद हो जाएंगे तो जीवन का आनंद ही जाता रहेगा।"

"वह सिकंद्रिया के गगन का सूर्य थी।"

इतनी देर में नगर-भर के भिक्षुक, अपंग, लूले, लंगड़े, कोढ़ी, अंधे सब उस स्थान पर जमा हो गए और जली हुई वस्तुओं को टटोलते हुए बोले—"अब हमारा पालन कौन करेगा? उसकी मेज का जूठन खाकर दो सौ अभागों के

पेट भर जाते थे? उसके प्रेमीगण चलते समय हमें मुट्ठियां-भर रुपये-पैसे दान कर देते थे।"

चोर-चकारों की भी बन आई। वे भी आकर इस भीड़ में मिल गए और शोर मचा-मचाकर अपने पास के आदमियों को ठेलने लगे कि दंगा हो जाए और उस गोलमाल में हम भी किसी वस्तु पर हाथ साफ करें। यद्यपि बहुत कुछ जल चुका था, फिर भी इतना शेष था कि नगर के सारे चोर-चंडाल अयाची हो जाते!

इस हलचल में केवल एक वृद्ध मनुष्य स्थिरचित्त दिखाई देता था। वह थायस के हाथों दूर देशों से बहुमूल्य वस्तु ला-लाकर बेचता था और थायस पर उसके बहुत रुपये आते थे। वह सबकी बातें सुनता था, देखता था कि लोग क्या करते हैं और रह-रहकर दाढ़ी पर हाथ फेरता था और मन में कुछ सोच रहा था। एकाएक उसने एक युवक को सुंदर वस्त्र पहने पास खड़े देखा। उसने युवक से पूछा-"तुम थायस के प्रेमियों में नहीं हो!"

युवक-हां, हूं तो बहुत दिनों से।

वृद्ध-तो जाकर उसे रोकते क्यों नहीं?

युवक-और क्या तुम समझते हो कि उसे जाने दूंगा? मन में यही निश्चय करके आया हूं। शेखी तो नहीं मारता, लेकिन इतना तो मुझे विश्वास है कि मैं उसके सामने जाकर खड़ा हो जाऊंगा तो वह इस बंदरमुंहे पादरी की अपेक्षा मेरी बातों पर अधिक ध्यान देगी।

वृद्ध-तो जल्दी जाओ। ऐसा न हो कि तुम्हारे पहुंचते-पहुंचते वह सवार हो जाए।

युवक-इस भीड़ को हटाओ।

वृद्ध व्यापारी ने 'हटो, जगह दो' का गुल मचाना शुरू किया और युवक घूसों और ठोकरों से आदमियों को हटाता, वृद्धों को गिराता, बालकों को कुचलता, अंदर पहुंच गया और थायस का हाथ पकड़कर धीरे से बोला-"प्रिय, मेरी ओर देखो। इतनी निष्ठुरता! याद करो, तुमने मुझसे कैसी-कैसी बातें की थीं, क्या-क्या वादे किए थे, क्या अपने वादों को भूल जाओगी? क्या प्रेम का बंधन इतना ढीला हो सकता है?"

थायस अभी कुछ जवाब न दे पाई थी कि पापनाशी लपककर उसके और थायस के बीच में खड़ा हो गया और डांटकर बोला-"दूर हट, पापी कहीं का! खबरदार, जो उसकी देह को स्पर्श किया। वह अब ईश्वर की है, मनुष्य उसे नहीं छू सकता।"

युवक ने कड़ककर कहा-"हट यहां से, वनमानुष! क्या तेरे कारण अपनी प्रियतमा से न बोलूं? हट जाओ, नहीं तो यह दाढ़ी पकड़कर तुम्हारी गंदी लाश को आग के पास खींच ले जाऊंगा और कबाब की तरह भून डालूंगा। इस भ्रम

में मत रह कि तू मेरी प्राणाधार को यों चुपके से उठा ले जाएगा। उससे पहले मैं तुझे संसार से उठा दूंगा!"

यह कहकर उसने थायस के कंधे पर हाथ रखा, लेकिन पापनाशी ने इतनी जोर से धक्का दिया कि वह कई कदम पीछे लड़खड़ाता हुआ चला गया और बिखरी हुई राख के समीप चारों खाने चित्त गिर पड़ा।

लेकिन वृद्ध सौदागर शांत न बैठा। वह प्रत्येक मनुष्य के पास जा-जाकर गुलामों के कान खींचता और स्वामियों के हाथों को चूमता और सभी को पापनाशी के विरुद्ध उत्तेजित कर रहा था। थोड़ी देर में उसने एक छोटा-सा जत्था बना लिया, जो इस बात पर कटिबद्ध था कि पापनाशी को कदापि अपने कार्य में सफल न होने देगा। मजाल है कि यह पादरी हमारे नगर की शोभा को भगा ले जाए! गरदन तोड़ देंगे। पूछो, धर्माश्रम में ऐसी रमणियों की क्या जरूरत? क्या संसार में विपत्ति की मारी बूढ़ी स्त्रियों की कमी है? क्या उनके आंसुओं से इन पादरियों को संतोष नहीं होता कि युवतियों को भी रोने के लिए मजबूर किया जाए!

युवक का नाम सिरोन था। वह धक्का खाकर गिरा, किंतु तुरंत गर्द झाड़कर उठ खड़ा हुआ। उसका मुंह राख से काला हो गया था, बाल झुलस गए थे—क्रोध और धुएं से उसका दम घुट रहा था। वह देवताओं को गालियां देता हुआ उपद्रवियों को भड़काने लगा। पीछे भिखारियों का दल उत्पात मचाने को उद्यत था। एक क्षण में पापनाशी तने हुए घूंसों, उठी हुई लाठियों और अपमानसूचक अपशब्दों के बीच घिर गया।

एक ने कहा—"मारकर कौओं को खिला दो!"

"नहीं जला दो, जीवित आग में डाल दो, जलाकर भस्म कर दो!"

लेकिन पापनाशी जरा भी भयभीत न हुआ। उसने थायस को पकड़कर खींच लिया और मेघ की भांति गरजकर बोला—"ईश्वरद्रोहियों, इस कपोत को ईश्वरीय बीज के चंगुल से छुड़ाने की चेष्टा मत करो, तुम आज जिस आग में जल रहे हो, उसमें जलने के लिए उसे विवश मत करो, बल्कि उसकी रीस करो और उसी की भांति अपने खोटे को भी खरा कंचन बना दो। उसका अनुकरण करो, उसके दिखाए हुए मार्ग पर अग्रसर हो और उस ममता को त्याग दो, जो तुम्हें बांधे हुए है और जिसे तुम समझते हो कि हमारी है। विलंब न करो, हिसाब का दिन निकट है और ईश्वर की ओर से वज्राघात होने वाला ही है। अपने पापों पर पछताओ, उनका प्रायश्चित्त करो, तौबा करो, रोओ और ईश्वर से क्षमा-प्रार्थना करो। थायस के पदचिह्नों पर चलो। अपनी कुवासनाओं से घृणा करो, जो उससे किसी भांति कम नहीं हैं। तुममें से कौन इस योग्य है, चाहे वह धनी हो या कंगाल, दास हो

या स्वामी, सिपाही हो या व्यापारी, जो ईश्वर के सम्मुख खड़ा होकर दावे के साथ कह सके कि मैं किसी वेश्या से अच्छा हूं? तुम सबके-सब सजीव दुर्गंध के सिवा और कुछ नहीं हो और यह ईश्वर की महान दया है कि वह तुम्हें एक क्षण में कीचड़ की मोरियां नहीं बना डालता।"

जब तक वह बोलता रहा, उसकी आंखों से ज्वाला-सी निकल रही थी। ऐसा जान पड़ता था कि उसके मुख से अंगारे बरस रहे हैं। जो लोग वहां खड़े थे, इच्छा न रहने पर भी मंत्रमुग्ध से खड़े उसकी बातें सुन रहे थे।

किंतु वह वृद्ध व्यापारी ऊधम मचाने में अत्यंत प्रवीण था। वह अब भी शांत न हुआ। उसने जमीन से पत्थर के टुकड़े और घोंघे चुन लिये और अपने कुरते के दामन में छिपा लिए, किंतु स्वयं उन्हें फेंकने का साहस न करके उसने वे सब चीजें भिक्षुकों के हाथों में दे दीं, फिर क्या था? पत्थरों की वर्षा होने लगी और एक घोंघा पापनाशी के चेहरे पर ऐसा आकर बैठा कि घाव हो गया। रक्त की धारा पापनाशी के चेहरे पर बह-बहकर त्यागिनी थायस के सिर पर टपकने लगी मानो उसे रक्त के बपतिस्मा से पुनः संस्कृत किया जा रहा था। थायस को योगी ने इतनी जोर से भींच लिया था कि उसका दम घुट रहा था और योगी के खुरखुरे वस्त्र से उसका कोमल शरीर छिला जाता था। इस असमंजस में पड़े हुए, घृणा और क्रोध से उसका मुख लाल हो रहा था।

इतने में एक मनुष्य भड़कीले वस्त्र पहने, जंगली फूलों की एक माला सिर पर लपेटे भीड़ को हटाता हुआ आया और चिल्लाकर बोला-"ठहरो-ठहरो, यह उत्पात क्यों मचा रहे हो? यह योगी मेरा भाई है।"

यह निसियास था, जो वृद्ध यूक्राइटीज को कब्र में सुलाकर इस मैदान में होता हुआ घर लौटा जा रहा था। उसने देखा तो अलाव जल रहा है, उसमें भांति-भांति की बहुमूल्य वस्तुएं पड़ी सुलग रही हैं, थायस एक मोटी चादर ओढ़े खड़ी है और पापनाशी पर चारों ओर से पत्थरों की बौछार हो रही है। वह यह दृश्य देखकर विस्मित नहीं हुआ, वह आवेशों के वशीभूत न होता था। हां, ठिठक गया और पापनाशी को इस आक्रमण से बचाने की चेष्टा करने लगा।

निसियास ने कहा-"मैं मना कर रहा हूं, ठहरो, पत्थर न फेंको। यह योगी मेरा प्रिय सहपाठी है। मेरे प्रिय मित्र पापनाशी पर अत्याचार मत करो।"

किंतु उसकी ललकार का कुछ असर न हुआ। जो पुरुष नैयायिकों के साथ बैठा हुआ बाल की खाल निकालने में ही कुशल हो, उसमें वह नेतृत्वशक्ति कहां जिसके सामने जनता के सिर झुक जाते हैं। पत्थरों और घोघों की दूसरी बौछार पड़ी, किंतु पापनाशी थायस को अपनी देह से रक्षित किए हुए पत्थरों की चोटें

अलंकार ❖ प्रेमचंद

खाता था और ईश्वर को धन्यवाद देता था जिसकी दयादृष्टि उनके घावों पर मरहम रखती हुई जान पड़ती थी।

निसियास ने जब देखा कि यहां मेरी कोई नहीं सुनता और मन में यह समझकर कि मैं अपने मित्र की रक्षा न तो बल से कर सकता हूं और न वाक्चातुरी से तो उसने सब कुछ ईश्वर पर छोड़ दिया। (यद्यपि ईश्वर पर उसे अणु-मात्र भी विश्वास न था।) सहसा उसे एक उपाय सूझा। इन प्राणियों को वह इतना नीच समझता था कि उसे अपने उपाय की सफलता पर जरा भी संदेह न रहा। उसने तुरंत अपनी थैली निकाल ली, जिसमें रुपये और अशर्फियां भरी हुई थीं। वह बड़ा उदार, विलासप्रेमी पुरुष था। उन मनुष्यों के समीप जाकर जो पत्थर फेंक रहे थे, उसने उनके कानों के पास मुद्राओं को खनखनाया। पहले तो वे उससे इतने झल्लाए हुए थे, लेकिन शीघ्र ही सोने की झंकार ने उन्हें लुब्ध कर दिया, उनके हाथ नीचे लटक गए।

निसियास ने जब देखा कि उपद्रवकारी उसकी ओर आकर्षित हो गए तो उसने कुछ रुपये और मोहरें उनकी ओर फेंक दीं। उनमें से जो ज्यादा लोभी प्रकृति के थे, वे झुक-झुककर उन्हें चुनने लगे।

निसियास अपनी सफलता पर प्रसन्न होकर मुट्ठियां भर-भर रुपये आदि इधर-उधर फेंकने लगा। पक्की जमीन पर अशर्फियों के खनकने की आवाज सुनकर पापनाशी के शत्रुओं का दल भूमि पर सिजदे करने लगा। भिक्षु गुलाम छोटे-मोटे दुकानदार, सबके-सब रुपये लूटने के लिए आपस में धींगागुश्ती करने लगे और सिरोन तथा अन्य भद्र समाज के प्राणी देर तक यह तमाशा देखते थे और हंसते-हंसते लोट जाते थे। स्वयं सिरोन का क्रोध शांत हो गया। उसके मित्रों ने लूटने वाले प्रतिद्वंद्वियों को भड़काना शुरू किया मानो पशुओं को लड़ा रहे हों। कोई कहता था, अब की यह बाजी मारेगा, इस पर शर्त बदता हूं, कोई किसी दूसरे योद्धा का पक्ष लेता था और दोनों प्रतिपक्षियों में सैकड़ों की हार-जीत हो जाती थी।

एक बिना टांगों वाले पंगुल ने जब एक मोहर पाई तो उसके साहस पर तालियां बजने लगीं। यहां तक कि सबने उस पर फूल बरसाए। रुपये लुटाने का तमाशा देखते-देखते यह युवक वृंद इतने खुश हुए कि स्वयं लुटाने लगे और एक क्षण में समस्त मैदान में सिवाय पीठों के उठने और गिरने के और कुछ दिखाई ही न देता था मानो समुद्र की तरंगें चांदी-सोने के सिक्कों के तूफान से आंदोलित हो रही हो। पापनाशी को किसी की सुध ही न रही।

तब निसियास उसके पास लपककर गया, उसने अपने लबादे में छिपा लिया और थायस को उसके साथ एक पास की गली में खींच ले गया, जहां विद्रोहियों से उनका गला छूटा। कुछ देर तक तो वे चुपचाप दौड़े, लेकिन जब उन्हें मालूम

हो गया कि हम काफी दूर निकल आए और इधर कोई हमारा पीछा करने न आएगा तो उन्होंने दौड़ना छोड़ दिया।

निसियास ने परिहासपूर्ण स्वर में कहा–"लीला समाप्त हो गई। अभिनय का अंत हो गया। थायस अब नहीं रुक सकती। वह अपने उद्धारकर्ता के साथ अवश्य जाएगी, चाहे वह उसे जहां ले जाए।"

थायस ने उत्तर दिया–"हां निसियास, तुम्हारा कथन सर्वथा निर्मूल नहीं है। मैं तुम जैसे मनुष्यों के साथ रहते-रहते तंग आ गई हूं, जो सुगंध से बसे, विलास में डूबे हुए, सहृदय आत्मसेवी प्राणी हैं। जो कुछ मैंने अनुभव किया है, उससे मुझे इतनी घृणा हो गई है कि अब मैं अज्ञात आनंद की खोज में जा रही हूं। मैंने उस सुख को देखा है, जो वास्तव में सुख नहीं था और मुझे एक गुरु मिला है, जो बताता है कि दु:ख और शोक ही में सच्चा आनंद है। मेरा उस पर विश्वास है, क्योंकि उसे सत्य का ज्ञान है।"

निसियास ने मुस्कराते हुए कहा–"और प्रिये! मुझे तो संपूर्ण सत्यों का ज्ञान प्राप्त है। वह केवल एक ही सत्य का ज्ञाता है, मैं सभी सत्यों का ज्ञाता हूं। इस दृष्टि से तो मेरा पद उसके पद से कहीं ऊंचा है, लेकिन सच पूछो तो इससे न कुछ गौरव प्राप्त होता है, न कुछ आनंद।"

निसियास ने यह देखकर कि पापनाशी उसकी ओर तापमय नेत्रों से ताक रहा है, उसने कहा–"प्रिय मित्र पापनाशी, यह मत सोचो कि मैं तुम्हें निरा बुद्धू, पाखंडी या अंधविश्वासी समझता हूं। यदि मैं अपने जीवन की तुम्हारे जीवन से तुलना करूं, तो मैं स्वयं निश्चय न कर सकूंगा कि कौन श्रेष्ठ है। मैं अभी यहां से जाकर स्नान करूंगा, दासों ने पानी तैयार कर रखा होगा, तब उत्तम वस्त्र पहनकर एक तीतर के डैनों का नाश्ता करूंगा और आनंद से पलंग पर लेटकर कोई कहानी पढ़ूंगा या किसी दार्शनिक के विचारों का आस्वादन करूंगा। यद्यपि ऐसी कहानियां बहुत पढ़ चुका हूं और दार्शनिकों के विचारों में भी कोई मौलिकता या नवीनता नहीं रही। तुम अपनी कुटी में लौटकर जाओगे और वहां किसी सिधाए हुए ऊंट की भांति झुककर कुछ जुगाली-सी करोगे, कदाचित् कोई एक हजार बार के चबाए हुए शब्दाडंबर को फिर से चबाओगे और संध्या समय बिना बघारी हुई भाजी खाकर जमीन पर लेटे रहोगे, किंतु बंधुवर, यद्यपि हमारे और तुम्हारे मार्ग पृथक हैं, यद्यपि हमारे और तुम्हारे कार्यक्रम में बड़ा अंतर दिखाई पड़ता है, लेकिन वास्तव में हम दोनों एक ही मनोभाव के अधीन कार्य कर रहे हैं–वही जो समस्त मानव कृत्यों का एकमात्र कारण है। हम सभी सुख के इच्छुक हैं, सभी एक ही लक्ष्य पर पहुंचना चाहते हैं। सभी का अभीष्ट एक ही है–आनंद, अप्राप्त आनंद, असंभव आनंद। यही मेरी मूर्खता होगी, अगर मैं कहूं कि तुम गलती पर हो, यद्यपि मेरा विचार है कि मैं सत्य पर हूं।"

निसियास ने फिर थायस को संबोधित करते हुए कहा–"और प्रिये थायस, तुमसे भी मैं यही कहूंगा कि जाओ और अपनी जिंदगी के मजे उठाओ। यदि यह बात असंभव न हो, तो त्याग और तपस्या में उससे अधिक आनंद-लाभ करो जितना तुमने भोग और विलास में किया है। सभी बातों का विचार करके मैं कह सकता हूं कि तुम्हारे ऊपर लोगों को हसद होता था, क्योंकि यदि पापनाशी ने और मैंने अपने समस्त जीवन में एक ही प्रकार के आनंदों का आस्वादन किया है, जो बिरले ही किसी मनुष्य को प्राप्त हो सकते हैं। मेरी हार्दिक अभिलाषा है कि एक घंटे के लिए मैं बंधु पापनाशी की तरह संत हो जाता, लेकिन यह संभव नहीं, इसलिए तुम्हें भी विदा करता हूं–जाओ, जहां प्रकृति की गुप्त शक्तियां और तुम्हारा भाग्य तुम्हें ले जाए! जाओ, जहां तुम्हारी इच्छा हो–निसियास की शुभेच्छाएं तुम्हारे साथ रहेंगी। मैं जानता हूं कि इस समय अनर्गल बातें कर रहा हूं, इस पर असार शुभकामनाओं और निर्मूल पछतावे के सिवाय मैं उस सुखमय भ्रांति का क्या मूल्य दे सकता हूं, जो तुम्हारे प्रेम के दिनों में मुझ पर छाई रहती थी और जिसकी स्मृति छाया की भांति मेरे मन में रह गई है? जाओ मेरी देवी! जाओ, तुम परोपकार की मूर्ति हो जिसे अपने अस्तित्व का ज्ञान नहीं, तुम लीलामयी सुषमा हो। नमस्कार है उस सर्वश्रेष्ठ, सर्वोत्कृष्ट मायामूर्ति को, जो प्रकृति ने किसी अज्ञात कारण से इस असार, मायावी संसार को प्रदान की है।"

पापनाशी के हृदय पर निसियास के कथन का एक-एक शब्द वज्र के समान पड़ रहा था। अंत में वह इन अपशब्दों से प्रतिध्वनित हुआ–"हा! दुर्जन, दुष्ट, पापी! मैं तुझसे घृणा करता हूं और तुझे तुच्छ समझता हूं! दूर हो यहां से, नरक के दूत, उन दुर्बल, दुःखी म्लेच्छों से भी हजार गुना निकृष्ट, जो अभी मुझे पत्थरों और दुर्वचनों का निशाना बना रहे थे! वे अज्ञानी थे, मूर्ख थे; उन्हें कुछ ज्ञान न था कि हम क्या कर रहे हैं और संभव है कि कभी उन पर ईश्वर की दयादृष्टि फिरे और मेरी प्रार्थनाओं के अनुसार उनके अंतःकरण शुद्ध हो जाएं, लेकिन निसियास, अस्पृश्य, पतित निसियास! तेरे लिए कोई आशा नहीं है, तू घातक विष है। तेरे मुख से नैराश्य और नाश के शब्द ही निकलते हैं। तेरे एक हास्य से उससे कहीं अधिक नास्तिकता प्रवाहित होती है जितनी शैतान के मुख से सौ वर्षों में भी न निकलती होगी।"

निसियास ने उसकी ओर विनोदपूर्ण नेत्रों से देखकर कहा–"बंधुवर, प्रणाम! मेरी यही इच्छा है कि अंत तक तुम विश्वास, घृणा और प्रेम के पथ पर आरुढ़ रहो। इसी भांति तुम नित्य अपने शत्रुओं को कोसते और अपने अनुयायियों से प्रेम करते रहो। थायस, चिरंजीवी रहो। तुम मुझे भूल जाओगी, किंतु मैं तुम्हें न भूलूंगा। तुम यावज्जीवन मेरे हृदय में मूर्तिमान रहोगी।"

निसियास उनसे विदा होकर सिकंद्रिया के कब्रिस्तान के निकट पेचदार गलियों में विचारपूर्ण गति से चला। इस मार्ग में अधिकतर कुम्हार रहते थे, जो मुर्दों के साथ दफन करने के लिए खिलौने, बरतन आदि बनाते थे। उनकी दुकानें मिट्टी की सुंदर रंगों से चमकती हुई देवियों, स्त्रियों, उड़ने वाले दूतों और ऐसी ही अन्य वस्तुओं की मूर्तियों से भरी हुई थीं। उसके मन में विचार आया, कदाचित् इन मूर्तियों में कुछ ऐसी भी हों, जो महानिद्रा में मेरा साथ दें और उसे ऐसा प्रतीत हुआ मानो एक छोटी प्रेम की मूर्ति मेरा उपहास कर रही है।

निसियास को मृत्यु की कल्पना से ही दुःख हुआ। इस विषाद को दूर करने के लिए उसने मन में तर्क किया–'इसमें तो कोई संदेह ही नहीं कि काल या समय कोई चीज नहीं। वह हमारी बुद्धि की भ्रांति-मात्र है, धोखा है। जब इसकी सत्ता ही नहीं तो वह मेरी मृत्यु कैसे ला सकता है? क्या इसका यह आशय है कि अनंतकाल तक मैं जीवित रहूंगा? क्या मैं भी देवताओं की भांति अमर हूं?' नहीं, कदापि नहीं, लेकिन इससे यह अवश्य सिद्ध होता है कि वह इस समय है, सदैव से है और सदैव रहेगा। यद्यपि मैं अभी इसका अनुभव नहीं कर रहा हूं, पर यह मुझमें विद्यमान है और मुझे उससे शंका न करनी चाहिए, क्योंकि उस वस्तु के आने से डरना, जो पहले ही आ चुकी है, हिमाकत है। यह किसी पुस्तक के अंतिम पृष्ठ के समान उपस्थित है, जिसे मैंने पढ़ा है, पर अभी समाप्त नहीं कर चुका हूं।

निसियास का शेष रास्ता इस वाद में कट गया, लेकिन इससे उसके चित्त को शांति न मिली। जब यह घर पहुंचा तो उसका मन विवादपूर्ण विचारों से भरा हुआ था। उसकी दोनों युवती दासियां प्रसन्न, हंस-हंसकर टेनिस खेल रही थीं। उनकी हास्य-ध्वनि ने अंत में उसके दिल का बोझ हल्का किया।

पापनाशी और थायस भी शहर से निकलकर समुद्र के किनारे-किनारे चले। रास्ते में पापनाशी बोला–"थायस, इस विस्तृत सागर का जल भी तेरी कालिमाओं को नहीं धो सकता।" यह कहते-कहते उसे अनायास क्रोध आ गया। वह थायस को धिक्कारने लगा–"तू कुतियों और शूकरियों से भी भ्रष्ट है, क्योंकि तूने उस देह को, जो ईश्वर ने तुझे इस हेतु दी थी कि तू उसकी मूर्ति स्थापित करे, विधर्मियों और म्लेच्छों द्वारा दलित कराया है और तेरा दुराचरण इतना अधिक है कि तू बिना अंतःकरण में अपने प्रति घृणा का भाव उत्पन्न किए न ईश्वर की प्रार्थना कर सकती है, न वंदना।"

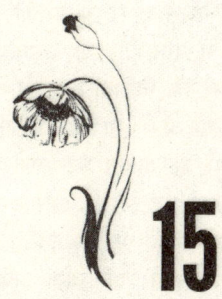

15

थायस की सूरत आठों पहर पापनाशी की आंखों के आगे फिरा करती। वह इसे अपनी आंखों के सामने से हटाना भी न चाहता था, क्योंकि अब तक वह समझता था कि यह मेरे ऊपर ईश्वर की विशेष कृपा है और वास्तव में यह एक योगिनी की मूर्ति है, लेकिन एक दिन प्रभात की सुषुप्तावस्था में उसने थायस को स्वप्न में देखा। उसके केशों पर पुष्पों का मुकुट विराज रहा था और उसका माधुर्य ही भयावह ज्ञात होता था कि वह भयभीत होकर चीख उठा और जागा तो ठंडे पसीने से तर था मानो बर्फ के कुंड में से निकला हो। उसकी आंखें भय की निद्रा से भारी हो रही थीं कि उसे अपने मुख पर गर्म-गर्म सांसों के चलने का अनुभव हुआ। एक छोटा-सा गीदड़ उसकी चारपाई की पट्टी पर दोनों अगले पैर रखे हांफ-हांफकर अपनी दुर्गंधयुक्त सांसें उसके मुख पर छोड़ रहा था और उसे दांत निकाल-निकालकर दिखा रहा था।

धूप के मारे जमीन से आंच निकल रही थी और थायस आपने नए गुरु के पीछे सिर झुकाए पथरीली सड़क पर चली जा रही थी। थकान के मारे उसके घुटनों में पीड़ा होने लगी और कंठ सूख गया, लेकिन पापनाशी के मन में दयाभाव का जागना तो दूर रहा, (जो दुरात्माओं को भी नर्म कर देता है) वह उल्टे उस प्राणी के प्रायश्चित्त

पर प्रसन्न हो रहा था जिसके पापों का पारावार न था। पापनाशी धर्मोत्साह से इतना उत्तेजित हो रहा था कि थायस की देह को लोहे के सांगों से छेदने में भी उसे संकोच न होता जिसका सौंदर्य उसकी कलुषता का मानो उज्ज्वल प्रमाण था। ज्यों-ज्यों वह विचार में मग्न होता था, उसका प्रकोप और भी प्रचंड होता जाता था। जब उसे याद आता था कि निसियास थायस के साथ सहयोग कर चुका है तो उसका रक्त खौलने लगता था और ऐसा जान पड़ता था कि उसकी छाती फट जाएगी। अपशब्द उसके होंठों पर आ-आकर रुक जाते थे और वह केवल दांत पीस-पीसकर रह जाता था। सहसा वह उछलकर, विकराल रूप धारण किए हुए थायस के सम्मुख खड़ा हो गया और उसके मुंह पर थूक दिया। उसकी तीव्र दृष्टि थायस के हृदय में चुभी जाती थी!

थायस ने शांतिपूर्वक अपना मुंह पोंछ लिया और पापनाशी के पीछे चलती रही। पापनाशी उसकी ओर ऐसी कठोर दृष्टि से ताकता था मानो वह सदेह नरक है। उसे यह चिंता हो रही थी कि मैं इससे प्रभु मसीह का बदला क्योंकर लूं, क्योंकि थायस ने मसीह को अपने कुकृत्यों से इतना उत्पीड़ित किया था कि उन्हें स्वयं उसे दंड देने का कष्ट न उठाना पड़े। अकस्मात् उसे रुधिर की एक बूंद दिखाई दी, जो थायस के पैरों से बहकर मार्ग पर गिरी थी। उसे देखते ही पापनाशी का हृदय दया से प्लावित हो गया, उसकी कठोर आकृति शांत हो गई। उसके हृदय में एक ऐसा भाव प्रविष्ट हुआ जिससे वह अभी अनभिज्ञ था। वह रोने लगा, सिसकियों का तार बंध गया, तब वह दौड़कर उसके सामने माथा ठोककर बैठ गया और उसके चरणों पर गिरकर कहने लगा–"बहन, मेरी माता, मेरी देवी!" और वह उसके रक्त प्लावित चरणों को चूमने लगा।

पापनाशी ने शुद्ध हृदय से यह प्रार्थना की–"हे स्वर्ग के दूतो! इस रक्त की बूंद को सावधानी से उठाओ और इसे परमपिता के सिंहासन के सम्मुख ले जाओ। ईश्वर की इस पवित्र भूमि पर, जहां यह रक्त बहा है, एक अलौकिक पुष्पवृक्ष उत्पन्न हो। उसमें स्वर्गिक सुगंधयुक्त फूल खिले और जिन प्राणियों की दृष्टि उस पर पड़े और जिनकी नाक में उसकी सुगंध पहुंचे, उनके हृदय शुद्ध और विचार पवित्र हो जाएं। थायस, परम पूज्य थायस! तुझे धन्य है; आज तूने वह पद प्राप्त कर लिया जिसके लिए बड़े-बड़े सिद्ध योगी भी लालायित रहते हैं।"

जिस समय वह यह प्रार्थना और शुभाकांक्षा करने में मग्न था। एक लड़का गधे पर सवार जाता हुआ मिला। पापनाशी ने उसे उतरने की आज्ञा दी; थायस को गधे पर बिठा दिया और तब उसकी बागडोर पकड़कर ले चला। सूर्यास्त के समय वे एक नहर पर पहुंचे जिस पर सघन वृक्षों का साया था। पापनाशी ने गधे को एक खजूर के वृक्ष से बांध दिया और एक चट्टान पर बैठकर उसने एक रोटी

निकाली और उसे नमक व तेल के साथ दोनों ने खाया। उन्होंने चिल्लू से ताजा पानी पिया और ईश्वरीय विषय पर संभाषण करने लगे।

थायस बोली–"पूज्य पिता, मैंने आज तक कभी ऐसा निर्मल जल नहीं पिया और न ऐसी प्राणप्रद स्वच्छ वायु में सांस लिया। मुझे ऐसा अनुभव हो रहा है कि इस समीकरण में ईश्वर की ज्योति प्रवाहित हो रही है।"

पापनाशी बोला–"प्रिय बहन, देखो संध्या हो रही है। निशा की सूचना देने वाली श्यामला पहाड़ियों पर छाई हुई है, लेकिन शीघ्र ही मुझे ईश्वरीय ज्योति, ईश्वरीय उषा के सुनहरे प्रकाश में चमकती हुई दिखाई देगी, शीघ्र ही तुझे अनंत प्रभाव के गुलाबपुष्पों की मनोहर लालिमा आलोकित होती हुई दृष्टिगोचर होगी।

दोनों रात-भर चलते रहे। अर्द्धचंद्र की ज्योति लहरों के उज्ज्वल मुकुट पर जगमगा रही थी; नौकाओं के सफेद पाल उस शांतिमय ज्योत्स्ना में ऐसे जान पड़ते थे मानो पुनीत आत्माएं स्वर्ग को प्रयाण कर रही हैं। दोनों प्राणी स्तुति और भजन गाते हुए चले जाते थे। थायस के कंठ का माधुर्य, पापनाशी की पंचम ध्वनि के साथ मिश्रित होकर ऐसा जान पड़ता कि सुंदर वस्त्र पर टाट का बखिया कर दिया गया है!

जब दिनकर ने अपना प्रकाश फैलाया, तो उनके सामने लाइबिया की मरुभूमि एक विस्तृत सिंह चर्म की भांति फैली हुई दिखाई दी। मरुभूमि के उस सिरे पर कई खजूर के वृक्षों के मध्य में कई सफेद झोंपड़ियां प्रभात के मंद प्रकाश में झलक रही थीं।

थायस ने पूछा–"पूज्य पिता, क्या वह ईश्वरीय ज्योति का मंदिर है?"

"हां प्रिय बहन, मेरी प्रिय पुत्री, वही मुक्तिगृह है, जहां मैं तुझे अपने ही हाथों से बंद करूंगा।"

एक क्षण में उन्हें कई स्त्रियां झोंपड़ियों के आस-पास कुछ काम करती हुई दिखाई दीं मानो मधुमक्खियां अपने छत्तों के पास भिनभिना रही हों। कई स्त्रियां रोटियां पकाती थीं, कई शाक-भाजी बना रही थीं, बहुत-सी स्त्रियां ऊन कात रही थीं और आकाश की ज्योति उन पर इस भांति पड़ रही थी मानो परमपिता की मधुर मुस्कान है और कितनी ही तपस्विनियां झाऊ के वृक्षों के नीचे बैठी ईश्वर-वंदना कर रही थीं। उनके गोरे-गोरे हाथ दोनों किनारे लटके हुए थे, क्योंकि ईश्वर के प्रेम से परिपूर्ण हो जाने के कारण वे हाथों से कोई काम न करती थीं; केवल ध्यान, आराधना और स्वर्गिक आनंद में निमग्न रहती थीं, इसलिए उन्हें 'माता मरियम की पुत्रियां' कहते थे और वे उज्ज्वल वस्त्र ही धारण करती थीं। जो स्त्रियां हाथों से काम-धंधा करती थीं, वह 'माथी की पुत्रियां' कहलाती थीं और नीचे वस्त्र पहनती थीं। सभी स्त्रियां कनटोप लगाती थीं, केवल युवतियां बालों के दो-चार गुच्छे माथे

पर निकाले रहती थीं–संभवतः वह आप-ही-आप बाहर निकल आते थे, क्योंकि बालों को संवारना या दिखाना नियमों के विरुद्ध था। एक बहुत लंबी, गोरी, वृद्ध महिला एक कुटी से निकलकर दूसरी कुटी में जाती थी। उसके हाथ में लकड़ी की एक जरीब थी। पापनाशी बड़े अदब के साथ उसके समीप गया, उसकी नकाब के किनारों का चुंबन किया और बोला–"पूज्य अलबीना, परमपिता तेरी आत्मा को शांति दें! मैं उस छत्ते के लिए जिसकी तू रानी है, एक मक्खी लाया हूं, जो पुष्पहीन मैदानों में इधर-उधर भटकती फिरती थी। मैंने इसे अपनी हथेली में उठा लिया और अपने श्वासोच्छ्वास से पुनजीर्वित किया। मैं इसे तेरी शरण में लाया हूं।"

यह कहकर उसने थायस की ओर इशारा किया। थायस तुरंत केसर की पुत्री के सम्मुख घुटनों के बल बैठ गई।

अलबीना ने थायस पर एक मर्मभेदी दृष्टि डाली, उसे उठने को कहा, उसके मस्तक का चुंबन किया और तब योगी से बोली–"हम इसे 'माता मरियम की पुत्रियों' के साथ रखेंगे।"

पापनाशी ने तब थायस के मुक्तिगृह में आने का पूरा वृत्तांत कह सुनाया। ईश्वर ने कैसे उसे प्रेरणा की, कैसे वह सिकंद्रिया पहुंचा और किन-किन उपायों से उसके मन में उसने प्रभु मसीह का अनुराग उत्पन्न किया। इसके बाद उसने प्रस्ताव किया कि थायस को किसी कुटी में बंद कर दिया जाए जिससे वह एकांत में अपने पूर्वजीवन पर विचार करे, आत्म-शुद्धि के मार्ग का अवलंबन करे।

मठ की अध्यक्षिणी इस प्रस्ताव से सहमत हो गई। वह थायस को एक कुटी में ले गई जिसे कुमारी लीटा ने अपने चरणों से पवित्र किया था और जो उसी समय से खाली पड़ी हुई थी। इस तंग कोठरी में केवल एक चारपाई, एक मेज और एक घड़ा था। जब थायस ने उसके अंदर कदम रखा, तो चौखट को पार करते ही उसे अकथनीय आनंद का अनुभव हुआ।

पापनाशी ने कहा–"मैं स्वयं द्वार को बंद करके उस पर एक मुहर लगा देना चाहता हूं, जिसे प्रभु मसीह स्वयं आकर अपने हाथों से तोड़ेंगे।"

वह उसी क्षण पास की जलधारा के किनारे गया, उसमें से मुट्ठी-भर मिट्टी ली, उसमें अपने मुंह का थूक मिलाया और उसे द्वार के दरवाजों पर मढ़ दिया। तब खिड़की के पास आकर, जहां थायस शांतचित्त और प्रसन्नमुख बैठी हुई थी, उसने भूमि पर सिर झुकाकर तीन बार ईश्वर की वंदना की।

"ओ हो! उस स्त्री के चरण कितने सुंदर हैं, जो सन्मार्ग पर चलती है! हां, उसके चरण कितने सुंदर, कितने कोमल और कितने गौरवशील हैं, उसका मुख कितना कांतिमय!"

अलंकार ❖ प्रेमचंद

यह कहकर वह उठा, कनटोप अपनी आंखों पर खींच लिया और मंद गति से अपने आश्रम की ओर चला।

अलबीना ने अपनी एक कुमारी को बुलाकर कहा—"प्रिय पुत्री, तुम थायस के पास आवश्यक वस्तु पहुंचा दो—रोटियां, पानी और एक तीन छिद्रों वाली बांसुरी।"

पापनाशी ने एक नौका पर बैठकर, जो सिरेपियन के धर्माश्रम के लिए खाद्य पदार्थ लिये जा रही थी, अपनी यात्रा समाप्त की और निज स्थान को लौट आया। जब वह किश्ती से उतरा तो उसके शिष्य उसका स्वागत करने के लिए नदी तट पर आ पहुंचे और खुशियां मनाने लगे। किसी ने आकाश की ओर हाथ उठाए, किसी ने धरती पर सिर झुकाकर गुरु के चरणों को स्पर्श किया। उन्हें पहले ही से अपनी गुरु के कृतकार्य होने का आत्म-ज्ञान हो गया था। योगियों को किसी गुप्त और अज्ञात रीति से अपने धर्म की विजय और गौरव के समाचार मिल जाते थे और इतनी जल्द कि लोगों को आश्चर्य होता था। यह समाचार भी समस्त धर्माश्रमों में, जो उस प्रांत में स्थित थे, आंधी के वेग के साथ फैल गया।

जब पापनाशी बलुवे मार्ग पर चला तो उसके शिष्य उसके पीछे-पीछे ईश्वर-कीर्तन करते हुए चले। लेवियन उस संस्था का सबसे वृद्ध सदस्य था। वह धर्मोन्मत्त होकर उच्च स्वर से यह स्वरचित गीत गाने लगा—

आज का शुभ दिन है,
कि हमारे पूज्य पिता ने फिर हमें गोद में लिया।
वह धर्म का सेहरा सिर बांधे हुए आए हैं,
जिसने हमारा गौरव बढ़ा दिया है।
क्योंकि पिता का धर्म ही,
संतान का यथार्थ धन है।
हमारे पिता की सुकीर्ति की ज्योति से,
हमारी कुटियों में प्रकाश फैल गया है।
हमारे पिता पापनाशी,
प्रभु मसीह के लिए एक नई दुल्हन लाए हैं।
अपने अलौकिक तेज और सिद्धि से,
उन्होंने एक काली भेड़ को।
जो अंधेरी घाटियों से मारी-मारी फिरती थी,
उजली भेड़ बना दिया है।
इस भांति ईसाई धर्म की ध्वजा फहराते हुए,
वे फिर हमारे ऊपर हाथ रखने के लिए लौट आए हैं।

उन मधुमक्खियों की भांति,
जो अपने छत्तों से उड़ जाती है।
और फिर जंगलों से फूलों की,
मधुसुधा लिये हुए लौटती हैं।
न्युबिया के मेष की भांति,
जो अपनी ही ऊन का बोझ नहीं उठा सकता।
हम आज के दिन आनंदोत्सव मनाएं,
अपने भोजन में तेल को चुपड़कर।।

जब वे लोग पापनाशी की कुटी के द्वार पर आए तो सबके-सब घुटने टेककर बैठ गए और बोले–"पूज्य पिता! हमें आशीर्वाद दीजिए और हमें अपनी रोटियों को चुपड़ने के लिए थोड़ा-सा तेल प्रदान कीजिए कि हम आपके कुशलपूर्वक लौट आने पर आनंद मनाएं।"

मूर्ख पॉल अकेला चुपचाप खड़ा रहा। उसने न घाट ही पर आनंद प्रकट किया था और न इस समय जमीन पर गिरा। वह पापनाशी को पहचानता ही न था और सबसे पूछता था, 'यह कौन आदमी है?' लेकिन कोई उसकी ओर ध्यान नहीं देता था, क्योंकि सभी जानते थे कि यद्यपि यह सिद्धि प्राप्त है, पर है ज्ञानशून्य।

पापनाशी जब अपनी कुटी में सावधान होकर बैठा तो विचार करने लगा–अंत में मैं अपने आनंद और शांति के उद्दिष्ट स्थान पर पहुंच गया। मैं अपने संतोष से सुरक्षित गृह में प्रविष्ट हो गया, लेकिन यह क्या बात है कि यह तिनकों का झोंपड़ा जो मुझे इतना प्रिय है, मुझे मित्रभाव से नहीं देखता और दीवारें मुझसे हर्षित होकर नहीं कहतीं–"तेरा आना मुबारक हो!" मेरी अनुपस्थिति में यहां किसी प्रकार का अंतर होता हुआ नहीं दिखाई पड़ता। झोंपड़ा ज्यों-का-त्यों है, यही पुरानी मेज और मेरी पुरानी खाट है। वह मसालों से भरा सिर है, जिसने कितनी ही बार मेरे मन में पवित्र विचारों की प्रेरणा की है। वह पुस्तक रखी हुई है जिसके द्वारा मैंने सैकड़ों बार ईश्वर का स्वरूप देखा है। तिस पर भी ये सभी चीजें न जाने क्यों मुझे अपरिचित-सी जान पड़ती हैं, इनका वह स्वरूप नहीं रहा। ऐसा प्रतीत होता है कि इनकी स्वाभाविक शोभा का अपहरण हो गया है मानो मुझ पर इनका स्नेह ही नहीं रहा। मैं पहली ही बार इन्हें देख रहा हूं। जब मैं इस मेज और इस पलंग पर, जो मैंने किसी समय अपने हाथों से बनाए थे, इन मसालों से सुखाई खोपड़ी पर, इस भोज-पत्र के पुलिंदों पर जिन पर ईश्वर के पवित्र वाक्य अंकित हैं, निगाह डालता हूं तो मुझे ऐसा ज्ञात होता है कि ये सब किसी मृत प्राणी की वस्तुएं हैं। इनसे इतना घनिष्ठ संबंध होने पर भी, इनसे रात-दिन का संग रहने पर भी मैं अब इन्हें पहचान नहीं सकता। आह!

यह सब चीजें ज्यों-की-त्यों हैं, इनमें जरा भी परिवर्तन नहीं हुआ। अतएव मुझमें ही परिवर्तन हो गया है। मैं जो पहले था, वह अब नहीं रहा। मैं कोई और ही प्राणी हूं। मैं ही मृत आत्मा हूं! हे भगवान! यह क्या रहस्य है? मुझमें से कौन-सी वस्तु लुप्त हो गई है, मुझमें अब क्या शेष रह गया है? मैं कौन हूं?

सबसे बड़ी आशंका की बात यह थी कि मन को बार-बार इस शंका की निर्मूलता का विश्वास दिलाने पर भी उसे ऐसा भाषित होता था कि उसकी कुटी बहुत तंग हो गई, यद्यपि धार्मिक भाव से उसे इस स्थान को अनंत समझना चाहिए था, क्योंकि अनंत का भाग भी अनंत ही होता है, क्योंकि यहीं बैठकर वह ईश्वर की अनंतता में विलीन हो जाता था।

उसने इस शंका के दमनार्थ धरती पर सिर रखकर ईश्वर की प्रार्थना की और इससे उसका चित्त शांत हुआ। उसे प्रार्थना करते हुए एक घंटा भी न हुआ होगा कि थायस की छाया उसकी आंखों के सामने से निकल गई। उसने ईश्वर को धन्यवाद देकर कहा–"प्रभु मसीह, तेरी ही कृपा से मुझे उसके दर्शन हुए। यह तेरी असीम दया और अनुग्रह है, इसे मैं स्वीकार करता हूं। तू उस प्राणी को मेरे सम्मुख भेजकर, जिसे मैंने तेरी भेंट किया है, मुझे संतुष्ट, प्रसन्न और आश्वस्त करना चाहता है। तू उसे मेरी आंखों के सामने प्रस्तुत करता है, क्योंकि अब उसकी मुस्कान निःशस्त्र, उसका सौंदर्य निष्कलंक और उसके हाव-भाव उद्देश्यहीन हो गए हैं। मेरे दयालु पतितपावन प्रभु, तू मुझे प्रसन्न करने के निमित्त उसे मेरे सम्मुख उसी शुद्ध और परिमार्जित स्वरूप में लाता है, जो मैंने तेरी इच्छाओं के अनुकूल उसे दिया है, जैसे एक मित्र प्रसन्न होकर दूसरे मित्र को उसके दिए हुए उपहार की याद दिलाता है। इस कारण मैं इस स्त्री को देखकर आनंदित होता हूं, क्योंकि तू ही इसका प्रेक्षक है। तू इस बात को नहीं भूलता कि मैंने उसे तेरे चरणों पर समर्पित किया है। उससे तुझे आनंद प्राप्त होता है, इसलिए उसे अपनी सेवा में रख और अपने सिवाय किसी अन्य प्राणी को उसके सौंदर्य से मुग्ध न होने दे।"

उसे रात-भर नींद नहीं आई और थायस को उसने उससे भी स्पष्ट रूप में देखा, जैसे परियों के कुंज में देखा था। उसने इन शब्दों में अपनी आत्म-स्तुति की–"मैंने जो कुछ किया है, ईश्वर ही के निमित्त किया है।"

लेकिन इस आश्वासन और प्रार्थना पर भी उसका हृदय विकल था। उसने आह भरकर कहा–"मेरी आत्मा, तू क्यों इतनी शोकासक्त है और क्यों मुझे यह यातना दे रही है?"

अब भी उसके चित्त की उद्विग्नता शांत न हुई। तीन दिन तक वह ऐसे महान शोक और दुःख की अवस्था में पड़ा रहा, जो एकांतवासी योगियों की दुस्सह

परीक्षाओं का पूर्व लक्षण है। थायस की सूरत आठों पहर पापनाशी की आंखों के आगे फिरा करती। वह इसे अपनी आंखों के सामने से हटाना भी न चाहता था, क्योंकि अब तक वह समझता था कि यह मेरे ऊपर ईश्वर की विशेष कृपा है और वास्तव में यह एक योगिनी की मूर्ति है, लेकिन एक दिन प्रभात की सुषुप्तावस्था में उसने थायस को स्वप्न में देखा। उसके केशों पर पुष्पों का मुकुट विराज रहा था और उसका माधुर्य ही भयावह ज्ञात होता था कि वह भयभीत होकर चीख उठा और जागा तो ठंडे पसीने से तर था मानो बर्फ के कुंड में से निकला हो। उसकी आंखें भय की निद्रा से भारी हो रही थीं कि उसे अपने मुख पर गर्म-गर्म सांसों के चलने का अनुभव हुआ। एक छोटा-सा गीदड़ उसकी चारपाई की पट्टी पर दोनों अगले पैर रखे हांफ-हांफकर अपनी दुर्गंधयुक्त सांसें उसके मुख पर छोड़ रहा था और उसे दांत निकाल-निकालकर दिखा रहा था।

पापनाशी को अत्यंत विस्मय हुआ। उसे ऐसा जान पड़ा, जैसे मेरे पैरों के नीचे की जमीन धंस गई। वास्तव में वह पतित हो गया था। कुछ देर तक तो उसमें विचार करने की शक्ति ही न रही और जब वह फिर सचेत भी हुआ तो ध्यान और विचार से उसकी अशांति और भी बढ़ गई।

पापनाशी ने सोचा–इन दो बातों में से एक बात है या तो वह स्वप्न की भांति ईश्वर का प्रेरित किया हुआ था और शुभ स्वप्न था और या यह मेरी स्वाभाविक दुर्बुद्धि है जिसने उसे यह भयंकर रूप दे दिया है, जैसे गंदे प्याले में अंगूर का रस खट्टा हो जाता है। मैंने अज्ञानवश ईश्वरीय आदेश को ईश्वरीय तिरस्कार का रूप दे दिया और इस गीदड़ रूपी शैतान ने मेरी शंकान्वित दशा से लाभ उठाया अथवा इस स्वप्न का प्रेरक ईश्वर नहीं, पिशाच था। ऐसी दशा में यह शंका होती है कि पहले के स्वप्नों को देवकृत समझने में मेरी भ्रांति थी। सारांश यह कि इस समय मुझमें वह धर्माधर्म का ज्ञान नहीं रहा, जो तपस्वी के लिए परमावश्यक है और जिसके बिना उसके पग-पग पर ठोकर खाने की आशंका रहती है कि ईश्वर मेरे साथ नहीं रहा, जिसके कुफल मैं भोग रहा हूं, यद्यपि उसके कारण नहीं निश्चित कर सकता।

इस भांति तर्क करके उसने बड़ी ग्लानि के साथ जिज्ञासा की–"दयालु पिता! तू अपने भक्त से क्या प्रायश्चित्त कराना चाहता है–यदि उसकी भावनाएं ही उसकी आंखों पर परदा डाल दें, दुर्भावनाएं ही उसे व्यथित करने लगें? मैं क्यों ऐसे लक्षणों का स्पष्टीकरण नहीं कर देता जिसके द्वारा मुझे मालूम हो जाया करे कि तेरी इच्छा क्या है और क्या तेरे प्रतिपक्षी की?"

16

स्तंभ का कलश इतना चौड़ा न था कि पापनाशी उस पर पैर फैलाकर लेट सकता, इसलिए वह पैरों को नीचे-ऊपर किए, सिर छाती पर रखकर सोता था और निद्रा जाग्रत रहने से भी अधिक कष्टदायक थी। प्रात:काल उकाब अपने पैरों से उसे स्पर्श करता था और वह निद्रा, भय तथा अंग-वेदना से पीड़ित उठ बैठता था।

संयोग से जिस बढ़ई ने यह सीढ़ी बनाई थी, वह ईश्वर का भक्त था। उसे यह देखकर चिंता हुई कि योगी को वर्षा और धूप से कष्ट हो रहा है। इस भय से कि कहीं निद्रा में वह नीचे न गिर पड़े, उस पुण्यात्मा पुरुष ने स्तंभ के शिखर पर छत और कठघरा बना दिया।

ईश्वर ने, जिसकी माया अभेद्य है, अपने भक्त पापनाशी की इच्छा पूरी न की और उसे आत्म-ज्ञान न प्रदान किया तो उसने शंका और भ्रांति के वशीभूत होकर निश्चय किया अब मैं थायस की ओर मन को जाने ही न दूंगा, लेकिन उसका यह प्रयत्न निष्फल हुआ। उससे दूर रहकर भी थायस नित्य उसके साथ रहती थी। जब वह कुछ पढ़ता था, ईश्वर का ध्यान करता था तो वह सामने बैठी उसकी ओर ताकती रहती। वह जिधर निगाह डालता, उसे उसी की मूर्ति दिखाई देती, यहां तक कि उपासना के समय भी वह उससे जुदा न होती।

थायस ज्यों ही वह पापनाशी के कल्पना क्षेत्र में पदार्पण करती, योगी के कानों में कुछ धीमी आवाज सुनाई देती, जैसी स्त्रियों के चलने के समय उनके वस्त्रों से निकलती है और इन छायाओं में यथार्थ से भी अधिक स्थिरता होती थी। स्मृतिचित्र अस्थिर, अपरिचित और अस्पष्ट होता है। इसके प्रतिकूल एकांत में जो छाया उपस्थित होती है, वह स्थिर और सुदीर्घ होती है। वह नाना प्रकार के रूप बदलकर उसके सामने आती–कभी मलिनबदन, केशों में अपनी अंतिम पुष्पमाला गूंथे, वही सुनहरे काम के वस्त्र धारण किए, जो उसने सिकंद्रिया में कोटा के प्रीतिभोज के अवसर पर पहने थे, कभी महीन वस्त्र पहने परियों के कुंज में बैठी हुई, कभी मोटा कुरता पहने, विरक्त और आध्यात्मिक आनंद से विकसित, कभी शोक में डूबी आंखें मृत्यु की भयंकर आशंकाओं से डबडबाई हुईं, अपना आवरणहीन हृदयस्थल खोले, जिस पर आहतहृदय से रक्तधारा प्रवाहित होकर जम गई थी। इन छायामूर्तियों में उसे जिस बात का सबसे अधिक खेद और विस्मय होता था, वह यह थी कि वे पुष्पमालाएं, वे सुंदर वस्त्र, वे महीन चादरें, वे जरी के काम की कुर्तियां, जो उसने जला डाली थीं, फिर जैसे लौट आईं। उसे अब यह विदित होता था कि इन वस्तुओं में भी कोई अविनाशी आत्मा है और उसने अंतर्वेदना से विकल होकर कहा–"कैसी विपत्ति है कि थायस के असंख्य पापों की आत्माएं यों मुझ पर आक्रमण कर रही हैं?"

जब उसने पीछे की ओर देखा तो उसे ज्ञात हुआ कि थायस खड़ी है और इससे उसकी अशांति और भी बढ़ गई। असह्य आत्म-वेदना होने लगी, लेकिन चूंकि इन सब शंकाओं और दुष्कल्पनाओं में भी उसकी छाया और मन दोनों ही पवित्र थे, इसलिए उसे ईश्वर पर विश्वास था। अतएव वह इन करुण शब्दों में अनुनय-विनय करता था–"भगवान, तेरी मुझ पर यह अकृपा क्यों? यदि मैं उनकी खोज में विधर्मियों के बीच गया, तो तेरे लिए, अपने लिए नहीं। क्या यह अन्याय नहीं है कि मुझे उन कर्मों का दंड दिया जाए, जो मैंने तेरा माहात्म्य बढ़ाने के निमित्त किए हैं? प्यारे मसीह, आप इस घोर अन्याय से मेरी रक्षा कीजिए। मेरे त्राता, मुझे बचाइए। देह मुझ पर जो विजय प्राप्त न कर सकी, वह विजयकीर्ति उसकी छाया को न प्रदान कीजिए। मैं जानता हूं कि मैं इस समय महासंकटों में पड़ा हुआ हूं। मेरा जीवन इतना शंकामय कभी न था। मैं जानता हूं और अनुभव करता हूं कि स्वप्न में प्रत्यक्ष से अधिक शक्ति है और यह कोई आश्चर्य की बात नहीं, क्योंकि स्वप्न स्वयं आत्मिक वस्तु होने के कारण भौतिक वस्तुओं से उच्चतर है। स्वप्न वास्तव में वस्तुओं की आत्मा है। प्लेटो यद्यपि मूर्तिवादी था, तथापि उसने विचारों के अस्तित्व को स्वीकार किया है। भगवान नर-पिशाचों के उस भोज में जहां तू मेरे साथ था, मैंने मनुष्यों को–वे पापमलिन अवश्य थे, किंतु

अलंकार ❖ प्रेमचंद

कोई उन्हें विचार और बुद्धि से रहित नहीं कह सकता—इस बात पर सहमत होते सुना कि योगियों को एकांत, ध्यान और परम आनंद की अवस्था में प्रत्यक्ष वस्तुएं दिखाई देती हैं। परमपिता, आपने पवित्र ग्रंथ स्वयं कितनी ही बार स्वप्न के गुणों को और छायामूर्तियों की शक्तियों को, चाहे वे तेरी ओर से हों या तेरे शत्रु की ओर से, स्पष्ट और कई स्थानों पर स्वीकार किया है, फिर यदि मैं भ्रांति में जा पड़ा तो मुझे क्यों इतना कष्ट दिया जा रहा है?"

पहले पापनाशी ईश्वर से तर्क न करता था। वह निरापद भाव से उसके आदेशों का पालन करता था, पर अब उसमें एक नए भाव का विकास हुआ—उसने ईश्वर से प्रश्न और शंकाएं करनी शुरू कीं, किंतु ईश्वर ने उसे वह प्रकाश न दिखाया जिसका वह इच्छुक था। उसकी रातें एक दीर्घ स्वप्न होती थीं और उसके दिन भी इस विषय में रातों ही के सदृश होते थे। एक रात वह जागा तो उसके मुख से ऐसी पश्चातापपूर्ण आहें निकल रही थीं, जैसी चांदनी रात में पापाहत मनुष्यों की कब्रों से निकला करती हैं। थायस आ पहुंची थी और उसके जख्मी पैरों से खून बह रहा था, किंतु पापनाशी रोने लगा कि वह धीरे से उसकी चारपाई पर आकर लेट गई। अब कोई संदेह न रहा, सारी शंकाएं निवृत्त हो गईं। थायस की छाया वासनायुक्त थी।

उसके मन में घृणा की एक लहर उठी। वह अपनी अपवित्र शैया से झपटकर नीचे कूद पड़ा और अपना मुंह दोनों हाथों से छिपा लिया कि सूर्य का प्रकाश न पड़ने पाए। दिन की घड़ियां गुजरती जाती थीं, किंतु उसकी लज्जा और ग्लानि शांत न होती थी। कुटी में पूरी शांति थी।

आज बहुत दिनों के पश्चात प्रथम बार थायस को एकांत मिला। आखिर में छाया ने भी उसका साथ छोड़ दिया और अब उसकी विलीनता भी भयंकर प्रतीत होती थी। इस स्वप्न को विस्मृत करने के लिए, इस विचार से उसके मन को हटाने के लिए अब कोई अवलंब, कोई साधन, कोई सहारा नहीं था। उसने स्वयं को धिक्कारा–'मैंने क्यों उसे भगा न दिया? मैंने स्वयं को उसके घृणित आलिंगन और तापमय करों से क्यों न छुड़ा लिया?'

अब वह उस भ्रष्ट चारपाई के समीप ईश्वर का नाम लेने का भी साहस न कर सकता था। उसे यह भय होता था कि कुटी के अपवित्र हो जाने के कारण पिशाचगण स्वेच्छानुसार अंदर प्रविष्ट हो जाएंगे–उन्हें रोकने का मेरे पास अब कौन-सा मंत्र रहा? और उसका यह भय निर्मूल न था। वह सातों गीदड़ जो कभी उसकी चौखट के भीतर न आ सके थे, अब कतार बांधकर आए और भीतर आकर उसके पलंग के नीचे छिप गए। संध्या प्रार्थना के समय एक और आठवां गीदड़ भी आया, जिसकी दुर्गंध असह्य थी। दूसरे दिन नवां गीदड़ भी उनमें आ

मिला और उनकी संख्या बढ़ते-बढ़ते तीस से साठ और साठ से अस्सी तक पहुंच गई। उनकी संख्या जैसे-जैसे बढ़ती थी, उनका आकार छोटा होता जाता था, यहां तक कि वे चूहों के बराबर हो गए और सारी कुटी में फैल गए—पलंग, मेज, तिपाई, फर्श एक भी उनसे खाली न बचा। उनमें से एक मेज पर कूद गया और उसके तकिए पर चारों पैर रखकर पापनाशी के मुख की ओर जलती हुई आंखों से देखने लगा। अब नित्य नए-नए गीदड़ आने लगे।

अपने स्वप्न के भीषण पाप का प्रायश्चित्त करने और भ्रष्ट विचारों से बचने के लिए पापनाशी ने निश्चय किया कि अपनी कुटी से निकल जाऊं, जो अब पाप का बसेरा बन गई है और मरुभूमि में दूर जाकर कठिन-से-कठिन तपस्याएं करूं। ऐसी-ऐसी सिद्धियों में रत हो जाऊं, जो किसी ने सुनी भी न हों, परोपकार और उद्धार के पथ पर और भी उत्साह से चलूं, लेकिन इस निश्चय को कार्यरूप में लाने से पहले वह संत पालम के पास उससे परामर्श करने गया।

उसने पालम को अपने बगीचे में पौधों को सींचते हुए पाया। संध्या हो गई थी। नील नदी की नीली धारा ऊंचे पर्वतों के दामन में बह रही थी। वह सात्विक हृदय वृद्ध साधु धीरे-धीरे चल रहा था कि कहीं वह कबूतर चौंककर उड़ न जाए, जो उसके कंधे पर आ बैठा था।

पापनाशी को देखकर उसने कहा—"भाई पापनाशी को नमस्कार करता हूं। देखो, परमपिता कितना दयालु है; वह मेरे पास अपने रचे हुए पशुओं को भेजता है कि मैं उनके साथ उनका कीर्तिगान करूं और हवा में उड़ने वाले पक्षियों को देखकर उनकी अनंतलीला का आनंद उठाऊं। इस कबूतर को देखो, इसकी गरदन के बदलते हुए रंगों को देखो, क्या यह ईश्वर की सुंदर रचना नहीं है? लेकिन तुम तो मेरे पास किसी धार्मिक विषय पर बातें करने आए हो न? यह लो, मैं अपना डोल रखे देता हूं और तुम्हारी बातें सुनने को तैयार हूं।"

पापनाशी ने वृद्ध साधु से अपनी सिकंद्रिया की यात्रा, थायस के उद्धार, वहां से लौटने—दिनों की दूषित कल्पनाओं और रातों के दुःस्वप्नों का सारा वृत्तांत कह सुनाया। उस रात के पापस्वप्न और गीदड़ों के झुंड की बात भी न छिपाई और तब उससे पूछा—"पूज्य पिता, क्या ऐसी-ऐसी असाधारण योग क्रियाएं करनी चाहिए कि प्रेतराज भी चकित हो जाएं?"

पालम संत ने उत्तर दिया—"भाई पापनाशी, मैं क्षुद्र पापी पुरुष हूं और अपना सारा जीवन बगीचे में हिरनों, कबूतरों और खरहों के साथ व्यतीत करने के कारण, मुझे मनुष्यों का बहुत कम ज्ञान है, लेकिन मुझे ऐसा प्रतीत होता है कि तुम्हारी दुश्चिंताओं का कारण कुछ और ही है। तुम इतने दिनों तक व्यावहारिक संसार में

अलंकार ❖ प्रेमचंद

रहने के बाद एकाएक निर्जन शांति में आ गए हो। ऐसे आकस्मिक परिवर्तनों से आत्मा का स्वास्थ्य बिगड़ जाए तो आश्चर्य की बात नहीं। बंधुवर, तुम्हारी दशा उस प्राणी जैसी है, जो एक ही क्षण में अत्यधिक ताप से शीत में आ पहुंचे। उसे तुरंत खांसी और ज्वर घेर लेते हैं। बंधु, तुम्हारे लिए मेरी यह सलाह है कि किसी निर्जन मरुस्थल में जाने के बदले, मन-बहलाव के ऐसे काम करो, जो तपस्वियों और साधुओं के सर्वथा योग्य हैं। तुम्हारी जगह मैं होता तो समीपवर्ती धर्माश्रमों की सैर करता। इनमें से कई देखने के योग्य हैं, लोग उनकी बड़ी प्रशंसा करते हैं। सिरेपियन के ऋषिगृह में एक हजार चार सौ बत्तीस कुटियां बनी हुई हैं और तपस्वियों को उतने वर्गों में विभक्त किया गया है जितने अक्षर यूनानी लिपि में हैं। मुझसे लोगों ने यह भी कहा है कि इस वर्गीकरण में अक्षर, आकार और साधकों की मनोवृत्तियों में एक प्रकार की अनुरूपता का ध्यान रखा जाता है। उदाहरणत: वे लोग जो र वर्ग के अंतर्गत रखे जाते हैं, चंचल प्रकृति के होते हैं और जो लोग शांत प्रकृति के हैं, वे प वर्ग के अंतर्गत रखे जाते हैं। बंधुवर, तुम्हारी जगह मैं होता तो अपनी आंखों से इस रहस्य को देखता और जब तक ऐसे अद्भुत स्थान की सैर न कर लेता, चैन न लेता। क्या तुम इसे अद्भुत नहीं समझते? किसी की मनोवृत्तियों का अनुमान कर लेना कितना कठिन है और जो लोग निम्न श्रेणी में रखा जाना स्वीकार कर लेते हैं, वे वास्तव में साधु हैं, क्योंकि उनकी आत्म-शुद्धि का लक्ष्य उनके सामने रहता है। वे जानते हैं कि हम किस भांति जीवन व्यतीत करने से सरल अक्षरों के अंतर्गत हो सकते हैं। इसके अतिरिक्त व्रतधारियों के देखने और मनन करने योग्य और भी कितनी ही बातें हैं। मैं भिन्न-भिन्न संगतों को जो नील नदी के तट पर फैली हुई हैं, अवश्य देखता। उनके नियमों और सिद्धांतों का अवलोकन करता, एक आश्रम की नियमावली की दूसरे से तुलना करता कि उनमें क्या अंतर है, क्या दोष है, क्या गुण है। तुम जैसे धर्मात्मा पुरुष के लिए यह आलोचना सर्वथा योग्य है। तुमने लोगों से यह अवश्य ही सुना होगा कि ऋषि एन्फरेम ने अपने आश्रम के लिए बड़े उत्कृष्ट धार्मिक नियमों की रचना की है। उनकी आज्ञा लेकर तुम इस नियमावली की नकल कर सकते हो, क्योंकि तुम्हारे अक्षर बड़े सुंदर होते हैं। मैं नहीं लिख सकता, क्योंकि मेरे हाथ फावड़ा चलाते-चलाते इतने कठोर हो गए हैं कि उनमें पतली कलम को भोजपत्र पर चलाने की क्षमता ही नहीं रही। लिखने के लिए हाथों का कोमल होना जरूरी है, लेकिन बंधुवर, तुम तो लिखने में चतुर हो और तुम्हें ईश्वर को धन्यवाद देना चाहिए कि उसने तुम्हें यह विद्या प्रदान की, क्योंकि सुंदर लिपियों की जितनी प्रशंसा की जाए, थोड़ी है। ग्रंथों की नकल करना और पढ़ना बुरे विचारों से बचने

का बहुत ही उत्तम साधन हैं। बंधु पापनाशी, तुम हमारे श्रद्धेय ऋषियों, पालम और एंटोनी के सदुपदेशों को लिपिबद्ध क्यों नहीं कर डालते? ऐसे धार्मिक कामों में लगे रहने से शनैः शैनः तुम चित्त और आत्मा की शांति का पुनः लाभ कर लोगे, फिर एकांत तुम्हें सुखद जान पड़ेगा और शीघ्र ही तुम इस योग्य हो जाओगे कि आत्म-शुद्धि की उन क्रियाओं में प्रवृत्त हो जाओगे जिनमें तुम्हारी यात्रा ने विघ्न डाल दिया था। कठिन कष्टों और दमनकारी वेदनाओं के सहन से तुम्हें बहुत आशा न रखनी चाहिए। जब पिता एंटोनी हमारे बीच में थे तो कहा करते थे–'बहुत व्रत रखने से दुर्बलता आती है औद दुर्बलता से आलस्य पैदा होता है। कुछ ऐसे तपस्वी हैं, जो कई दिनों तक लगातार अनशन व्रत रख अपने शरीर को चौपट कर डालते हैं। उनके विषय में यह कहना सर्वथा सत्य है कि वह अपने ही हाथों से अपनी छाती पर कटार मार लेते हैं और अपने को किसी प्रकार की रुकावट के शैतान के हाथों में सौंप देते हैं।' ये उस पुनीतात्मा एंटोनी के विचार थे! मैं अज्ञानी मूर्ख बूढ़ा हूं; लेकिन गुरु के मुख से जो कुछ सुना था, वह अब तक याद है।"

पापनाशी ने पालम संत को इस शुभादेश के लिए धन्यवाद दिया और उस पर विचार करने का वादा किया। जब वह उससे विदा होकर नरकटों से बाड़े के बाहर आ गया, जो बगीचे के चारों ओर बना हुआ था, तो उसने पीछे फिरकर देखा। सरल, जीवन-मुक्त साधु पालम पौधों को पानी दे रहा था और उसकी झुकी हुई कमर पर कबूतर बैठा उसके साथ-साथ घूमता था। इस दृश्य को देखकर पापनाशी रो पड़ा।

अपनी कुटी में जाकर उसने एक विचित्र दृश्य देखा। ऐसा जान पड़ता था कि अगणित बालुकरण किसी प्रचंड आंधी से उड़कर कुटी में फैल गए हैं। जब उसने जरा ध्यान से देखा तो प्रत्येक बालुकरण यथार्थ में एक अति सूक्ष्म आकार का गीदड़ था, सारी कुटी श्रृंगालमय हो गई थी।

उसी रात को पापनाशी ने स्वप्न देखा कि एक बहुत ऊंचा पत्थर का स्तंभ है, जिसके शिखर पर एक आदमी का चेहरा दिखाई दे रहा है। उसके कान में कहीं से यह आवाज आई–'इस स्तंभ पर चढ़!'

पापनाशी जागा तो उसे निश्चय हुआ कि यह स्वप्न मुझे ईश्वर की ओर से हुआ है। उसने अपने शिष्यों को बुलाया और उन्हें इन शब्दों में संबोधित किया–"प्रिय पुत्रो, मुझे आदेश मिला है कि तुमसे फिर विदा मांगू और जहां ईश्वर ले जाए, वहां जाऊं। मेरी अनुपस्थिति में लेवियन की आज्ञाओं को मेरी ही आज्ञाओं की भांति मानना और बंधु पालम की रक्षा करते रहना। ईश्वर तुम्हें शांति दे। नमस्कार!"

अलंकार ❖ प्रेमचंद

जब वह चला तो उसके सभी शिष्य साष्टांग दंडवत् करने लगे और जब उन्होंने सिर उठाया तो उन्हें अपने गुरु की लंबी, श्याममूर्ति क्षितिज में विलीन होती हुई दिखाई दी।

वह रात और दिन अविश्रांत चलता रहा। यहां तक कि वह उस मंदिर में जा पहुंचा, जो प्राचीन काल में मूर्तिपूजकों ने बनाया था और जिसमें वह अपनी विचित्र पूर्वयात्रा में एक रात सोया था। अब इस मंदिर का भग्नावशेष-मात्र रह गया था और सर्प, बिच्छू, चमगादड़ आदि जंतुओं के अतिरिक्त प्रेत भी इसमें अपना अड्डा बनाए हुए थे। दीवारें जिन पर जादू के चिह्न बने हुए थे, अभी तक खड़ी थीं। तीस बृहदाकार स्तंभ जिनके शिखरों पर मनुष्य के सिर अथवा कमल के फूल बने हुए थे, अभी तक एक भारी चबूतरे को उठाए हुए थे, लेकिन मंदिर के एक सिरे पर एक स्तंभ इस चबूतरे के बीच से सरक गया था और अब अकेला खड़ा था। इसका कलश एक स्त्री का मुस्कराता हुआ मुखमंडल था। उसकी आंखें लंबी थीं, कपोल भरे हुए और मस्तक पर गाय के सींग थे।

पापनाशी स्तंभ को देखते ही पहचान गया कि यह वह स्तंभ है जिसे उसने स्वप्न में देखा था। उसने अनुमान किया कि इसकी ऊंचाई बत्तीस हाथ से कम न होगी। वह निकट गांव में गया और उतनी ही ऊंची एक सीढ़ी बनाई और जब सीढ़ी तैयार हो गई तो वह स्तंभ से लगाकर खड़ी की गई। वह उस पर चढ़ा और शिखर पर जाकर उसने भूमि पर मस्तक नवाकर यों प्रार्थना की—"भगवान, यही वह स्थान है, जो तूने मेरे लिए बताया है। मेरी परम इच्छा है कि मैं यहीं तेरी दया की छाया में जीवनपर्यंत रहूं।"

वह अपने साथ भोजन की सामग्रियां न लाया था। उसे भरोसा था कि ईश्वर मेरी सुधि अवश्य लेगा और यह आशा थी कि गांव के भक्तिपरायण जन मेरे खाने-पीने का प्रबंध कर देंगे और ऐसा हुआ भी। दूसरे दिन तीसरे पहर स्त्रियां अपने बालकों के साथ रोटियां, खजूर और ताजा पानी लिये हुए आईं, जिसे बालकों ने स्तंभ के शिखर पर पहुंचा दिया।

स्तंभ का कलश इतना चौड़ा न था कि पापनाशी उस पर पैर फैलाकर लेट सकता, इसलिए वह पैरों को नीचे-ऊपर किए, सिर छाती पर रखकर सोता था और निद्रा जाग्रत रहने से भी अधिक कष्टदायक थी। प्रातःकाल उकाब अपने पैरों से उसे स्पर्श करता था और वह निद्रा, भय तथा अंग-वेदना से पीड़ित उठ बैठता था।

संयोग से जिस बढ़ई ने यह सीढ़ी बनाई थी, वह ईश्वर का भक्त था। उसे यह देखकर चिंता हुई कि योगी को वर्षा और धूप से कष्ट हो रहा है। इस भय

से कि कहीं निद्रा में वह नीचे न गिर पड़े, उस पुण्यात्मा पुरुष ने स्तंभ के शिखर पर छत और कठघरा बना दिया।

थोड़े ही दिनों में उस असाधारण व्यक्ति की चर्चा गांवों में फैलने लगी और रविवार के दिन श्रमजीवियों के दल-के-दल अपनी स्त्रियों और बच्चों के साथ उसके दर्शनार्थ आने लगे। पापनाशी के शिष्यों ने जब सुना कि गुरुजी ने इस विचित्र स्थान में शरण ली है तो वे चकित हुए और उसकी सेवा में उपस्थित होकर उससे स्तंभ के नीचे अपनी कुटिया बनाने की आज्ञा प्राप्त की। नित्य-प्रति प्रातःकाल वे आकर अपने स्वामी के चारों ओर खड़े हो जाते और उसके सदुपदेश सुनते थे।

वह उन्हें सिखाता था–प्रिय पुत्रो, उन्हीं नन्हें बालकों के समान बन जाओ, जिन्हें प्रभु मसीह प्यार किया करते थे। वही मुक्ति का मार्ग है। वासना ही सब पापों का मूल है। वे वासना से उसी भांति उत्पन्न होते हैं, जैसे संतान पिता से। अहंकार, लोभ, आलस्य, क्रोध और ईर्ष्या उनकी प्रिय संतान हैं। मैंने सिकंद्रिया में यही कुटिल व्यापार देखा। मैंने धन संपन्न पुरुषों को कुचेष्टाओं में प्रवाहित होते देखा है, जो उस नदी की बाढ़ की भांति हैं जिसमें मैला जल भरा हो। वह उन्हें दुःख की खाड़ी में बहा ले जाता है।

एफरायम और सिरेपियन के अधिष्ठाताओं ने इस अद्‌भुत तपस्या का समाचार सुना तो उसके दर्शनों से अपने नेत्रों को कृतार्थ करने की इच्छा प्रकट की। उनकी नौका के त्रिकोण पालों को दूर से नदी में आते देखकर पापनाशी के मन में अनिवार्यतः यह विचार उत्पन्न हुआ कि ईश्वर ने मुझे एकांत से भी योगियों के लिए आदर्श बना दिया है। दोनों महात्माओं ने जब उसे देखा तो उन्हें बड़ा कुतूहल हुआ और आपस में परामर्श करके उन्होंने सर्व-सम्मति से ऐसी अमानुषिक तपस्या का त्याज्य ठहराया। अतएव उन्होंने पापनाशी से नीचे उतर आने का अनुरोध किया।

वह बोला–"यह जीवन-प्रणाली परंपरागत व्यवहार के सर्वथा विरुद्ध है। धर्म-सिद्धांत इसकी आज्ञा नहीं देते।"

पापनाशी ने उत्तर दिया–"योगी जीवन के नियमों और परंपरागत व्यवहारों की परवाह नहीं करता। योगी स्वयं असाधारण व्यक्ति होता है, इसलिए यदि उसका जीवन भी असाधारण हो तो आश्चर्य की क्या बात है! मैं ईश्वर की प्रेरणा से यहां चढ़ा हूं, उसी के आदेश से उतरूंगा।"

17

कहीं भिन्न-भिन्न प्रांतों की स्त्रियां अपने खोए हुए बालकों को पुकार रही हैं–कोई रोता है और कहीं खुशी में लोग आतिशबाजी छोड़ते हैं। इन समस्त ध्वनियों के मिलने से ऐसा शोर होता था कि कान के परदे फटे जाते थे। इन सबसे प्रबल ध्वनि उन हब्शी लड़कों की थी, जो गले फाड़कर खजूर बेचते फिरते थे और इन समस्त जनसमूह को खुले हुए मैदान में भी सांस लेने को हवा न मयस्सर होती थी। स्त्रियों के कपड़ों की महक, हब्शियों के वस्त्रों की दुर्गंध, खाना पकाने के धुएं और कपूर, लोहबान आदि की सुगंध से, जो भक्तजन महात्मा पापनाशी के सम्मुख जलाते थे, समस्त वायुमंडल दूषित हो गया था–लोगों के दम घुटने लगे थे।

जब रात आई तो लोगों ने अलाव जलाए, मशालें और लालटेनें जलाई गईं, किंतु लाल प्रकाश की छाया और काली सूरतों के सिवा और कुछ न दिखाई देता था।

धर्म के इच्छुक श्रद्धालु नित्य-प्रति पापनाशी के शिष्य बनते और उसी स्तंभ के नीचे अपनी कुटिया बनाते थे। उनमें से कई शिष्यों ने अपने गुरु का अनुकरण करने के लिए मंदिर के दूसरे स्तंभों पर चढ़कर तप करना शुरू किया, पर जब उनके अन्य सहचरों ने इसकी निंदा की और वे स्वयं धूप और कष्ट न सह सके, तो नीचे उतर आए।

देश के अन्य भागों से पापियों और भक्तों के जत्थे-के-जत्थे आने लगे। उनमें से कितने ही बहुत दूर से आते थे। उनके साथ भोजन की कोई वस्तु न होती थी। एक वृद्धा विधवा को यह बात सूझी कि उनके हाथ ताजा पानी, खरबूजे आदि फल बेचे जाएं तो लाभ हो। स्तंभ के समीप ही उसने मिट्टी के कुल्हड़ जमा किए। एक नीली चादर तानकर उसने नीचे फलों की टोकरियां सजाईं और पीछे खड़ी होकर हांक लगाने लगी–'ठंडा पानी, ताजा फल, जिसे खाना या पानी पीना हो, चला आए।'

इसकी देखादेखी एक नानबाई थोड़ी-सी लाल ईंटें लाया और समीप ही अपना तंदूर बनाया। इसमें सादी और खमीरी रोटियां सेंककर वह ग्राहकों को खिलाता था। यात्रियों की संख्या दिन-प्रतिदिन बढ़ने लगी। मिस्र देश के बड़े-बड़े शहरों से भी लोग आने लगे। यह देखकर एक लोभी आदमी ने मुसाफिरों और नौकरों, ऊंटों, खच्चरों आदि को ठहराने के लिए एक सराय बनवाई। थोड़े ही दिन में उस स्तंभ के सामने एक बाजार लग गया, जहां मछुए अपनी मछलियां और किसान अपने फल-मेवे ला-लाकर बेचने लगे। एक नाई भी आ पहुंचा, जो किसी वृक्ष की छांह में बैठकर यात्रियों की हजामत बनाता था और दिल्लगी की बातें करके लोगों को हंसाता था। पुराना मंदिर इतने दिन उजड़े रहने के बाद फिर आबाद हुआ। जहां रात-दिन निर्जनता और नीरवता का आधिपत्य रहता था, वहां अब जीवन के दृश्य और चिह्न दिखाई देने लगे। हरदम चहल-पहल रहती। भठियारों ने पुराने मंदिर के तहखानों के शराबखाने बना दिए और स्तंभ पर पापनाशी के चित्र लटकाकर उसके नीचे यूनानी और मिस्री लिपियों में यह विज्ञापन लगा दिए–"अनार की शराब, अंजीर की शराब और सिलिसिया की सच्ची जौ की शराब यहां मिलती है।"

दुकानदारों ने उन दीवारों पर जिन पर पवित्र और सुंदर बेलबूटे अंकित किए हुए थे, रस्सियों से गूंथकर प्याज लटका दिए। तली हुई मछलियां, मरे हुए खरहे और भेड़ों की लाशें सजाई हुई दिखाई देने लगीं। संध्या समय इस खंडहर के पुराने निवासी अर्थात् चूहे सफ बांधकर नदी की ओर दौड़ते और बगुले संदेहात्मक भाव से गरदन उठाकर ऊंची कारनिसों पर बैठ जाते; लेकिन वहां भी उन्हें पाकशालाओं के धुएं, शराबियों के शोरगुल और शराब बेचने वालों की हांक-पुकार से चैन न मिलता।

चारों तरफ कोठी वालों ने सड़कें, मकान, चर्च, धर्मशालाएं और ऋषियों के आश्रम बनवा दिए। छ: महीने न गुजरने पाए थे कि वहां एक अच्छा-खासा शहर बस गया, जहां रक्षाकारी विभाग, न्याय, कारागार, सभी बन गए और वृद्ध मुंशी ने एक पाठशाला भी खोल ली। जंगल में मंगल हो गया, ऊसर में बाग लहराने लगा।

यात्रियों का रात-दिन तांता लगा रहता। ईसाई धर्म के प्रधान पदाधिकारी भी शनै: शनै: श्रद्धा के वशीभूत होकर आने लगे। एंटियोक का प्रधान, जो उस समय

संयोग से मिस्र में था, अपने समस्त अनुयायियों के साथ आया। उसने पापनाशी के असाधारण तप की मुक्त-कंठ से प्रशंसा की। मिस्र के अन्य उच्च महारथियों ने इस सम्मति का अनुमोदन किया। एफरायम और सिरेपियन के अध्यक्षों ने यह बात सुनी तो उन्होंने पापनाशी के पास आकर उसके चरणों पर सिर झुकाया और पहले इस तपस्या के विरुद्ध जो विचार प्रकट किए थे, उनके लिए लज्जित होकर क्षमा मांगी।

पापनाशी ने उत्तर दिया–"बंधुओं, यथार्थ यह है कि मैं जो तपस्या कर रहा हूं, वह केवल उन प्रलोभनों और दुरिच्छाओं के निवारण के लिए है, जो सर्वत्र मुझे घेरे रहते हैं और जिनकी संख्या तथा शक्ति को देखकर मैं दहल उठता हूं। मनुष्य का बाह्य रूप बहुत ही सूक्ष्म और स्वल्प होता है। इस ऊंचे शिखर पर से मैं मनुष्यों को चींटियों के समान जमीन पर रेंगते देखता हूं। किंतु मनुष्य को अंदर से देखो तो यह अनंत और अपार है। वह संसार के समाकार है, क्योंकि संसार उसके अंतर्गत है। मेरे सामने जो कुछ है–यह आश्रय, यह अतिथिशालाएं, नदी पर तैरने वाली नौकाएं, ये ग्राम खेत, वन-उपवन, नदियां, नहरें, पर्वत, मरुस्थल वे उसकी तुलना नहीं कर सकते, जो मुझमें है। मैं अपने विराट अंतस्तल में असंख्य नगरों और सीमाशून्य पर्वतों को छिपाए हुए हूं और इस विराट अंतस्तल पर इच्छाएं उसी भांति आच्छादित हैं, जैसे निशा पृथ्वी पर आच्छादित हो जाती है। मैं, केवल मैं, अविचार एक जगत हूं।"

सातवें महीने में सिकंद्रिया से बुबेस्तीस और सायम नाम की दो वंध्य स्त्रियां, इस लालसा में आईं कि महात्मा के आशीर्वाद और स्तंभ के अलौकिक गुणों से उनके संतान होगी। अपनी ऊसर देह को पत्थर से रगड़ा। इन स्त्रियों के पीछे जहां तक निगाह पहुंचती थी, रथों, पालकियों और डोलियों का एक जुलूस चला आता था जो स्तंभ के पास आकर रुक गया और इस देवपुरुष के दर्शन के लिए धक्का-मुक्की करने लगा। इन सवारियों में से ऐसे रोगी निकले जिन्हें देखकर हृदय कांप उठता था। माताएं ऐसे बालकों को लाई थीं जिनके अंग टेढ़े हो गए थे, आंखें निकल आई थीं और गले बैठ गए थे। पापनाशी ने उनकी देह पर अपना हाथ रखा। तब अंधे, हाथों से टटोलते, पापनाशी की ओर दो रक्तमय छिद्रों से ताकते हुए आए। पक्षाघात पीड़ित प्राणियों ने अपने गतिशून्य सूखे तथा संकुचित अंगों को पापनाशी के सम्मुख उपस्थित किया। लंगड़ों ने अपनी टांगें दिखाईं। कछुई के रोग वाली स्त्रियां दोनों हाथों से अपनी छाती को दबाए हुए आईं और उसके सामने अपने जर्जर वक्ष खोल दिए। जलोदर के रोगी, शराब के पीपों की भांति फूले हुए, उसके सम्मुख भूमि पर लेटाए गए। पापनाशी ने इन समस्त रोगी प्राणियों को आशीर्वाद दिया। फीलपांव से पीड़ित हब्शी संभल-संभलकर चलते हुए आए और उसकी ओर करुण नेत्रों से ताकने लगे। उसने उनके ऊपर सलीब का चिह्न बना दिया। एक युवती बड़ी दूर से

डोली में लाई गई थी। रक्त उगलने के बाद तीन दिन से उसने आंखें न खोली थीं। वह एक मोम की मूर्ति की भांति दिखाई देती थी और उसके माता-पिता ने उसे मुर्दा समझकर उसकी छाती पर खजूर की एक पत्ती रख दी थी। पापनाशी ने ज्यों ही ईश्वर से प्रार्थना की, युवती ने सिर उठाया और आंखें खोल दीं।

यात्रियों ने अपने घर लौटकर इन सिद्धियों की चर्चा की तो मिरगी के रोगी भी दौड़े। मिस्र के सभी प्रांतों से अगणित रोगी आकर जमा हो गए। ज्यों ही उन्होंने यह स्तंभ देखा तो मूर्च्छित हो गए, जमीन पर लौटने लगे और उनके हाथ-पैर अकड़ गए। यद्यपि यह किसी को विश्वास न आएगा, किंतु वहां जितने आदमी मौजूद थे, सबके-सब बौखला उठे और रोगियों की भांति कुलांचें खाने लगे। पंडित और पुजारी, स्त्री और पुरुष सबके-सब तले-ऊपर लोटने-पोटने लगे। सभी के अंग अकड़े हुए थे, मुंह से फिचकुर बहता था, मिट्टी से मुट्ठियां भर-भरकर फांकते और अनर्गल शब्द मुंह से निकालते थे।

पापनाशी ने शिखर पर से यह कुतूहलजनक दृश्य देखा तो उसके समस्त शरीर में विप्लव-सा होने लगा। उसने ईश्वर से प्रार्थना की–"भगवान, मैं ही छोड़ा हुआ बकरा हूं और मैं अपने ऊपर इन सारे प्राणियों के पापों का भार लेता हूं और यही कारण है कि मेरा शरीर प्रेतों और पिशाचों से भरा हुआ है।"

जब कोई रोगी चंगा होकर जाता था तो लोग उसका स्वागत करते थे, उसका जुलूस निकालते थे, बाजे बजाते, फूल उड़ाते और उसके घर तक पहुंचाते थे। लाखों कंठों से यह ध्वनि निकलती थी–"हमारे प्रभु मसीह फिर अवतरित हुए!"

बैसाखियों के सहारे चलने वाले दुर्बल रोगी जब आरोग्य लाभ कर लेते थे तो अपनी बैसाखियां इसी स्तंभ में लटका देते थे। हजारों बैसाखियां लटकती हुई दिखाई देती थीं और प्रतिदिन उनकी संख्या बढ़ती ही जाती थी। अपनी मुराद पाने वाली स्त्रियां फूल की माला लटका देती थीं। कितने ही यूनानी यात्रियों ने पापनाशी के प्रति श्रद्धामय दोहे अंकित कर दिए। जो यात्री आता था, वह स्तंभ पर अपना नाम अंकित कर देता था। अतएव स्तंभ पर जहां तक आदमी के हाथ पहुंच सकते थे, उस समय की समस्त लिपियों–लैटिन, यूनानी, मिस्री, इबरानी, सुरयानी और जंदी का विचित्र सम्मिश्रण दृष्टिगोचर था।

जब ईस्टर का उत्सव आया तो इस चमत्कारों और सिद्धियों के नगर में इतनी भीड़-भाड़ हुई देश-देशांतरों के यात्रियों का ऐसा जमघट हुआ कि बड़े-बड़े बूढ़े कहते कि पुराने जादूगरों के दिन फिर लौट आए। सभी प्रकार के मनुष्य नाना प्रकार के वस्त्र पहने हुए वहां नजर आते थे। मिस्रनिवासियों के धारीदार कपड़े, अरबों में ढीले पाजामे, हब्शियों के श्वेत जांघिए, यूनानियों के ऊंचे चुगे, रोमनिवासियों के नीचे

अलंकार ❖ प्रेमचंद

लबादे, असभ्य जातियों के लाल सुथने और वेश्याओं की किमख्वाब की पेशवाजें, भांति-भांति की टोपियों, मुड़ासों, कमरबंदों और जूतों–इन सभी कलेवरों की झांकियां मिल जाती थीं। कहीं कोई महिला मुंह पर नकाब डाले, गधे पर सवार चली जाती थी, जिसके आगे-ओगे हब्शी, खोजे, मुसाफिरों को हटाने के लिए छड़ियां घुमाते, 'हटो, बचो, रास्ता दो' का शोर मचाते रहते थे। कहीं बाजीगरों के खेल होते थे। बाजीगर जमींन पर एक जाजिम बिछाए, मौन दर्शकों के समान अद्‌भुत छलांगें मारता और भांति-भांति के करतब दिखाता था। कभी रस्सी पर चढ़कर ताली बाजाता, कभी बांस गाड़कर उस पर चढ़ जाता और शिखर पर सिर नीचे पैर ऊपर करके खड़ा हो जाता। कहीं मदारियों के खेल थे, कहीं बंदरों के नाच, कहीं भालुओं की भद्‌दी नकलें। सपेरे पिटारियों में से सांप निकालकर दिखाते, हथेली पर बिच्छू दिखाते और सांप का विष उतारने वाली जड़ी बेचते थे। कितना शोर था, कितनी धूल, कितनी चमक-दमक–कहीं ऊंटवान ऊंटों को पीट रहा है और जोर-जोर से गालियां दे रहा है, कहीं फेरी वाले गली में एक झोली लटकाए चिल्ला-चिल्लाकर कोढ़ के ताबीज और भूत-प्रेत आदि व्याधियों के मंत्र बेचते फिरते हैं, कहीं साधुगण स्वर मिलाकर बाइबिल के भजन गा रहे हैं, कहीं भेड़ें मिमिया रही हैं, कहीं गधे रेंक रहे हैं, मल्लाह यात्रियों को पुकारते हैं–"देर मत करो!"

कहीं भिन्न भिन्न प्रांतों की स्त्रियां अपने खोए हुए बालकों को पुकार रही हैं–कोई रोता है और कहीं खुशी में लोग आतिशबाजी छोडते हैं। इन समस्त ध्वनियों के मिलने से ऐसा शोर होता था कि कान के परदे फटे जाते थे। इन सबसे प्रबल ध्वनि उन हब्शी लड़कों की थी, जो गले फाड़कर खजूर बेचते फिरते थे और इन समस्त जनसमूह को खुले हुए मैदान में भी सांस लेने को हवा न मयस्सर होती थी। स्त्रियों के कपड़ों की महक, हब्शियों के वस्त्रों की दुर्गंध, खाना पकाने के धुएं और कपूर, लोहबान आदि की सुगंध से, जो भक्तजन महात्मा पापनाशी के सम्मुख जलाते थे, समस्त वायुमंडल दूषित हो गया था–लोगों के दम घुटने लगे थे।

जब रात आई तो लोगों ने अलाव जलाए, मशालें और लालटेनें जलाई गईं, किंतु लाल प्रकाश की छाया और काली सूरतों के सिवा और कुछ न दिखाई देता था। मेले के एक तरफ एक वृद्ध पुरुष तेली धुआंती कुप्पी जलाए, पुराने जमाने की एक कहानी कह रहा था। श्रोता लोग घेरा बनाए हुए थे। बूढ़े का चेहरा धुंधले प्रकाश में चमक रहा था। वह भाव बना-बनाकर कहानी कहता था और उसकी परछाईं उसके प्रत्येक भाव को बढ़ा-बढ़ाकर दिखाती थी। श्रोतागण परछाईं के विकृत अभिनय देख-देखकर खुश होते थे। यह कहानी बिट्रीऊ की प्रेमकथा थी।

बिट्रीऊ ने अपने हृदय पर जादू कर दिया था और छाती से निकालकर एक बबूल के वृक्ष में रखकर स्वयं वृक्ष का रूप धारण कर लिया था। कहानी पुरानी थी। श्रोताओं ने सैकड़ों ही बार इसे सुना होगा, किंतु वृद्ध की वर्णन शैली बड़ी चित्ताकर्षक थी। इसने कहानी को मजेदार बना दिया था। शराबखानों में मद के प्यासे कुर्सियों पर लेटे हुए भांति-भांति के सुधारस पान कर रहे थे और बोतलें खाली करते चले जाते थे। नर्तकियां आंखों में सुरमा लगाए और पेट खोले उनके सामने नाचती और कोई धार्मिक या श्रृंगार रस का अभिनय करती थीं।

एकांत कमरों में युवकगण चौपड़ या कोई खेल खेलते थे और वृद्धजन वेश्याओं से दिल बहला रहे थे। इन समस्त दृश्यों के ऊपर वह अकेला, स्थिर, अटल स्तंभ खड़ा था। उसका गोरूपी कलश प्रकाश की छाया में मुंह फैलाए दिखाई देता था और उसके ऊपर पृथ्वी-आकाश के मध्य पापनाशी अकेला बैठा हुआ यह दृश्य देख रहा था। इतने में चांद ने नभ के आंचल में से सिर निकाला, पहाड़ियां नीले प्रकाश में चमक उठीं और पापनाशी को ऐसा भासित हुआ मानो थायस की सजीव मूर्ति नाचते हुए जल के प्रकाश में चमकती, नीले गगन में निरालंब खड़ी है।

18

वास्तव में ये सब कब्रें थीं। उनके द्वार खुले और टूटे हुए थे और उनके अंदर भेड़ियों और लकड़बग्घों की चमकती हुई आंखें नजर आती थीं, जिन्होंने वहां बच्चे दिए थे। मुर्दे कब्रों के सामने बाहर पड़े हुए थे जिन्हें डाकुओं ने नोच-खसोट लिया था और जंगली जानवरों ने जगह-जगह चबा डाला था।। इस गृतपुरी में बहुत देर तक चलने के बाद पापनाशी एक कब्र के सामने थककर गिर पड़ा, जो खजूर के वृक्षों से ढके हुए एक सोते के समीप थी। यह कब्र खूब सजी हुई थी, उसके ऊपर बेल-बूटे बने हुए थे, किंतु कोई द्वार न था। पापनाशी ने एक छिद्र में से झांका तो अंदर एक सुंदर, रंगा हुआ तहखाना दिखाई पड़ा जिसमें सांपों के छोटे-छोटे बच्चे इधर-उधर रेंग रहे थे। उसे अब भी यही शंका हो रही थी कि ईश्वर ने मेरा हाथ छोड़ दिया है और मेरा कोई अवलंब नहीं है।

दिन गुजरते जाते थे और पापनाशी ज्यों-का-त्यों स्तंभ पर आसन जमाए हुए था। वर्षाकाल आया तो आकाश का जल लकड़ी की छत से टपक-टपककर उसे भिगोने लगा। इससे सर्दी खाकर उसके हाथ-पांव अकड़ उठे, हिलना-डोलना मुश्किल हो गया। उधर दिन को धूप की जलन और रात को ओस की शीत खाते-खाते उसके

शरीर की खाल फटने लगी और समस्त देह में घाव, छाले और गिल्टियां पड़ गईं। थायस की इच्छा अब भी उसके अंत:करण में व्याप्त थी और वह अंतर्वेदना से पीड़ित होकर चिल्ला उठता था–"भगवान! मेरी ओर भी सांसत कीजिए और भी यातनाएं अभी पीछे पड़ी हुई हैं, विनाश-वासनाएं अभी तक मन का मंथन कर रही हैं। भगवान, मुझ पर प्राणि-मात्र की विषय-वासनाओं का भार रख दीजिए। मैं उन सबका को प्राश्यिचत्त करूंगा। यद्यपि यह असत्य है कि यूनानी कुतिए ने समस्त संसार का पाप-भार अपने ऊपर लिया था, जैसा मैंने किसी समय एक मिथ्यावादी मनुष्य को कहते सुना था, लेकिन उस कथा में कुछ आशय अवश्य छिपा हुआ है जिसकी सच्चाई अब मेरी समझ में आ रही है, क्योंकि इसमें कोई संदेह नहीं है कि जनता के पाप धर्मात्माओं की आत्माओं में प्रविष्ट होते हैं। वे इस भांति विलीन हो जाते हैं मानो कुएं में गिरे पड़े हों। यही कारण है कि पुण्यात्माओं के मन में जितना मल भरा रहता है, उतना पापियों के मन में कदापि नहीं रहता। भगवान, मैं इसलिए तुझे धन्यवाद देता हूं कि तूने मुझे संसार का मलकुंड बना दिया है।"

एक दिन उस पवित्र नगर में यह खबर उड़ी और पापनाशी के कानों में भी पहुंची कि एक उच्च राज्यपदाधिकारी, जो सिकंद्रिया की जलसेना का अध्यक्ष था, शीघ्र ही उस शहर की सैर करने आ रहा है-नहीं, बल्कि रवाना हो चुका है।

यह समाचार सत्य था। वयोवृद्ध कोटा, जो उस साल नील सागर की नदियों और जलमार्गों का निरीक्षण कर रहा था, कई बार इस महात्मा और इस नगर को देखने की इच्छा प्रकट कर चुका था। इस नगर का नाम पापनाशी ही के नाम पर 'पापमोचन' रखा गया था।

एक दिन प्रभातकाल इस पवित्र भूमि के निवासियों ने देखा कि नील नदी श्वेत पालों से आच्छन्न हो गई है। कोटा एक सुनहरी नौका पर, जिस पर बैंगनी रंग के पाल लगे हुए थे, अपनी समस्त नाविकशक्ति के आगे-आगे निशाना उड़ाता चला आता है। घाट पर पहुंचकर वह उतर पड़ा और अपने मंत्री तथा अपने वैद्य अरिस्टीयस के साथ नगर की तरफ चला। मंत्री के हाथ में नदी के मानचित्र आदि थे और वैद्य से कोटा स्वयं बातें कर रहा था। वृद्धावस्था में उसे वैद्यराज की बातों में आनंद मिलता था।

कोटा के पीछ सहस्रों मनुष्यों का जुलूस चला और जलतट पर सैनिकों की वर्दियां और राज्यकर्मचारियों के चुगे-ही-चुगे दिखाई देने लगे। इन चुगों में चौड़ी बैंगनी रंग की गांठ लगी थी, जो रोम की व्यवस्थापक सभा के सदस्यों का सम्मान-चिह्न थी। कोटा उस पवित्र स्तंभ के समीप रुक गया और महात्मा पापनाशी को ध्यान से देखने लगा। गरमी के कारण अपने चुगे के दामन से वह

मुंह का पसीना पोंछता था। वह स्वभाव से विचित्र अनुभवों का प्रेमी था और अपनी जल-यात्राओं में उसने कितनी ही अद्‌भुत बातें देखी थीं। वह उन्हें स्मरण रखना चाहता था। उसकी इच्छा थी कि अपना वर्तमान इतिहासग्रंथ समाप्त करने के बाद अपनी समस्त यात्राओं का वृत्तांत लिखे और जो-जो अनोखी बातें देखी हैं, उसका उल्लेख करे। यह दृश्य देखकर उसे बहुत दिलचस्पी हुई।

उसने खांसकर कहा–"विचित्र बात है! और यह पुरुष मेरा मेहमान था। मैं अपने यात्रा-वृत्तांत में वह अवश्य लिखूंगा। हां, गतवर्ष इस पुरुष ने मेरे यहां दावत खाई थी और उसके एक ही दिन बाद एक वेश्या को लेकर भाग गया था।" फिर वह अपने मंत्री से बोला–"पुत्र, मेरे पत्रों पर इसका उल्लेख कर दो। इस स्तंभ की लंबाई-चौड़ाई भी दर्ज कर देना। देखना, शिखर पर जो गाय की मूर्ति बनी हुई है, उसे न भूलना।" इसके बाद वह अपना मुंह पोंछकर बोला–"मुझसे विश्वस्त प्राणियों ने कहा है कि इस योगी ने साल-भर से एक क्षण के लिए भी नीचे कदम नहीं रखा। क्यों अरिस्टीयस यह संभव है! कोई पुरुष पूरे साल-भर तक आकाश में लटका रह सकता है?"

अरिस्टीयस ने उत्तर दिया–"किसी अस्वस्थ या उन्मत्त प्राणी के लिए यह बात संभव है। आपको शायद यह बात न मालूम होगी कि कतिपय शारीरिक और मानसिक विकार न हो, तो असंभव है। आपको शायद यह बात न मालूम होगी कि कतिपय शारीरिक और मानसिक विकारों से इतने अद्‌भुत शक्ति आ जाती है, जो तंदुरुस्त आदमियों में कभी नहीं आ सकती, क्योंकि यथार्थ में अच्छा स्वास्थ्य या बुरा स्वास्थ्य स्वयं कोई वस्तु नहीं है। वह शरीर के अंग-प्रत्यंग की भिन्न-भिन्न दशाओं का नाम-मात्र है। रोगों के निदान से मैंने वह बात सिद्ध की है कि वे भी जीवन की आवश्यक अवस्थाएं हैं। मैं बड़े प्रेम से उनकी मीमांसा करता हूं, इसलिए कि उन पर विजय प्राप्त कर सकूं। उनमें से कई बीमारियां प्रशंसनीय हैं और उनमें बहिर्विकार के रूप में अद्‌भुत आरोग्यवर्द्धक शक्ति छिपी रहती है। उदाहरणः कभी-कभी शारीरिक विकारों से बुद्धि-शक्तियां प्रखर हो जाती हैं, बड़े वेग से उनका विकास होने लगता है। आप सिरोन को तो जानते हैं। जब वह बालक था तो तुतलाकर बोलता था और मंदबुद्धि था, लेकिन जब एक सीढ़ी पर से गिर जाने के कारण उसकी कपाल-क्रिया हो गई तो वह उच्च श्रेणी का वकील निकला, जैसा कि आप स्वयं देख रहे हैं। इस योगी का कोई गुप्त अंग अवश्य ही विकृत हो गया है। इसके अतिरिक्त इस अवस्था में जीवन व्यतीत करना इतनी असाधारण बात नहीं है, जितनी आप समझ रहे हैं। आपको भारतवर्ष के योगियों की याद है? वहां के योगिगण इसी भांति बहुत दिनों तक निश्चल रह

सकते हैं–एक दो वर्ष नहीं, बल्कि बीस, तीस, चालीस वर्ष तक और कभी-कभी इससे भी अधिक–यहां तक कि मैंने तो सुना है कि वे निर्जल; निराहार सौ-सौ वर्षों तक समाधिस्थ रहते हैं।"

कोटा ने कहा–"ईश्वर की सौगंध से कहता हूं, मुझे यह दशा अत्यंत कुतूहलजनक मालूम हो रही है। यह निराले प्रकार का पागलपन है। मैं इसकी प्रशंसा नहीं कर सकता, क्योंकि मनुष्य का जन्म चलने और काम करने के निमित्त हुआ है और उद्योगहीनता साम्राज्य के प्रति अक्षम्य अत्याचार है। मुझे ऐसे किसी धर्म का ज्ञान नहीं है, जो ऐसी आपत्तिजनक क्रियाओं का आदेश करता हो। संभव है, एशियाई संप्रदायों में इसकी व्यवस्था हो। जब मैं स्याम (सीरिया) का सूबेदार था तो मैंने 'हेरा' नगर के द्वार पर एक ऊंचा चबूतरा बना हुआ देखा। एक आदमी साल में दो बार उस पर चढ़ता था और वहां सात दिनों तक चुपचाप बैठा रहता था। लोगों का विश्वास था कि यह प्राणी देवताओं से बातें करता था और शाम देश को धन-धान्यपूर्ण रखने के लिए उनसे विनय करता था। मुझे यह प्रथा निरर्थक-सी जान पड़ी, किंतु मैंने उसे उठाने की चेष्टा नहीं की, क्योंकि मेरा विचार है कि राज्य-कर्मचारियों को प्रजा के रीति-रिवाजों में हस्तक्षेप न करना चाहिए, बल्कि इन्हें मर्यादित रखना उनका कर्तव्य है। शासकों की नीति कदापि न होनी चाहिए कि वे प्रजा को किसी विशेष मत की ओर खींचें, बल्कि उन्हें उसी मत की रक्षा करनी चाहिए जो प्रचलित हो, चाहे वह अच्छा हो या बुरा, क्योंकि देश, काल और जाति की परिस्थिति के अनुसार ही उसका जन्म और विकास हुआ है। अगर शासन किसी मत का दमन करने की चेष्टा करता है, तो वह स्वयं को विचारों में क्रांतिकारी और व्यवहारों में अत्याचारी सिद्ध करता है और प्रजा उससे घृणा करे तो सर्वथा क्षम्य है, फिर आप जनता के मिथ्या विचारों का सुधार क्योंकर कर सकते हैं, अगर तुम उन्हें समझने और उन्हें निरक्षेप भाव से देखने में असमर्थ हैं? अरिस्टीयस, मेरा विचार है कि इस पक्षियों के बसाए हुए मेघनगर को आकाश में लटका रहने दूं। उस पर नैसर्गिक शक्तियों का कोप ही क्या कम है कि मैं भी उसे उजाड़ने में अग्रसर बनूं। उसके उजाड़ने से मुझे अपयश के सिवा और कुछ हाथ न लगेगा। हां, इस आकाश निवासी योगी के विचारों और विश्वासों को लेखबद्ध करना चाहिए।"

यह कहकर वह फिर खांसा और अपने मंत्री के कंधे पर हाथ रखकर बोला–"पुत्र, नोट कर लो कि ईसाई संप्रदाय के कुछ अनुयायियों के मतानुसार स्तंभों के शिखर पर रहना और वेश्याओं को ले भागना सराहनीय कार्य है। इतना

अलंकार ❖ प्रेमचंद

और बढ़ा दो कि ये प्रथाएं सृष्टि करने वाले देवताओं की उपासना के प्रमाण हैं। ईसाई धर्म ईश्वरवादी होकर देवताओं के प्रभाव को अभी तक नहीं मिटा सका, लेकिन इस विषय में हमें स्वयं इस योगी से ही जिज्ञासा करनी चाहिए।" फिर उठाकर और धूप से आंखों को बचाने के लिए हाथों की आड़ करके उसने उच्च स्वर में कहा—"इधर देखो पापनाशी! अगर तुम अभी यह नहीं भूले हो कि तुम एक बार मेरे मेहमान रह चुके हो तो मेरी बातों का उत्तर दो। तुम वहां आकाश पर बैठे क्या कर रहे हो? तुम्हारे वहां जाने और रहने का क्या उद्देश्य है? क्या तुम्हारा विचार है कि इस स्तंभ पर चढ़कर तुम देश का कुछ कल्याण कर सकते हो?"

पापनाशी ने कोटा को केवल प्रतिमावादी तुच्छ दृष्टि से देखा और उसे कुछ उत्तर देने योग्य न समझा, लेकिन उसका शिष्य लेवियन समीप आकर बोला—"मान्यवर, वह ऋषि समस्त भूमंडल के पापों को अपने ऊपर लेता और रोगियों को आरोग्य प्रदान करता है।"

कोटा—कसम खुदा की, यह तो बड़ी दिल्लगी की बात है। तुम कहते हो अरिस्टीयस, यह आकाशवासी महात्मा चिकित्सा करता है। यह तो तुम्हारा प्रतिवादी निकला। तुम ऐसे आकाशरोही वैद्य से क्योंकर पेश पा सकोगे?

अरिस्टीयस ने सिर हिलाकर कहा—"यह बहुत संभव है कि वह बाजे-बाजे रोगों की चिकित्सा करने में मुझसे कुशल हो। उदाहरणत: मिरगी ही को ले लीजिए। गंवारी बोलचाल में लोग इसे 'देवरोग' कहते हैं, यद्यपि सभी रोग दैवी हैं, क्योंकि उनके सृजन करने वाले तो देवगण ही हैं, लेकिन इस विशेष रोग का कारण अंशत: कल्पनाशक्ति में है और यह रोगियों की कल्पना पर जितना प्रभाव डाल सकता है, उतना मैं अपने चिकित्सालय में खरल और दस्ते से औषधियां घोंटकर कदापि नहीं डाल सकता। महाशय, कितनी ही गुप्त शक्तियां हैं, जो शास्त्र और बुद्धि से कहीं बढ़कर प्रभावोत्पादक हैं।"

कोटा—वे कौन-सी शक्तियां हैं?

अरिस्टीयस—मूर्खता और अज्ञान।

कोटा—मैंने अपनी बड़ी-बड़ी यात्राओं में भी इससे विचित्र दृश्य नहीं देखा और मुझे आशा है कि कभी कोई सुयोग्य इतिहास-लेखक 'मोचननगर' की उत्पत्ति का सविस्तार वर्णन करूंगा। हम जैसी बहुधंधी मनुष्यों को किसी वस्तु के देखने में चाहे वह कितना ही कुतूहलजनक क्यों न हो, अपना बहुत समय न गंवाना चाहिए। चलिए, अब नहरों का निरीक्षण करें। अच्छा पापनाशी, नमस्कार। फिर कभी आऊंगा, लेकिन अगर तुम फिर कभी पृथ्वी पर उतरो और सिकंद्रिया आने

का संयोग हो तो मुझे न भूलना। मेरे द्वार तुम्हारे स्वागत के लिए नित्य खुले हैं। मेरे यहां आकर अवश्य भोजन करना।

हजारों मनुष्यों ने कोटा के ये शब्द सुने।

एक ने दूसरे से कहा–ईसाइयों में और भी नमक मिर्च लगाया। जनता किसी की प्रशंसा बड़े अधिकारियों के मुंह से सुनती है तो उसकी दृष्टि में उस प्रशंसित मनुष्य का आदर-सम्मान सतगुण अधिक हो जाता है। पापनाशी की और भी ख्याति होने लगी। सरलहृदय मतानुरागियों ने इन शब्दों को और भी परिमार्जित और अतिशयोक्तिपूर्ण रूप दे दिया। किंवदंतियां होने लगीं कि महात्मा पापनाशी ने स्तंभ के शिखर पर बैठे-बैठे, जलसेना के अध्यक्ष को ईसाई धर्म का अनुगामी बना लिया। उसके उपदेशों में यह चमत्कार है कि सुनते ही बड़े-बड़े नास्तिक भी मस्तक झुका देते हैं।

कोटा के अंतिम शब्दों में भक्तों को गुप्त आशय छिपा हुआ प्रतीत हुआ। जिस स्वागत की उस उच्च अधिकारी ने सूचना दी थी, वह साधारण स्वागत नहीं था। वह वास्तव में एक आध्यात्मिक भोज, एक स्वर्गिक सम्मेलन, एक पारलौकिक संयोग का निमंत्रण था। उस संभाषण की कथा का बड़ा अद्भुत और अलंकृत विस्तार किया गया और जिन-जिन महानुभावों ने यह रचना की, उन्होंने स्वयं पहले उस पर विश्वास किया। कहा जाता था कि जब कोटा ने विशद तर्क-वितर्क के पश्चात् सत्य को अंगीकार किया और प्रभु मसीह की शरण में आया तो एक स्वर्गदूत आकाश से उसके मुंह का पसीना पोंछने आया। यह भी कहा जाता था कि कोटा के साथ उसके वैद्य और मंत्री ने भी ईसाई धर्म स्वीकार किया। मुख्य ईसाई संस्थाओं के अधिष्ठाताओं ने यह अलौकिक समाचार सुना तो ऐतिहासिक घटनाओं में उसका उल्लेख किया। इतने ख्यातिलाभ के बाद यह कहना किंचित-मात्र भी अतिशयोक्ति न थी कि सारा संसार पापनाशी के दर्शनों के लिए उत्कंठित हो गया। प्राच्य और पाश्चात्य दोनों ही देशों के ईसाइयों की विस्मित आंखें उनकी ओर उठने लगीं। इटली के प्रधान नगरों ने उसके नाम अभिनंदन-पत्र भेजे और रोम के केसर कॉन्स्टेनटाइन ने, जो ईसाई धर्म का पक्षपाती था, उनके पास एक पत्र भेजा। ईसाई दूत इस पत्र को बड़े आदर-सम्मान के साथ पापनाशी के पास लाए।

एक रात को जब वह नवजात नगर हिम की चादर ओढ़े सो रहा था, पापनाशी के कानों में यह शब्द सुनाई दिए–"पापनाशी, तू अपने कर्मों से प्रसिद्ध और अपने शब्दों से शक्तिशाली हो गया है। ईश्वर ने अपनी कीर्ति को उज्ज्वल करने के लिए तुझे इस सर्वोच्च पद पर पहुंचाया है। उसने तुझे अलौकिक लीलाएं दिखाने,

रोगियों को आरोग्य प्रदान करने, नास्तिकों को सन्मार्ग पर लाने, पापियों का उद्धार करने, एरियन के मतानुयायियों के मुख पर कालिमा लगाने और ईसाई जगत में शांति और सुख-साम्राज्य स्थापित करने के लिए नियुक्त किया है।"

पापनाशी ने उत्तर दिया—"ईश्वर की जैसी आज्ञा।"

आवाज फिर आई—"पापनाशी, उठ जा और विधर्मी कॉन्स्टेन्स को उसके राज्यप्रासाद में सन्मार्ग पर ला, जो अपने पूज्य बंधु कॉन्स्टेनटाइन का अनुकरण न करके एरियस और मार्क्स के मिथ्यावाद में फंसा हुआ है। जा, विलंब न कर। अष्टधातु के फाटक तेरे पहुंचते ही आप-ही-आप खुल जाएंगे और तेरी पादुकाओं की ध्वनि; केसरों के सिंहासन के सम्मुख सजे भवन की स्वर्णभूमि पर प्रतिध्वनित होगी और तेरी प्रतिभामय वाणी कॉन्स्टेनटाइन के पुत्र के हृदय को परास्त कर देगी। संयुक्त और अखंड ईसाई साम्राज्य पर राज्य करेगा और जिस प्रकार जीव देह पर शासन करता है, उसी प्रकार ईसाई धर्म साम्राज्य पर शासन करेगा। धनी, रईस, राज्याधिकारी, राज्यसभा के सभासद सभी तेरे अधीन हो जाएंगे। तू जनता को लोभ से मुक्त करेगा और असभ्य जातियों के आक्रमणों का निवारण करेगा। वृद्ध कोटा जो इस समय नौका विभाग का प्रधान है, तुझे शासन का कर्णधार बना हुआ देखकर तेरे चरण धोएगा। शरीरांत होने पर तेरी मृत देह सिकंद्रिया जाएगी और वहां का प्रधान मठधारी उसे एक ऋषि का स्मारकचिह्न समझकर उसका चुंबन करेगा! जा!"

पापनाशी ने उत्तर दिया—"ईश्वर की जैसी आज्ञा!"

यह कहकर उसने उठकर खड़े होने की चेष्टा की, किंतु उस आवाज ने उसकी इच्छा को ताड़कर कहा—"सबसे महत्त्व की बात यह है कि तू सीढ़ी द्वारा मत उतर! यह तो साधारण मनुष्यों जैसी बात होगी। ईश्वर ने तुझे अद्भुत शक्ति प्रदान की है। तुझ जैसे प्रतिभाशाली महात्मा को वायु में उड़ना चाहिए। नीचे कूद पड़, स्वर्ग के दूत तुझे संभालने के लिए खड़े हैं, तुरंत कूद पड़।"

पापनाशी ने उत्तर दिया—"ईश्वर की इस संसार में उसी भांति विषय हो जैसे स्वर्ग में है!"

अपनी विशाल बांहें फैलाकर मानो कि बृहदाकर पक्षी ने अपने छितरे पंख फैलाए हों, वह नीचे कूदने वाला ही था कि सहसा एक डरावनी, उपहाससूचक हास्य ध्वनि उसके कानों में आई। भीत होकर उसने पूछा—"यह कौन हंस रहा है?"

उस आवाज ने उत्तर दिया—"चौंकते क्यों हो? अभी तो तुम्हारी मित्रता का आरंभ हुआ है। एक दिन ऐसा आएगा, जब मुझसे तुम्हारा परिचय घनिष्ठ हो जाएगा। मित्रवर, मैंने ही तुझे इस स्तंभ पर चढ़ने की प्रेरणा की थी और जिस

निरापद भाव से तुमने मेरी आज्ञा शिरोधार्य की, उससे मैं बहुत प्रसन्न हूं। पापनाशी, मैं तुमसे बहुत खुश हूं।"

पापनाशी ने भयभीत होकर कहा—"प्रभु, प्रभु! मैं तुझे अब पहचान गया, खूब पहचान गया। तू ही वह प्राणी है, जो प्रभु मसीह को मंदिर के कलश पर ले गया था और भूमंडल के समस्त साम्राज्यों का दिग्दर्शन कराया था।"

"तू शैतान है! भगवान नहीं।"

वह थर-थर कांपता हुआ सोचने लगा।

"मुझे पहले इसका ज्ञान क्यों न हुआ? मैं उन नेत्रहीन, वधिर और अपंग मनुष्यों से भी अभागा हूं, जो नित्य शरण में आते हैं। मेरी अंतर्दृष्टि सर्वथा ज्योतिहीन हो गई है, मुझे दैवी घटनाओं का अब लेश-मात्र भी ज्ञान नहीं होता और अब मैं उन भ्रष्टबुद्धि पागलों की भांति हूं, जो मिट्टी फांकते हैं और मुर्दों की लाशें घसीटते हैं। मैं अब नरक के अमंगल और स्वर्ग के मधुर शब्दों में भेद करने के योग्य भी नहीं रहा। मुझसे अब उस नवजात शिशु का नैसर्गिक ज्ञान भी नहीं रहा, जो माता के स्तनों के मुंह से निकल जाने पर रोता है, उस कुत्ते जैसा भी, जो अपने स्वामी के पद-चिह्नों की गंध पहचानता है, उस पौधे (सूर्यमुखी) जैसा भी नहीं, जो सूर्य की ओर अपना मुख फेरता रहता है। मैं प्रेतों और पिशाचों के परिहास का केंद्र हूं। ये सब मुझ पर तालियां बजा रहे हैं, जो अब ज्ञात हुआ कि शैतान ही मुझे यहां खींचकर लाया। जब उसने मुझे इस स्तंभ पर चढ़ाया तो वासना और अहंकार दोनों ही मेरे साथ चढ़ आए! मैं केवल अपनी इच्छाओं के विस्तार ही से शंकायमान नहीं होता। एंटोनी भी अपनी पर्वतगुफा में ऐसे ही प्रलोभनों से पीड़ित है। मैं चाहता हूं कि इन समस्त पिशाचों की तलवार मेरी देह को छेद दे और स्वर्गदूतों के सम्मुख मेरी धज्जियां उड़ा दी जाएं। अब मैं अपनी यातनाओं से प्रेम करना सीख गया हूं, लेकिन ईश्वर मुझसे नहीं बोलता, उसका एक शब्द भी मेरे कानों में नहीं आता। उसका यह निर्दय मौन, यह कठोर निस्तब्धता आश्चर्यजनक है। उसने मुझे त्याग दिया है—मुझे, जिसका उसके सिवा और कोई अवलंब न था। वह मुझे इस आफत में अकेला निस्सहाय छोड़े हुए है। वह मुझसे दूर भागता है, घृणा करता है, लेकिन मैं उसका पीछा नहीं छोड़ सकता। यहां मेरे पैर जल रहे हैं, मैं दौड़कर उसके पास पहुंचूंगा।"

यह कहते ही उसने वह सीढ़ी थाम ली, जो स्तंभ के सहारे खड़ी थी, उस पर पैर रखे और एक डंडा नीचे उतरा कि उसका मुख गोरूपी कलश के सम्मुख आ गया। उसे देखकर गोमूर्ति विचित्र रूप से मुस्कराई। उसे अब इसमें

कोई संदेह न था कि जिस स्थान को उसने शांतिलाभ और सत्कीर्ति के लिए पसंद किया था, वह उसके सर्वनाश और पतन का सिद्ध हुआ। वह बड़े वेग से उतरकर जमीन पर आ पहुंचा। उसके पैरों को अब खड़े होने का भी अभ्यास न था, वे डगमगाते थे, लेकिन अपने ऊपर इस पैशाचिक स्तंभ की परछाईं पड़ते देखकर वह जबरदस्ती दौड़ा मानो कोई कैदी भाग रहा हो। संसार निद्रा में मग्न था। वह सबसे छिपा हुआ उस चौक से होकर निकला जिसके चारों ओर शराब की दुकानें, सराएं, धर्मशालाएं बनी हुई थीं और एक गली में घुस गया, जो लाइबिया की पहाड़ियों की ओर जाती थी। विचित्र बात यह थी कि एक कुत्ता भी भौंकता हुआ उसका पीछा कर रहा था और जब एक मरुभूमि के किनारे तक उसे दौड़ा न ले गया, उसका पीछा न छोड़ा। पापनाशी ऐसे देहातों में पहुंचा जहां सड़कें या पगडंडियां न थीं, केवल वन्य-जंतुओं के पैरों के निशान थे। इस निर्जन प्रदेश में वह एक दिन और रात लगातार अकेला भागता चला गया।

अंत में जब वह भूख, प्यास और थकान से इतना बेदम हो गया कि उसके पांव लड़खड़ाने लगे, ऐसा लगा कि अब जीवित न बचूंगा तो वह एक नगर में पहुंचा जो दाएं-बाएं इतनी दूर तक फैला हुआ था कि उसकी सीमाएं नीले क्षितिज में विलीन हो जाती थीं। चारों ओर निस्तब्धता छाई हुई थी, किसी प्राणी का नाम न था। मकानों की कमी न थी, पर वे दूर-दूर दिखाई देते बने हुए थे और उन मिस्त्री मीनारों की भांति दीखते थे, जो बीच में काट लिये गए हों। सभी की बनावट एक-सी थी मानो एक ही इमारत की बहुत-सी नकलें की गई हों। वास्तव में ये सब कब्रें थीं। उनके द्वार खुले और टूटे हुए थे और उनके अंदर भेड़ियों और लकड़बग्घों की चमकती हुई आंखें नजर आती थीं, जिन्होंने वहां बच्चे दिए थे। मुर्दे कब्रों के सामने बाहर पड़े हुए थे जिन्हें डाकुओं ने नोच-खसोट लिया था और जंगली जानवरों ने जगह-जगह चबा डाला था। इस मृतपुरी में बहुत देर तक चलने के बाद पापनाशी एक कब्र के सामने थककर गिर पड़ा, जो खजूर के वृक्षों से ढके हुए एक सोते के समीप थी। यह कब्र खूब सजी हुई थी, उसके ऊपर बेल-बूटे बने हुए थे, किंतु कोई द्वार न था। पापनाशी ने एक छिद्र में से झांका तो अंदर एक सुंदर, रंगा हुआ तहखाना दिखाई पड़ा जिसमें सांपों के छोटे-छोटे बच्चे इधर-उधर रेंग रहे थे। उसे अब भी यही शंका हो रही थी कि ईश्वर ने मेरा हाथ छोड़ दिया है और मेरा कोई अवलंब नहीं है।

उसने एक दिन दीर्घ निःश्वास लेकर कहा–"इसी स्थान पर मेरा निवास होगा, यही कबर अब मेरे प्रायश्चित्त और आत्म-दमन का आश्रय स्थान होगी।"

उसके पैर तो उठ न सकते थे, लेटे-लेटे खिसकता हुआ वह अंदर चला गया। सांपों को अपने पैरों से भगा दिया और निरंतर अट्ठारह घंटे तक पक्की भूमि पर सिर रखे हुए औंधे मुंह पड़ा रहा। इसके पश्चात् वह उस जलस्त्रोत पर गया और चिल्लू से पेट भर पानी पिया, फिर तब उसने थोड़े खजूर तोड़े और कई कमल की बेलें निकाकर कमल गट्टे जमा किए। यही उसका भोजन था। क्षुआ और तृषा शांत होने पर उसे ऐसा अनुभव हुआ कि यहां वह सभी विघ्न-बाधाओं से मुक्त होकर कालक्षेप कर सकता है। अतएव उसने इसे अपने जीवन का नियम बना लिया। प्रातःकाल से संध्या तक वह एक क्षण के लिए भी सिर ऊपर न उठाता था।

19

पापनाशी को निरंतर शारीरिक तथा मानसिक प्रलोभनों का सामना करना पड़ता था। ये दुष्प्रेरणाएं उसे सर्वत्र घेरे रहती थीं। शैतान एक पल के लिए भी उसे चैन न लेने देता। उस निर्जन कब्र में किसी बड़े नगर की सड़कों से भी अधिक प्राणी बसे हुए जान पड़ते थे। भूत-पिशाच हंस-हंसकर शोर मचाया करते और अगणित प्रेत, चुड़ैल आदि और नाना प्रकार की दुरात्माएं जीवन का साधारण व्यवहार करती रहती थीं। संध्या समय जब वह जलधारा की ओर जाता तो परियां और चुड़ैले उसके चारों ओर एकत्र हो जातीं और उसे अपने कामोत्तेजक नृत्यों में खींच ले जाने की चेष्टा करतीं। पिशाचों को अब उससे जरा भी भय न होता था। वे उसका उपहास करते, उस पर अश्लील व्यंग्य करते और बहुधा उस पर मुष्टि-प्रहार भी कर देते। वह इन अपमानों से अत्यंत दु:खी होता था।

एक दिन जब पापनाशी औंधे मुंह पड़ा हुआ था तो उसके कानों में किसी के बोलने की आवाज आई—"पाषाणचित्रों को देख, तुझे ज्ञान प्राप्त होगा।"

यह सुनते ही उसने सिर उठाया और तहखाने की दीवारों पर दृष्टिपात किया तो उसे चारों ओर सामाजिक दृश्य अंकित दिखाई

दिए। जीवन की साधारण घटनाएं जीती-जागती मूर्तियों द्वारा प्रकट की गई थीं। यह बड़े प्राचीन समय की चित्रकारी थी और इतनी उत्तम कि जान पड़ता था मूर्तियां अब बोलना ही चाहती हैं। चित्रकार ने उनमें जान डाल दी थी। कहीं कोई नानबाई रोटियां बना रहा था और गोलों को कुप्पी की तरह फुलाकर आग फूंकता था, कोई बत्तखों के पर नोंच रहा था और कोई पतीलियों में मांस पका रहा था। जरा और हटकर एक शिकारी कंधों पर हिरन लिये जाता था जिसकी देह में बाण चुभे दिखाई देते थे। एक स्थान पर किसान खेती का काम-काज करते थे। कोई बोता था, कोई काटता था, कोई अनाज बखारों से भर रहा था। दूसरे स्थान पर कई स्त्रियां वीणा, बांसुरी और तंबूरों पर नाच रही थीं। एक सुंदर युवती सितार बजा रही थी। उसके केशों में कमल का पुष्प शोभा दे रहा था। केश बड़ी सुंदरता से गुंथे हुए थे। उसके स्वच्छ महीन कपड़ों से उसके निर्मल अंगों की आभा झलकती थी। उसके मुख और वक्षस्थल की शोभा अद्वितीय थी। उसका मुख एक ओर को फिरा हुआ था, पर कमलनेत्र सीधे ही ताक रहे थे। सर्वांग अनुपम, अद्वितीय, मुग्धकर था। पापनाशी ने उसे देखते ही आंखें नीची कर लीं और उस आवाज को उत्तर दिया—"तू मुझे इन तस्वीरों का अवलोकन करने का आदेश क्यों देता है? इसमें तेरी क्या इच्छा है? यह सत्य है कि इन चित्रों में प्रतिमावादी पुरुष के सांसारिक जीवन का अंकन किया गया है, जो यहां मेरे पैरों के नीचे, एक कुएं की तह में, काले पत्थर के संदूक में बंद, गड़ा हुआ है। उनसे एक मरे हुए प्राणी की याद आती है और यद्यपि उनके रूप बहुत चमकीले हैं, पर यथार्थ में वह केवल छाया नहीं, छाया की छाया है, क्योंकि मानव जीवन स्वयं छाया-मात्र है। मृतदेह का इतना महत्त्व, इतना गर्व!"

उस आवाज ने उत्तर दिया—"अब वह मर गया है, लेकिन एक दिन जीवित था। तू भी एक दिन मर जाएगा और तेरा कोई निशान न होगा। तू ऐसा मिट जाएगा मानो कभी तेरा जन्म ही नहीं हुआ था।"

उस दिन से पापनाशी का चित्त आठों पहर चंचल रहने लगा। एक पल के लिए भी उसे शांति न मिलती। उस आवाज की अविश्रांत ध्वनि उसके कानों में आया करती। सितार बजाने वाली युवती अपनी लंबी पलकों के नीचे से उसकी ओर टकटकी लगाए रहती। आखिर एक दिन वह भी बोली—"पापनाशी, इधर देख! मैं कितनी मायाविनी और रूपवती हूं! मुझे प्यार क्यों नहीं करता? मेरे प्रेमालिंगन में आकर उस प्रेमदाह को शांत कर दे, जो तुझे विकल कर रही है। मुझसे तू व्यर्थ आशंकित है। तू मुझसे बच नहीं सकता, मेरे प्रेमपाशों से भाग नहीं सकता! मैं नारी सौंदर्य हूं। हतबुद्धि! मूर्ख! तू मुझसे कहां भाग जाने का

अलंकार ❖ प्रेमचंद

विचार करता है? तुझे कहां शरण मिलेगी? तुझे सुंदर पुष्पों की शोभा में, खजूर के वृक्षों के फूलों में, उसकी फलों से लदी हुई डालियों में, कबूतरों के पर में, मृगों की छलांगों में, जलप्रपातों के मधुर कलरव में, चांद की मंद ज्योत्स्ना में, तितलियों के मनोहर रंगों में और यदि अपनी आंखें बंद कर लेगा, तो अपने अंतस्तल में, मेरा ही स्वरूप दिखाई देगा। मेरा सौंदर्य सर्वव्यापक है। एक हजार वर्षों से अधिक हुए कि उस पुरुष ने जो यहां महीन कफन में वेष्टित, एक काले पत्थर की शैया पर विश्राम कर रहा है, मुझे अपने हृदय से लगाया था। एक हजार वर्षों से अधिक हुआ कि उसने मेरे सुधामय अधरों का अंतिम बार रसास्वादन किया था और उसकी दीर्घ निद्रा अभी तक उसकी सुगंध से महक रही है। पापनाशी, तुम मुझे भली-भांति जानते हो। तुम मुझे भूल कैसे गए? मुझे पहचाना क्यों नहीं! इसी पर आत्म-ज्ञानी बनने का दावा करते हो? मैं थायस के असंख्य अवतारों में से एक हूं। तुम विद्वान हो और जीवों के तत्त्व को जानते हो। तुमने बड़ी-बड़ी यात्राएं की हैं और यात्राओं ही से मनुष्य आदमी बनता है, उसके ज्ञान और बुद्धि का विकास होता है। यात्रा के दिनों में बहुधा इतनी नवीन वस्तुएं देखने में आ जाती हैं, जितनी घर पर बैठे हुए दस वर्ष में भी न आएंगी। तुमने सुना है कि पूर्वकाल में थायस हेलेन के नाम से यूनान में रहती थी। उसने थीब्स में फिर दूसरा अवतार लिया। मैं ही थीब्स की थायस थी। इसका कारण क्या है कि तुम इतना भी न भांप सके। पहचानो, यह किसकी कब्र है? क्या तुम बिलकुल भूल गए कि हमने कैसे-कैसे विहार किए थे। जब मैं जीवित थी तो मैंने इस संसार के पापों का बड़ा भार अपने सिर पर लिया था और अब केवल छायामात्र रह जाने पर भी एक चित्र के रूप में भी, मुझमें इतनी समार्थ्य है कि मैं तुम्हारे पापों को अपने ऊपर ले सकूं। हां, मुझमें इतनी सामर्थ्य है। जिसने जीवन में समस्त संसार के पापों का भार उठाया, क्या उसका चित्र अब एक प्राणी के पापों को भार न उठा सकेगा? विस्मित क्यों होते हो? आश्चर्य की कोई बात नहीं। विधाता ने ही यह व्यवस्था कर दी कि तुम जहां जाओगे, थायस तुम्हारे साथ रहेगी। अब अपनी चिरसंगिनी थायस की क्यों अवहेलना करते हो? तुम विधाता के नियम को नहीं तोड़ सकते।"

पापनाशी ने पत्थर के फर्श पर अपना सिर पटक दिया और भयभीत होकर चीख उठा। अब यह सितारवादिनी नित्य-प्रति दीवार से न जाने किस तरह अलग होकर उसके समीप आ जाती और मंद श्वास लेते हुए उससे स्पष्ट शब्दों में वार्तालाप करती। जब वह विरक्त प्राणी उसकी क्षुब्ध चेष्टाओं का बहिष्कार करता तो वह उससे कहती—"प्रियतम! मुझे प्यार क्यों नहीं करते? मुझसे इतनी

निठुराई क्यों करते हो? जब तक तुम मुझसे दूर भागते रहोगे, मैं तुम्हें विकल करती रहूंगी, तुम्हें यातनाएं देती रहूंगी। तुम्हें अभी यह नहीं मालूम है कि मृत स्त्री की आत्मा कितनी धैर्यशालिनी होती है। अगर आवश्यकता हो तो मैं उस समय तक तुम्हारा इंतजार करूंगी, जब तक तुम मर न जाओगे। मरने के बाद भी मैं तुम्हारा पीछा न छोडूंगी। मैं जादूगरनी हूं, मुझे मंत्रों का बहुत अभ्यास है। मैं तुम्हारी मृत देह में नया जीव डाल दूंगी। जो उसे चैतन्य कर देगा और जो मुझे वह वस्तु प्रदान करके अपने को धन्य मानेगा, जो मैं तुमसे मांगते-मांगते हार गई और न पा सकी! मैं उस पुनर्जीवित शरीर के साथ मनमाना सुख-भोग करूंगी। प्रिय पापनाशी, सोचो, तब तुम्हारी दशा कितनी करुणाजनक होगी, जब तुम्हारी स्वर्गवासिनी आत्मा उस ऊंचे स्थान पर बैठे हुए देखेगी कि मेरी ही देह की क्या छीछालेदर हो रही है। स्वयं ईश्वर जिसने हिसाब के दिन के बाद तुम्हें अनंतकाल तक के लिए यह देह लौटा देने का वचन दिया है, चक्कर में पड़ जाएगा कि क्या करूं। वह उस मानव शरीर को स्वर्ग के पवित्र धाम में कैसे स्थान देगा जिसमें एक प्रेत का निवास है और जिससे एक जादूगरनी की माया लिपटी हुई है? तुमने उस कठिन समस्या पर विचार नहीं किया। न ईश्वर ने ही उस पर विचार करने का कष्ट उठाया। तुमसे कोई परदा नहीं। हम-तुम दोनों एक ही हैं। ईश्वर बहुत विचारशील नहीं जान पड़ता। कोई साधारण जादूगर उसे धोखे में डाल सकता है और यदि उसके पास आकाश, वज्र और मेघों की जलसेना न होती तो देहाती लौंडे उसकी दाढ़ी नोचकर भाग जाते। उससे कोई भयभीत न होता और उसकी विस्तृत सृष्टि का अंत हो जाता। यथार्थ में उसका पुराना शत्रु सर्प उससे कहीं चतुर और दूरदर्शी है। सर्पराज के कौशल का पारावार नहीं है। यह कलाओं में प्रवीण है। यदि मैं ऐसी सुंदरी हूं तो इसका कारण यह है कि उसने मुझे अपने ही हाथों से रचा और यह शोभा प्रदान की। उसी ने मुझे बालों का गूंथना, अर्धकुसुमित अधरों से हंसना और आभूषणों से अंगों को सजाना सिखाया। तुम अभी तक उसका माहात्म्य नहीं जानते। जब तुम पहली बार इस कब्र में आए तो तुमने अपने पैरों से उन सर्पों को भगा दिया, जो यहां रहते थे और उनके अंडों को कुचल डाला। तुम्हें इसकी लेशमात्र भी चिंता न हुई कि ये सर्पराज के आत्मीय हैं। मित्र, मुझे भय है कि इस अविचार का तुमको कड़ा दंड मिलेगा। सर्पराज तुमसे बदला लिए बिना न रहेगा। तिस पर भी तुम इतना तो जानते ही थे कि वह संगीत में निपुण और प्रेमकला में सिद्धहस्त है। तुमने यह जानकर भी उसकी अवज्ञा की। कला और सौंदर्य दोनों ही से झगड़ा कर बैठे, दोनों को ही पांव तले कुचलने की चेष्टा की। अब तुम दैहिक और मानसिक

अलंकार ❖ प्रेमचंद

आतंकों से ग्रस्त हो रहे हो। तुम्हारा ईश्वर क्यों तुम्हारी सहायता नहीं करता? उसके लिए यह असंभव है। उसका आकार भूमंडल के आकार के समान ही है, इसलिए उसे चलने की जगह ही कहां है और अगर असंभव को संभव मान लें, तो उसकी भूमंडलव्यापी देह के किंचित-मात्र हिलने पर सारी सृष्टि अपनी जगह से खिसक जाएगी, संसार का नाम ही न रहेगा। तुम्हारे सर्वज्ञाता ईश्वर ने अपनी सृष्टि में स्वयं को कैद कर रखा है।

पापनाशी को मालूम था कि जादू द्वारा बड़े-बड़े अनैसर्गिक कार्य सिद्ध हो जाते हैं। यह विचार करके उसे बड़ी घबराहट हुई–शायद वह मृत पुरुष जो मेरे पैरों के नीचे समाधिस्थ है, उन मंत्रों को याद रखे हुए है, जो 'गुप्त ग्रंथ' में गुप्त रूप से लिखे हुए हैं। वह ग्रंथ अवश्य ही किसी बादशाह की कब्र के निकट होगा। उन मंत्रों के बल से मुर्दे वही देह धारण कर लेते हैं, जो उन्होंने इस लोक में धारण की थी और फिर सूर्य के प्रकाश और रमणियों की मंद मुस्कान का आनंद उठाते हैं।

उसे सबसे अधिक भय इस बात का था कि कहीं यह सितार बजाने वाली सुंदरी और वह मृत पुरुष निकल न आए और उसके सामने उसी भांति संभोग न करने लगें, जैसे वे अपने जीवन में किया करते थे। कभी-कभी उसे ऐसा महसूस होता था कि चुंबन का शब्द सुनाई दे रहा है।

वह मानसिक ताप से जला जाता था और अब ईश्वर की दयादृष्टि से वंचित होकर उसे विचारों से उतना ही भय लगता था, जितना भावों से। न जाने मन में कब क्या भाव जाग्रत हो जाए।

एक दिन संध्या समय जब वह अपने नियमानुसार औंधे मुंह पड़ा सिजदा कर रहा था; किसी अपरिचित प्राणी ने उससे कहा–"पापनाशी, पृथ्वी पर उससे कितने ही अधिक और कितने ही विचित्र प्राणी बसते हैं, जितना तुम अनुमान कर सकते हो। यदि मैं तुम्हें यह सब दिखा सकूं जिसका मैंने अनुभव किया है तो तुम आश्चर्य से भर जाओगे। संसार में ऐसे मनुष्य भी हैं जिनके ललाट के मध्य में केवल एक ही आंख होती है और वे जीवन का सारा काम उसी एक आंख से करते हैं। ऐसे प्राणी भी देखे गए हैं जिनके एक ही टांग होती है और वह उछल-उछलकर चलते हैं। इन एक टांगों से एक पूरा प्रांत बसा हुआ है। ऐसे प्राणी भी हैं, जो इच्छानुसार स्त्री या पुरुष बन जाते हैं। उनके लिंगभेद नहीं होता। इतना ही सुनकर न चकराओ; पृथ्वी पर मानव वृक्ष हैं जिनकी जड़ें जमीन में फैलती हैं, बिना सिर वाले मनुष्य हैं। जिनकी छाती में मुंह, दो आंखें और एक नाक रहती है। क्या तुम शुद्ध मन से विश्वास करते हो कि

प्रभु मसीह ने इन प्राणियों की मुक्ति के निमित्त ही शरीर-त्याग किया? अगर उसने इन दुखियों को छोड़ दिया है तो ये किसकी शरण जाएंगे, कौन इनकी मुक्ति का दाई होगा?"

इसके कुछ समय बाद पापनाशी को एक स्वप्न हुआ। उसने निर्मल प्रकाश में एक चौड़ी सड़क, बहते हुए नाले और लहलहाते हुए उद्यान देखे। सड़क पर अरिस्टोबोलस और चेरियास अपने अरबी घोड़ों को सरपट दौड़ाए चले जाते थे और इस चौगान दौड़ से उनका चित्त इतना उल्लसित हो रहा था कि उनके मुंह अरुणवर्ण हुए जाते थे। उनके समीप ही के एक पेशताक में खड़ा कवि कलिक्रांत अपने कवित्त पढ़ रहा था। सफल वर्ग उसके स्वर में कांपता था और उसकी आंखों में चमकता था। उद्यान में जेनाथेमीज पके हुए सेब चुन रहा था और एक सर्प को थपकियां दे रहा था जिसके नीले पर थे। हरमोडोरस श्वेत वस्त्र पहने, सिर पर एक रत्नजड़ित मुकुट रखे, एक वृक्ष के नीचे ध्यान में मग्न बैठा था। इस वृक्ष में फूलों की जगह छोटे-छोटे सिर लटक रहे थे, जो मिस्र देश की देवियों की भांति गिद्ध; बाज या उज्ज्वल चंद्रमंडल का मुकुट पहने हुए थे। पीछे की ओर एक जलकुंड के समीप बैठा हुआ निसियास नक्षत्रों की अनंत गति का अवलोकन कर रहा था।

तब एक स्त्री मुंह पर नकाब डाले और हाथ में मेहंदी की एक टहनी लिये पापनाशी के पास आई और बोली—"पापनाशी, इधर देख! कुछ लोग ऐसे हैं, जो अनंत सौंदर्य के लिए लालायित रहते हैं और अपने नश्वर जीवन को अमर समझते हैं। कुछ ऐसे प्राणी भी हैं, जो जड़ और विचारशून्य हैं, जो कभी जीवन के तत्त्वों पर विचार ही नहीं करते, लेकिन दोनों ही केवल जीवन के नाते प्रकृति देवी की आज्ञाओं का पालन करते हैं; वे केवल इतने ही से संतुष्ट और सुखी हैं कि हम जीवित हैं और संसार के अद्वितीय कलानिधि का गुणगान करते हैं, क्योंकि मनुष्य ईश्वर की मूर्तिमान स्तुति है। प्राणी-मात्र का विचार है कि सुख एक निष्पाप, विशुद्ध वस्तु है और सुखभोग मनुष्य के लिए वर्जित नहीं है। अगर इन लोगों का विचार सत्य है तो पापनाशी, तुम कहीं के न रहे। तुम्हारा जीवन नष्ट हो गया। तुमने प्रकृति के दिए हुए सर्वोत्तम पदार्थ को तुच्छ समझा। तुम जानते हो, तुम्हें इसका क्या दंड मिलेगा?"

पापनाशी की नींद टूट गई।

इसी भांति पापनाशी को निरंतर शारीरिक तथा मानसिक प्रलोभनों का सामना करना पड़ता था। ये दुष्प्रेरणाएं उसे सर्वत्र घेरे रहती थीं। शैतान एक पल के लिए भी उसे चैन न लेने देता। उस निर्जन कब्र में किसी बड़े नगर की

सड़कों से भी अधिक प्राणी बसे हुए जान पड़ते थे। भूत-पिशाच हंस-हंसकर शोर मचाया करते और अगणित प्रेत, चुड़ैल आदि और नाना प्रकार की दुरात्माएं जीवन का साधारण व्यवहार करती रहती थीं। संध्या समय जब वह जलधारा की ओर जाता तो परियां और चुड़ैले उसके चारों ओर एकत्र हो जातीं और उसे अपने कामोत्तेजक नृत्यों में खींच ले जाने की चेष्टा करतीं। पिशाचों को अब उससे जरा भी भय न होता था। वे उसका उपहास करते, उस पर अश्लील व्यंग्य करते और बहुधा उस पर मुष्टि-प्रहार भी कर देते। वह इन अपमानों से अत्यंत दुःखी होता था। एक दिन एक पिशाच, जो उसकी बांह से बड़ा नहीं था, उस रस्सी को चुरा ले गया, जो वह अपनी कमर में बांधे था। अब वह बिलकुल नंगा था। आवरण की छाया भी उसकी देह पर न थी। यह सबसे घोर अपमान था, जो एक तपस्वी का हो सकता था।

पापनाशी ने सोचा–'मन तू मुझे कहां लिये जाता है?'

उस दिन से उसने निश्चय किया कि अब हाथों से श्रम करेगा जिसमें विचारेंद्रियों को वह शांति मिले जिसकी उन्हें बड़ी आवश्यकता थी। आलस्य का सबसे बुरा फल कुप्रवृत्तियों को उकसाना है।

जलधारा के निकट खजूर के वृक्षों के नीचे कई केले के पौधे थे जिनकी पत्तियां बहुत बड़ी-बड़ी थीं। पापनाशी ने उनके तने काट लिये और उन्हें कब्र के पास लाया। उन्हें उसने एक पत्थर से कुचला और उनके रेशे निकाले। रस्सी बनाने वालों को उसने केले के तार निकालते देखा था। वह उस रस्सी की जगह जो एक पिशाच चुरा ले गया था, कमरे में लपेटने के लिए दूसरी रस्सी बनाना चाहता था। प्रेतों ने उसकी दिनचर्या में यह परिवर्तन देखा तो क्रुद्ध हुए, किंतु उसी क्षण से उनका शोर बंद हो गया। सितार वाली रमणी ने भी अपनी अलौकिक संगीतकला को बंद कर दिया और पूर्ववत् दीवार से जा मिली और चुपचाप खड़ी हो गई।

पापनाशी ज्यों-ज्यों केले के तनों को कुचलता था, उसका आत्म-विश्वास, धैर्य और धर्मबल बढ़ता जाता था।

उसने मन में विचार किया–ईश्वर की इच्छा है तो अब भी इंद्रियों का दमन कर सकता हूं। रही आत्मा और उसकी धर्मनिष्ठा अभी तक निश्चल और अभेद्य है। ये प्रेत, पिशाच, गण और वह कुलटा स्त्री, मेरे मन में ईश्वर के संबंध में भांति-भांति की शंकाएं उत्पन्न करते रहते हैं। मैं ऋषि जॉन के शब्दों में उन्हें यह उत्तर दूंगा–आदि में शब्द था और शब्द भी निराकार ईश्वर था। यह मेरा अटल विश्वास है और यदि मेरा विश्वास मिथ्या और भ्रममूलक है तो

मैं दृढ़ता से उस पर विश्वास करता हूं। वास्तव में इसे मिथ्या ही होना चाहिए। यदि ऐसा न होता तो मैं 'विश्वास' करता, केवल ईमान न लाता, बल्कि अनुभव करता, जानता। अनुभव से अनंत जीवन नहीं प्राप्त होता—ज्ञान हमें मुक्ति नहीं दे सकता। उद्धार करने वाला केवल विश्वास है। अत: हमारे उद्धार की भित्ति मिथ्या और असत्य है।

यह सोचते-सोचते वह रुक गया। तर्क उसे न जाने किधर लिये जाता था।

वह इन बिखरे हुए रेशों को दिन-भर धूप में सुखाता और रात-भर ओस में भीगने देता। दिन में कई बार वह रेशों को फेरता था कि कहीं सड़ न जाएं। अब उसे यह अनुभव करके परम आनंद होता था कि बालकों के समान सरल और निष्कपट हो गया है।

रस्सी बट चुकने के बाद उसने चटाइयां और टोकरियां बनाने के लए नरकट काटकर जमा किया। वह समाधिकुटी एक टोकरी बनाने वाले की दुकान बन गई।

20

पापनाशी घुटनों के बल बैठ गया। उसने अपनी लंबी, पतली बांहें थायस के गले में डाल दीं और बोला—कुछ ऐसे स्वरों में जिसे स्वयं न पहचान सकता था कि यह मेरी ही आवाज है—"प्रिये, अभी मरने का नाम न ले! मैं तुझ पर जान देता हूं। अभी न मर! थायस, सुन, कान धरकर सुन, मैंने तेरे साथ छल किया है, तुझे दगा दिया है। मैं स्वयं भ्रांति में पड़ा हुआ था। ईश्वर, स्वर्ग आदि ये सब निरर्थक शब्द हैं, मिथ्या हैं। इस ऐहिक जीवन से बढ़कर कोई और वस्तु; कोई और पदार्थ नहीं है। मानव-प्रेम ही संसार में सबसे उत्तम रत्न है। मेरा तुझ पर अनंत प्रेम है। अभी न मर। यह कभी नहीं हो सकता, तेरा महत्त्व इससे कहीं अधिक है, तू मरने के लिए बनाई ही नहीं गई। आ, मेरे साथ चल! यहां से भाग चलें। मैं तुझे अपनी गोद में उठाकर पृथ्वी की उस सीमा तक ले जा सकता हूं। आ, हम प्रेम में मग्न हो जाएं। प्रिये! सुन, मैं क्या कहता हूं। एक बार कह दे, मैं जिऊंगी—मैं जीना चाहती हूं! थायस! उठ, उठ!"

अब पापनाशी जब चाहता ईश-प्रार्थना करता, जब चाहता काम करता; लेकिन इतना संयम और यत्न करने पर भी ईश्वर की उस पर दयादृष्टि न हुई। एक रात वह एक ऐसी आवाज सुनकर जाग पड़ा जिसने उसका एक-एक रोआं खड़ा कर दिया। यह उसी मरे

हुए आदमी की आवाज थी, जो उस कब्र के अंदर दफन था और कौन बोलने वाला था?

आवाज सायं-सायं करती हुई जल्दी-जल्दी यों पुकार रही थी–"हेलेन, हेलेन! आओ, मेरे साथ स्नान करो!"

एक स्त्री ने जिसका मुंह पापनाशी के कानों के समीप ही जान पड़ता था, उत्तर दिया–"प्रियतम, मैं उठ नहीं सकती। मेरे ऊपर एक आदमी सोया हुआ है।"

सहसा पापनाशी को ऐसा मालूम हुआ कि वह अपना गाल किसी स्त्री के हृदयस्थल पर रखे हुए है। वह तुरंत पहचान गया कि वही सितार बजाने वाली युवती है। वह ज्यों ही जरा-सा खिसका तो स्त्री का बोझ कुछ हल्का हो गया और उसने अपनी छाती ऊपर उठाई।

पापनाशी तब कामोन्मत्त होकर, उस कोमल, सुगंधमय, गर्म शरीर से चिमट गया और दोनों हाथों से उसे पकड़कर भींच लिया! सर्वनाशी दुर्दमनीय वासना ने उसे परास्त कर दिया। वह गिड़गिड़ाकर कहने लगा–"ठहरो, ठहरो प्रिये! ठहरो मेरी जान!"

लेकिन युवती एक छलांग में कब्र के द्वार पर जा पहुंची।

पापनाशी को दोनों हाथ फैलाए देखकर वह हंस पड़ी। उसकी मुस्कराहट राशि की उज्ज्वल किरणों में चमक उठी।

उसने निष्ठुरता से कहा–"मैं क्यों ठहरूं? ऐसे प्रेमी के लिए जिसकी भावनाशक्ति इतनी सजीव और प्रखर हो, छाया ही काफी है। फिर तुम अब पतित हो गए, तुम्हारे पतन में अब कोई कसर नहीं रही। मेरी मनोकामना पूरी हो गई, अब मेरा तुमसे क्या नाता?"

पापनाशी ने सारी रात रो-रोकर काटी और उषाकाल हुआ तो उसने प्रभु मसीह की वंदना की जिसमें भक्तिपूर्ण व्यंग्य भरा हुआ था–"ईसू, प्रभु ईसू! तूने क्यों मुझसे आंखें फेर लीं? तू देख रहा है कि मैं कितनी भयावह परिस्थितियों में घिरा हुआ हूं। मेरे प्यारे मुक्तिदाता आ, मेरी सहायता कर। तेरा पिता मुझसे नाराज है, मेरी अनुनय-विनय कुछ नहीं सुनता, इसलिए याद रख कि तेरे सिवाय मेरा अब कोई नहीं है। तेरे पिता से अब मुझे कोई आशा नहीं है। मैं उसके रहस्य को समझ नहीं सकता और न उसे मुझ पर दया आती है, किंतु तूने एक स्त्री के गर्भ से जन्म लिया है, तूने माता का स्नेहभोग किया है, इसलिए तुझ पर मेरी श्रद्धा है। याद रख, तू भी एक समय मानवदेहधारी था। मैं तेरी प्रार्थना करता हूं, इस कारण नहीं कि तू ईश्वर-का-ईश्वर, ज्योति-की-ज्योति परमपिता है, बल्कि इस कारण कि तूने इस लोक में, जहां अब मैं नाना यातनाएं भोग रहा हूं, दरिद्र

और दीन प्राणियों जैसा जीवन व्यतीत किया है, इस कारण कि शैतान ने तुझे भी कुवासनाओं के भंवर में डालने की चेष्टा की है और मानसिक वेदना ने तेरे भी मुख को पसीने से तर किया है। मेरे मसीह, मेरे बंधु मसीह, मैं तेरी दया का, तेरी मनुष्यता का प्रार्थी हूं।"

जब वह अपने हाथों को मल-मलकर यह प्रार्थना कर रहा था, तो अट्टहास की प्रचंड ध्वनि से कब्र की दीवारें हिल गईं और वही आवाज, जो स्तंभ शिखर पर उसके कानों में आई थी, अपमानसूचक शब्दों में बोली—"यह प्रार्थना तो विधमीर मार्कस के मुख से निकलने के योग्य है! पापनाशी भी मार्कस का चेला हो गया। वाह वाह! क्या कहना! पापनाशी विधमीर हो गया!"

पापनाशी पर मानो वज्रघात हो गया। वह मूर्च्छित होकर पृथ्वी पर गिर पड़ा।

जब उसने आंखें खोलीं, तो देखा कि तपस्वी काले कनटोप पहने उसके चारों ओर खड़े हैं और उसके मुख पर पानी के छींटे दे रहे हैं। उसकी झाड़-फूंक, यंत्र-मंत्र में लगे हुए हैं। कई आदमी हाथों में खजूर की डालियां लिये बाहर खड़े हैं।

उनमें से एक ने कहा—"हम लोग इधर से होकर जा रहे थे तो हमने इस कब्र से चिल्लाने की आवाज निकलती हुई सुनी। जब अंदर आए तो तुम्हें पृथ्वी पर अचेत पड़े देखा। निस्संदेह प्रेतों ने तुम्हें पछाड़ दिया था और हमें देखकर भाग खड़े हुए।"

पापनाशी ने सिर उठाकर क्षीण स्वर में पूछा—"बंधुवर, आप लोग कौन हैं? आप लोग क्यों खजूर की डालियां लिये हुए हैं? क्या मेरी मृतक-क्रिया करने तो नहीं आए हैं?"

उनमें से एक तपस्वी बोला—"बंधुवर, क्या तुम्हें खबर नहीं कि हमारे पूज्य पिता एंटोनी, जिनकी अवस्था अब एक सौ पांच वर्षों की हो गई है, अपने अंतिम काल की सूचना पाकर उस पर्वत से उतर आए हैं, जहां वे एकांत सेवन कर रहे थे? उन्होंने अपने अगणित शिष्यों और भक्तों को जो उनकी आध्यात्मिक संतानें हैं, आशीर्वाद देने के निमित्त यह कष्ट उठाया है। हम खजूर की डालियां लिये (जो शांति की सूचक हैं) अपने पिता की अभ्यर्थना करने जा रहे हैं, लेकिन बंधुवर, यह क्या बात है कि तुम्हें ऐसी महान घटना की खबर नहीं? क्या यह संभव है कि कोई देवदूत यह सूचना लेकर इस कब्र में नहीं आया?"

पापनाशी बोला—"आह! मेरी कुछ न पूछो। मैं अब इस कृपा के योग्य नहीं हूं और इस मृत्युपुरी में प्रेतों और पिशाचों के सिवा और कोई नहीं रहता। मेरे लिए ईश्वर से प्रार्थना करो। मेरा नाम पापनाशी है, जो एक धर्माश्रम का अध्यक्ष था। प्रभु के सेवकों में मुझसे अधिक दुःखी और कोई न होगा।"

पापनाशी का नाम सुनते ही सब योगियों ने खजूर की डालियां हिलाईं और एक स्वर से उसकी प्रशंसा करने लगे। वह तपस्वी जो पहले बोला था, विस्मय से चौंककर बोला—"क्या तुम वही संत पापनाशी हो जिसकी उज्ज्वल कीर्ति इतनी विख्यात हो रही है कि लोग अनुमान करने लगे थे कि किसी दिन वह पूज्य एंटोनी की बराबरी करने लगेगा? श्रद्धेय पिता, तुम्हीं ने थायस नाम की वेश्या को ईश्वर के चरणों में रत किया? तुम्हीं को तो देवदूत उठाकर एक उच्च स्तंभ के शिखर पर बिठा आए थे, जहां तुम नित्य प्रभु मसीह के भोज में सम्मिलित होते थे। जो लोग उस समय स्तंभ के नीचे खड़े थे, उन्होंने अपने नेत्रों से तुम्हारा स्वर्गोत्थान देखा। देवदूतों के पास श्वेत मेघावरण की भांति तुम्हारे चारों ओर मंडल बनाए थे और तुम दाहिना हाथ फैलाए मनुष्यों को आशीर्वाद देते जाते थे। दूसरे दिन जब लोगों ने तुम्हें वहां न पाया तो उनकी शोक-ध्वनि उस मुकुटहीन स्तंभ के शिखर पर जा पहुंची। चारों ओर हाहाकार मच गया, लेकिन तुम्हारे शिष्य लेवियन ने तुम्हारे आत्मोत्सर्ग की कथा कही और उसे तुम्हारे आश्रम का अध्यक्ष बनाया गया। वहां पॉल नाम का एक मूर्ख भी था! शायद वह भी तुम्हारे शिष्यों में था। उसने जनसम्मति का विरोध करने की चेष्टा की। उसका कहना था कि उसने स्वप्न देखा है कि पिशाच तुम्हें पकड़े लिये जाता है। जनता को यह सुनकर बड़ा क्रोध आया। उन्होंने उसे पत्थर से मारना चाहा। चारों ओर से लोग दौड़ पड़े। ईश्वर ही जाने कैसे मूर्ख की जान बची। हां, वह बच अवश्य गया। मेरा नाम जोजिमस है। मैं इन तपस्वियों का अध्यक्ष हूं, जो इस समय तुम्हारे चरणों पर गिरे हुए हैं। अपने शिष्यों की भांति मैं भी तुम्हारे चरणों पर सिर रखता हूं कि पुत्रों के साथ पिता को भी तुम्हारे शुभ शब्दों का फल मिल जाए। हम लोगों को अपने आशीर्वाद से शांति दीजिए। उसके बाद उन अलौकिक कृत्यों का भी वर्णन कीजिए, जो ईश्वर आपके द्वारा पूरा करना चाहता है। हमारा परम सौभाग्य है कि आप जैसे महान पुरुष के दर्शन हुए।"

पापनाशी ने उत्तर दिया—"बंधुवर, तुमने मेरे विषय में जो धारणा बना रखी है, वह यथार्थ से कोसों दूर है। ईश्वर की मुझ पर कृपादृष्टि होती तो दूर की बात है, मैं उसके हाथों कठोरतम यातनाएं भोग रहा हूं। मेरी जो दुर्गति हुई है, उसका वृत्तांत सुनाना व्यर्थ है। मुझे स्तंभ के शिखर पर देवदूत नहीं ले गए थे। यह लोगों की मिथ्या कल्पना है। वास्तव में मेरी आंखों के सामने एक परदा पड़ गया है और मुझे कुछ सूझ नहीं पड़ता कि मैं स्वप्नवत् जीवन व्यतीत कर रहा हूं। ईश्वरविमुख होकर मानव जीवन स्वप्न के समान है। जब मैंने सिकंद्रिया की यात्रा की थी तो थोड़े ही समय में मुझे कितने ही वादों के सुनने का अवसर मिला और मुझे ज्ञात

हुआ कि भ्रांति की सेवा गणना से परे है। वह नित्य मेरा पीछा किया करती है और मेरे चारों तरफ संगीनों की दीवार खड़ी है।"

जोजिमस ने उत्तर दिया–"पूज्य पिता, आपको स्मरण रखना चाहिए कि संतगण और मुख्यत: एकांतसेवी संतगण भयंकर यातनाओं से पीड़ित होते रहते हैं। अगर यह सत्य नहीं है कि देवदूत तुम्हें ले गए थे तो अवश्य ही यह सम्मान तुम्हारी मूर्ति अथवा छाया का हुआ होगा, क्योंकि लेवियन, तपस्वीगण और दर्शकों ने अपनी आंखों से तुम्हें विमान पर ऊपर जाते देखा था।"

पापनाशी ने संत एंटोनी के पास जाकर उनसे आशीर्वाद लेने का निश्चय किया, बोला–"बंधु जोजिमस, मुझे भी खजूर की एक डाली दे दो और मैं भी तुम्हारे साथ पिता एंटोनी के दर्शन करने चलूंगा।"

जोजिमस ने कहा–"बहुत अच्छी बात है। तपस्वियों के लिए सैनिक विधान ही उपयुक्त है, क्योंकि हम लोग ईश्वर के सिपाही हैं। हम और तुम अधिष्ठाता हैं, इसलिए आगे-आगे चलेंगे और ये लोग भजन गाते हुए हमारे पीछे-पीछे चलेंगे।"

जब सब लोग यात्रा को चले तो पापनाशी ने कहा–"ब्रह्मा एक है, क्योंकि वह सत्य है और संसार अनेक हैं, क्योंकि वे असत्य हैं। हमें संसार की सभी वस्तुओं से मुंह मोड़ लेना चाहिए, उनमें भी जो देखने में सर्वदा निर्दोष जान पड़ती हैं। उनकी बहुरूपता उन्हें इतनी मनोहारिणी बना देती है, जो इस बात का प्रत्यक्ष प्रमाण है कि वह दूषित है। इसी कारण मैं किसी कमल को भी शांत-निर्मल सागर में हिलते हुए देखता हूं तो मुझे आत्मवेदना होने लगती है और चित्त मलिन हो जाता है। जिन वस्तुओं का ज्ञान इंद्रियों द्वारा होता है, वे सभी त्याज्य हैं। रेणुका का एक अणु भी दोषों से रहित नहीं, हमें उससे सशंक रहना चाहिए। सभी वस्तुएं हमें बहकाती हैं, हमें राग में रत कराती हैं। स्त्री तो उन सारे प्रलोभनों का योग-मात्र है, जो वायुमंडल में फूलों-से लहराते हुए पृथ्वी पर और स्वच्छ सागर में विचरण करते हैं। वह पुरुष धन्य है जिसकी आत्मा बंद द्वार के समान है। वही पुरुष सुखी है, जो गूंगा, बहरा, अंधा होना जानता है और जो इसलिए सांसारिक वस्तुओं से अज्ञात रहता है कि ईश्वर का ज्ञान प्राप्त करे।"

जोजिमस ने इस कथन पर विचार करने के बाद उत्तर दिया–"पूज्य पिता, तुमने अपनी आत्मा मेरे सामने खोलकर रख दी है, इसलिए आवश्यक है कि मैं अपने पापों को तुम्हारे सामने स्वीकार करूं। इस भांति हम अपनी धर्मप्रथा के अनुसार परस्पर अपने-अपने अपराधों को स्वीकार कर लेंगे। यह व्रत धारण करने के पहले मेरा सांसारिक जीवन अत्यंत दुर्वासनामय था। मदौरा नगर में, जो वेश्याओं के लिए प्रसिद्ध था, मैं नाना प्रकार के विलास-भोग किया करता था। नित्य-प्रति

रात्रि समय जवान विषयगामियों और वीणा बजाने वाली स्त्रियों के साथ शराब पीता और उनमें जो पसंद आती, उसे अपने साथ घर ले जाता। तुम जैसा साधु पुरुष कल्पना भी नहीं कर सकता कि मेरी प्रचंड कामातुरता मुझे किस सीमा तक ले जाती थी, बस इतना ही कह देना पर्याप्त है कि मुझसे न विवाहित बचती थी, न देवकन्या और मैं चारों ओर व्यभिचार और अधर्म फैलाया करता था। मेरे हृदय में कुवासनाओं के सिवा किसी बात का ध्यान ही न आता था। मैं अपनी इंद्रियों को मदिरा से उत्तेजित करता था और यथार्थ में मदिरा का सबसे बड़ा पियक्कड़ समझा जाता था। तिस पर मैं ईसाई धर्मावलंबी था और सलीब पर चढ़ाए गए मसीह पर मेरा अटल विश्वास था। अपनी संपूर्ण संपत्ति भोग-विलास में उड़ाने के बाद मैं अभाव की वेदनाओं से विकल होने लगा था कि मैंने रंगीले सहचरों में सबसे बलवान पुरुष को एकाएक एक भयंकर रोग में ग्रस्त होते देखा। उसका शरीर दिनोंदिन क्षीण होने लगा। उसकी टांगें अब उसे संभाल न सकतीं, उसके कांपते हुए हाथ शिथिल पड़ गए, उसकी ज्योतिहीन आंखें बंद रहने लगीं। उसके कंठ से कराहने के सिवा और कोई ध्वनि न निकलती। उसका मन, जो उसकी देह से भी अधिक आलस्यप्रेमी था, निद्रा में मग्न रहता। पशुओं की भांति व्यवहार करने के दंडस्वरूप ईश्वर ने उसे पशु ही के अनुरूप बना दिया। अपनी संपत्ति के हाथ से निकल जाने के कारण मैं पहले ही से कुछ विचारशील और संयमी हो गया था, किंतु एक परम मित्र की दुर्दशा से वह रंग और भी गहरा हो गया। इस उदाहरण ने मेरी आंखें खोल दीं। इसका मेरे मन पर इतना गहरा प्रभाव पड़ा कि मैंने संसार को त्याग दिया और इस मरुभूमि में चला आया। वहां गत बीस वर्षों से मैं ऐसी शांति का आनंद उठा रहा हूं, जिसमें कोई विघ्न न पड़ा। मैं अपने तपस्वी शिष्यों के साथ यथासमय जुलाहे, राज, बढ़ई अथवा लेखक का काम किया करता हूं, लेकिन जो सच पूछो तो मुझे लिखने में कोई आनंद नहीं आता, क्योंकि मैं कर्म को विचार से श्रेष्ठ समझता हूं। मेरे विचार हैं कि मुझ पर ईश्वर की दयादृष्टि है, क्योंकि घोर-से-घोर पापों में आसक्त रहने पर भी मैंने कभी आशा नहीं छोड़ी। यह भाव मन से एक क्षण के लिए भी दूर हुआ कि परमपिता मुझ पर अवश्य अकृपा करेंगे। आशा-दीपक को जलाए रखने से अंधकार मिट जाता है।"

ये बातें सुनकर पापनाशी ने अपनी आंखें आकाश की ओर उठाईं और यों गिला किया—"भगवान! तुम उस प्राणी पर दयादृष्टि रखते हो जिस पर व्यभिचार, अधर्म और विषय-भोग जैसे पापों की कालिमा पुती हुई है और मुझ पर, जिसने सदैव तेरी आज्ञाओं का पालन किया, कभी तेरी इच्छा और उपदेश के विरुद्ध आचरण नहीं किया, तेरी इतनी अकृपा? तेरा न्याय कितना रहस्यमय है और तेरी व्यवस्थाएं कितनी दुर्ग्राह्य?"

अलंकार ❖ प्रेमचंद

जोजिमस ने अपने हाथ फैलाकर कहा–"पूज्य पिता! देखिए, क्षितिज के दोनों ओर काली-काली शृंखलाएं चली आ रही हैं मानो चीटियां किसी अन्य स्थान को जा रही हों। यह सब हमारे सहयात्री हैं, जो पिता एंटोनी के दर्शन को आ रहे हैं।"

जब ये लोग उन यात्रियों के पास पहुंचे तो उन्हें एक विशाल दृश्य दिखाई दिया। तपस्वियों की सेना तीन बृहद अर्धगोलाकार पंक्तियों में दूर तक फैली हुई थी। पहली श्रेणी में मरुभूमि के वृद्ध तपस्वी थे, जिनके हाथों में सलीबें थीं और जिनकी दाढ़ी जमीन को छू रही थीं। दूसरी पंक्ति में एफ्रायम और सिरेपियन के तपस्वी और नील के तटवर्ती प्रांत के व्रतधारी विराज रहे थे। उनके पीछे के महात्मागण दूरवर्ती पहाड़ियों से आए थे। कुछ लोग अपने संवलाए और सूखे हुए शरीर को बिना सिले हुए चीथड़ों से ढके हुए थे, दूसरे लोगों की देह पर वस्त्रों की जगह केवल नरकट की हड्डियां थीं, जो बेंत की डालियों को ऐंठकर बांध ली गई थीं। कितने ही बिलकुल नंगे थे, लेकिन ईश्वर ने उनकी नग्नता को भेड़ के घने-घने बालों में छिपा दिया था। सभी के हाथों में खजूर की डालियां थीं। उनकी शोभा ऐसी थी मानो पन्ने के इंद्रधनुष हों अथवा उनकी उपमा स्वर्ग की दीवारों से की जा सकती थी।

इतने विस्तृत जनसमूह में ऐसी सुव्यवस्था छाई हुई थी कि पापनाशी को अपने अधीनस्थ तपस्वियों को खोज निकालने में लेशमात्र भी कठिनाई न हुई। वह उनके समीप जाकर खड़ा हो गया, किंतु पहले अपने मुंह को कनटोप से अच्छी तरह ढक लिया कि उसे कोई पहचान न सके और उनकी धार्मिक आकांक्षा में बाधा न पड़े।

सहसा असंख्य कंठों से गगनभेदी नाद उठा–"वह महात्मा, वह महात्मा आए! देखो वह मुक्तात्मा है जिसने नरक और शैतान को परास्त कर दिया है, जो ईश्वर का चहेता, हमारा पूज्य पिता एंटोनी है!"

एकाएक चारों ओर सन्नाटा छा गया और प्रत्येक मस्तक पृथ्वी पर झुक गया।

उस विस्तीर्ण मरुस्थल में एक पर्वत के शिखर से महात्मा एंटोनी अपने दो प्रिय शिष्यों के हाथों के सहारे, जिनके नाम मकेरियस और अमेथस थे, आहिस्ता से उतर रहे थे। वे धीरे-धीरे चलते थे, पर उनका शरीर अभी तक तीर की भांति सीधा था और उससे उनकी असाधारण शक्ति प्रकट होती थी। उनकी श्वेत दाढ़ी चौड़ी छाती पर फैली हुई थी और उनके मुंडे हुए चिकने सिर पर प्रकाश की रेखाएं यों जगमगा रही थीं मानो मूसा पैगंबर का मस्तक हो। उनकी आंखों में उकाब की आंखों जैसी तीव्र ज्योति थी और उनके गोल कपोलों पर बालकों जैसी मधुर मुस्कान थी। अपने भक्तों को आशीर्वाद देने के लिए वह अपनी बांहें उठाए हुए थे, जो एक शताब्दी के असाधारण और अविश्रांत परिश्रम से जर्जर हो गई

थीं। अंत में उनके मुख से ये प्रेममय शब्द उच्चरित हुए–"ऐ जेकब, तेरे मंडप कितने विशाल और ऐ इसराइल, तेरे शामियाने कितने सुखमय हैं!"

इसके एक क्षण उपरांत वह जीती-जागती दीवार एक सिरे से दूसरे सिरे तक मधुर मेघध्वनि की भांति इस भजन से गुंजरित हो गई–"धन्य है वह प्राणी, जो ईश्वर भीरू है!"

एंटोनी अमेथस और मकेरियस के साथ वृद्ध तपस्वियों, व्रतधारियों और ब्रह्मचारियों के बीच से होते हुए निकले। यह महात्मा जिसने स्वर्ग और नरक दोनों को ही देखा था, यह तपस्वी जिसने एक पर्वत के शिखर पर बैठे हुए ईसाई धर्म का संचालन किया था, यह ऋषि जिसने विधर्मियों और नास्तिकों का काफिया तंग कर दिया था, इस समय अपने प्रत्येक पुत्र से स्नेहमय शब्दों में बोलता था और प्रसन्नमुख उनसे विदा मांगता था, किंतु आज उसकी स्वर्गयात्रा का शुभ दिवस था। परमपिता ईश्वर ने आज अपने लाड़ले बेटे को अपने यहां आने का निमंत्रण दिया था।

उसने एफ्रायम और सिरेपियन के अध्यक्षों से कहा–"तुम दोनों बहुसंख्यक सेनाओं के नेतृत्व और संचालन में कुशल हो, इसलिए तुम दोनों स्वर्ग में स्वर्ण के सैनिकवस्त्र धारण करोगे और देवदूतों के नेता मीकाएल अपनी सेनाओं के सेनापति की पदवी तुम्हें प्रदान करेंगे।"

वृद्ध पॉल को देखकर उन्होंने उसे आलिंगन किया और बोले–"देखो, यह मेरे समस्त पुत्रों में सज्जन और दयालु है। इसकी आत्मा से ऐसी मनोहर सुरभि प्रस्फुटित होती है, जैसी गुलाब की कलियों के फूलों से, जिन्हें वह नित्य बोता है।"

संत जोजिमस को उन्होंने इन शब्दों में संबोधित किया–"तू कभी ईश्वरीय दया और क्षमा से निराश नहीं हुआ, इसलिए तेरी आत्मा में ईश्वरीय शांति का निवास है। तेरी सुकीर्ति का कमल तेरे कुकर्मों के कीचड़ से उदय हुआ है।"

उनके सभी भाषणों से देवबुद्धि प्रकट होती थी।

वृद्धजनों से उन्होंने कहा–"ईश्वर के सिंहासन के चारों ओर अस्सी वृद्ध पुरुष उज्ज्वल वस्त्र पहने, सिर पर स्वर्णमुकुट धारण किए बैठे रहते हैं।"

युवकवृंद को उन्होंने इन शब्दों में सांत्वना दी–"प्रसन्न रहो, उदासीनता उन लोगों के लिए छोड़ दो, जो संसार का सुख भोग रहे हैं!"

इस भांति सबसे हंस-हंसकर बातें करते, उपदेश देते हुए वे अपने धर्मपुत्रों की सेना के सामने से चले जाते थे। सहसा पापनाशी उन्हें समीप आते देखकर उनके चरणों पर गिर पड़ा। उसका हृदय आशा और भय से विदीर्ण हो रहा था।

"मेरे पूज्य पिता, मेरे दयालु पिता!" उसने मानसिक वेदना से पीड़ित होकर कहा–"प्रिय पिता, मेरी बांह पकड़िए, क्योंकि मैं भंवर में बहा जाता हूं। मैंने थायस

की आत्मा को ईश्वर के चरणों पर समर्पित किया; मैंने एक ऊंचे स्तंभ के शिखर पर और एक कब्र की कंदरा में तप किया है, भूमि पर रगड़ खाते-खाते मेरे मस्तक में ऊंट के घुटनों के समान घट्ठे पड़ गए हैं, तिस पर भी ईश्वर ने मुझसे आंखें फेर ली हैं। पिता, मुझे आशीर्वाद दीजिए, इससे मेरा उद्धार हो जाएगा।"

एंटोनी ने इसका उत्तर न दिया। उसने पापनाशी के शिष्यों को ऐसी तीव्र दृष्टि से देखा जिसके सामने खड़ा होना मुश्किल था। इतने में उनकी निगाह मूर्ख पॉल पर जा पड़ी। वह जरा देर उसकी तरफ देखते रहे, फिर उसे अपने समीप आने का संकेत किया। चूंकि सभी आदमियों को विस्मय हुआ कि वह महात्मा इस मूर्ख और पागल आदमी से बातें कर रहे हैं, अतएव उनकी शंका का समाधान करने के लिए उन्होंने कहा–"ईश्वर ने इस व्यक्ति पर जितनी वत्सलता प्रकट की है, उतनी तुममें से किसी पर नहीं। पुत्र पॉल, अपनी आंखें ऊपर उठा और मुझे बता कि तुझे स्वर्ग में क्या दिखाई देता है?"

बुद्धिहीन पॉल ने आंखें उठाईं। उसके मुख पर तेज छा गया और उसकी वाणी मुक्त हो गई। वह बोला–"मैं स्वर्ग में एक शैया बिछी हुई देखता हूं जिसमें सुनहरी और बैंगनी चादरें लगी हुई हैं। उसके पास तीन देवकन्याएं बैठी हुई बड़ी चौकसी से देख रही हैं कि कोई अन्य आत्मा उसके निकट न आने पाए। जिस सम्मानित व्यक्ति के लिए शैया बिछाई गई है, उसके सिवाय कोई निकट नहीं जा सकता।"

पापनाशी ने यह समझकर कि यह शैया उसकी सत्कीर्ति की परिचायक है, ईश्वर को धन्यवाद देना शुरू किया, किंतु संत एंटोनी ने उसे चुप रहने और मूर्ख पॉल की बातों को सुनने का संकेत किया। पॉल उसी आत्मोल्लास की धुन में बोला–"तीनों देवकन्याएं मुझसे बातें कर रही हैं। वे मुझसे कहती हैं कि शीघ्र ही एक विदुषी मृत्युलोक से प्रस्थान करने वाली है। सिकंद्रिया की थायस मरणासन्न है और हमने यह शैया उसके आदर-सत्कार के निमित्त तैयार की है, क्योंकि हम तीनों उसी की विभूतियां हैं। हमारे नाम हैं–भक्ति, भय और प्रेम!"

एंटोनी ने पूछा–"प्रिय पुत्र, तुझे और क्या दिखाई देता है?"

मूर्ख पॉल ने अध: से ऊर्ध्व तक शून्य दृष्टि से देखा, एक क्षितिज से दूसरी क्षितिज तक नजर दौड़ाई। सहसा उसकी दृष्टि पापनाशी पर जा पड़ी। दैवी भय से उसका मुंह पीला पड़ गया और उसके नेत्रों से अदृश्य ज्वाला निकलने लगी।

उसने एक लंबी सांस लेकर कहा–"मैं तीन पिशाचों को देख रहा हूं, जो उमंग से भरे हुए इस मनुष्य को पकड़ने की तैयारी कर रहे हैं। उनमें से एक का आकार एक स्तंभ की भांति है, दूसरे का एक स्त्री की भांति और तीसरे का एक जादूगर की भांति। तीनों के नाम गर्म लोहे से दाग दिए हैं–एक का मस्तक पर,

दूसरे का पेट पर और तीसरे का छाती पर और वे नाम हैं—अहंकार, विलासप्रेम और शंका। बस, मुझे और कुछ नहीं सूझता।"

यह कहने के बाद पॉल की आंखें फिर निष्प्रभ हो गईं, मुंह नीचे को लटक गया और वह पूर्ववत् सीधा-सादा मालूम होने लगा।

जब पापनाशी के शिष्यगण एंटोनी की ओर सचिंत और सशंक भाव से देखने लगे तो उन्होंने ये शब्द कहे—"ईश्वर ने अपनी सच्चाई व्यवस्था सुना दी। हमारा कर्तव्य है कि हम उसे शिरोधार्य करें और चुप रहें। असंतोष और गिला उसके सेवकों के लिए उपयुक्त नहीं।"

यह कहकर वे आगे बढ़ गए।

सूर्य ने अस्ताचल की ओर प्रयाण किया और उसे अपने अरुण प्रकाश से आलोकित कर दिया। संत एंटोनी की छाया दैवी लीला से अत्यंत दीर्घ रूप धारण करके उसके पीछे, एक अनंत गलीचे की भांति फैली हुई थी कि संत एंटोनी की स्मृति भी इस भांति दीर्घजीवी होगी और लोग अनंतकाल तक उसका यश गाते रहेंगे।

पापनाशी वज्राहत की भांति खड़ा रहा। उसे न कुछ सूझता था, न कुछ सुनाई देता था। यही शब्द उसके कानों में गूंज रहे थे—थायस मरणासन्न है!

उसे कभी इस बात का ध्यान ही न आया था। बीस वर्ष तक निरंतर उसने मोमियाई के सिर को देखा था, मृत्यु का स्वरूप उसकी आंखों के सम्मुख रहता था, पर यह विचार कि मृत्यु एक दिन थायस की आंखें बंद कर देगी, उसे घोर आश्चर्य में डाल रहा था।

'थायस मर रही है!' इन शब्दों में कितना विस्मयकारी और भयंकर आशय है! थायस मर रही है, वह अब इस लोक में न रहेगी, तो फिर सूर्य का, फूलों का, सरोवरों का और समस्त सृष्टि का उद्देश्य ही क्या? इस ब्रह्मांड ही की क्या आवश्यकता है? सहसा वह झपटकर चला—"उसे देखूंगा, एक बार फिर उससे मिलूंगा!" वह दौड़ने लगा। उसे कुछ खबर न थी कि वह कहां जा रहा है, किंतु अंत:प्रेरणा उसे अविचल रूप से लक्ष्य की ओर लिये जाती थी, वह सीधे नील नदी की ओर चला जा रहा था। नदी पर उसे पालों का एक समूह तैरता हुआ दिखाई पड़ा। वह कूदकर एक नौका में जा बैठा, जिसे हब्शी चला रहे थे और वहां नौका के मस्तूल पर पीठ टेककर मुदित आंखों से यात्रा मार्ग का स्मरण करता हुआ, वह क्रोध और वेदना से बोला—"आह! मैं कितना मूर्ख हूं कि थायस को पहले ही अपना न कर लिया, जब समय था! कितना मूर्ख हूं, समझा कि संसार में थायस के सिवा और भी कुछ है! कितना पागलपन था! मैं ईश्वर के विचार में, आत्मोद्धार की चिंता में, अनंत जीवन की आकांक्षा में रत रहता मानो थायस को देखने के बाद भी इन

पाखंडों में कुछ महत्त्व था। मुझे उस समय कुछ न सूझा कि उस स्त्री के चुंबन में अनंत सुख भरा हुआ है और उसके बिना जीवन निरर्थक है, जिसका मूल्य एक दुःस्वप्न से अधिक नहीं। मूर्ख! तूने उसे देखा, फिर भी तुझे परलोक के सुखों की इच्छा बनी रही! अरे कायर, तू उसे देखकर भी ईश्वर से डरता रहा! ईश्वर, स्वर्ग! अनादि! यह सब क्या गोरखधंधा है! उनमें रखा ही क्या है और वे उस आनंद का अल्पांश नहीं दे सकते हैं, जो तुझे उससे मिलता। अरे अभागे, निबुद्धि, मिथ्यावादी, मूर्ख जो थायस के अधरों को छोड़कर ईश्वरीय कृपा को अन्यत्र खोजता रहा! तेरी आंखों पर किसने परदा डाल दिया था? उस प्राणी का सत्यानाश हो जाए जिसने उस समय तुझे अंधा बना दिया था। तुझे दैवी कोप का क्या भय था, जब तू उसके प्रेम का एक क्षण भी आनंद उठा लेता! पर तूने ऐसा न किया। उसने तेरे लिए अपनी बांहें फैला दी थीं, जिनमें मांस के साथ फूलों की सुगंध मिश्रित थी और तूने उसके उन्मुक्त वक्ष के अनुपम सुधासागर में अपने को प्लावित न कर दिया। तू नित्य उस द्वेष-ध्वनि पर कान लगाए रहा, जो तुझसे कहती थी, भाग-भाग! अंधे! हा शोक! पश्चाताप! हा निराश! नरक में उसे कभी न भूलने वाली घड़ी की आनंदस्मृति ले जाने का और ईश्वर से यह कहने का अवसर हाथों से निकल गया कि 'मेरे मांस को जलता मेरी धमनियों में जितना रक्त है, उसे चूस ले, मेरी सारी हड्डियों को चूर-चूर कर दे, लेकिन तू मेरे हृदय से उस सुखद-स्मृति को नहीं निकाल सकता, जो चिरकाल तक मुझे सुगंधित और प्रमुदित रखेगी!' थायस मर रही है! ईश्वर तू कितना हास्यास्पद है! तुझे कैसे बताऊं कि मैं तेरे नरकलोक को तुच्छ समझता हूं, उसकी हंसी उड़ाता हूं! थायस मर रही है, वह मेरी कभी न होगी, कभी नहीं, कभी नहीं!"

नौका तेज धारा के साथ बहती जाती थी और वह दिन-के-दिन पेट के बल पड़ा हुआ बार-बार कहता था-"कभी नहीं! कभी नहीं!! कभी नहीं!!"

तब यह विचार आने पर कि उसने औरों को अपना प्रेमरस चखाया, केवल मैं ही वंचित रहा-उसने संसार को अपने प्रेम की लहरों से प्लावित कर दिया और मैं उसके होंठों को भी न तर कर सका। वह दांत पीसकर उठ बैठा और अंतर्वेदना से चिल्लाने लगा। वह नखों से अपनी छाती को खरोंचने और अपने हाथों को दांतों से काटने लगा।

उसके मन में यह विचार उठा-यदि मैं उसके सारे प्रेमियों का संहार कर देता तो कितना अच्छा होता!

इस हत्याकांड की कल्पना ने उसे सरल हत्यातृष्णा से आंदोलित कर दिया। वह सोचने लगा कि वह निसियास का खूब आराम से मजे ले-लेकर वध करेगा और उसके चेहरे को बराबर देखता रहेगा कि कैसे उसकी जान निकलती है। अकस्मात्

उसका क्रोधावेग द्रवीभूत हो गया। वह रोने और सिसकने लगा; वह दीन और नम्र हो गया। एक अज्ञात विनयशीलता ने उसके चित्त को कोमल बना दिया। उसे यह आकांक्षा हुई कि वह अपने बालपन के साथी निसियास के गले में बांहें डाल दे और उससे कहे–'निसियास, मैं तुम्हें प्यार करता हूं, क्योंकि तुमने उससे प्रेम किया है। मुझसे उसकी प्रेमचर्चा करो। मुझसे वह बातें कहो, जो वह तुमसे किया करती थी।

लेकिन अभी तक उसके हृदय में इन वाक्यबाण की नोक निरंतर चुभ रही थी–'थायस मर रही है!'

वह फिर प्रेमोन्मत्त होकर कहने लगा–'ओ दिन के उजाले! ओ निशा के आकाशदीपकों की रौप्य छटा, ओ आकाश, ओ झूमती हुई चोटियों वाले वृक्षो! ओ वन्य-जंतुओ! ओ गृहपशुओ! ओ मनुष्यों के चिंतित हृदयो! क्या तुम्हारे कान बहरे हो गए हैं? तुम्हें सुनाई नहीं देता कि थायस मर रही है? मंद समीरण, निर्मल प्रकाश, मनोहर सुगंध! इनकी अब क्या जरूरत है? तुम भाग जाओ, लुप्त हो जाओ! ओ भूमंडल के रूप और विचार! अपने मुंह छिपा लो, मिट जाओ! क्या तुम नहीं जानते कि थायस मर रही है? वह संसार के माधुर्य का केंद्र थी, जो वस्तु उसके समीप आती थी, वह उसकी रूप-ज्योति से प्रतिबिंबित होकर चमक उठती थी। सिकंद्रिया के भोज में जितने विद्वान, ज्ञानी, वृद्ध उसके समीप बैठते थे, उनके विचार कितने चित्ताकर्षक थे, उनके भाषण कितने सरस! कितने हंसमुख लोग थे! उनके अधरों पर मधुर मुस्कान की शोभा थी और उनके विचार आनंद-भोग की सुगंध में डूबे हुए थे। थायस की छाया उनके ऊपर थी, इसलिए उनके मुख से जो कुछ निकलता, वह सुंदर, सत्य और मधुर होता था! उनके कथन एक शुभ्र अभक्ति से अलंकृत हो जाते थे। शोक! वह शोक सब अब स्वप्न हो गया। उस सुखमय अभिनय का अंत हो गया। थायस मर रही है! वह मौत मुझे क्यों नहीं आती। उसकी मौत से मरना मेरे लिए कितना स्वाभाविक और सरल है! लेकिन ओ अभागे, निकम्मे, कायर पुरुष, ओ निराश और विषाद में डूबी हुई दुरात्मा! क्या तू मरने के लिए ही बनाई गई है? क्या तू समझता है कि तू मृत्यु का स्वाद चख सकेगा? जिसने अभी जीवन का मर्म नहीं जाना, वह मरना क्या जाने? हां, अगर ईश्वर है और मुझे दंड दे, तो मैं मरने को तैयार हूं। सुनता है ओ ईश्वर, मैं तुझसे घृणा करता हूं–सुनता है! मैं तुझे कोसता हूं! मुझे अपने अग्निवज्रों से भस्म कर दे, मैं इसका इच्छुक हूं, यही मेरी बड़ी अभिलाषा है। तू मुझे अग्निकुंड में डाल दे। तुझे उत्तेजित करने के लिए, देख, मैं तेरे मुख पर थूकता हूं। मेरे लिए अनंत नरकवास की जरूरत है। इसके बिना यह अपार क्रोध शांत न होगा, जो मेरे हृदय में उमड़ रहा है।

अलंकार ❖ प्रेमचंद

दूसरे दिन प्रातःकाल अलबीना ने पापनाशी को अपने आश्रम में खड़े पाया। वह उसका स्वागत करती हुई बोली—"पूज्य पिता, हम अपने शांतिभवन में तुम्हारा स्वागत करते हैं, क्योंकि आप अवश्य ही उस विदुषी की आत्मा को शांति प्रदान करने आए हैं जिसे आपने यहां आश्रय दिया है। आपको विदित होगा कि ईश्वर ने अपनी असीम कृपा से उसे अपने पास बुलाया है। यह समाचार आपसे क्योंकर छिपा रह सकता था जिसे स्वर्ग के दूतों ने मरुस्थल के इस सिरे से उस सिरे तक पहुंचा दिया है? यथार्थ में थायस का शुभ अंत निकट है। उसके आत्मोद्धार की क्रिया पूरी हो गई और मैं सूक्ष्मतः आप पर यह प्रकट कर देना उचित समझती हूं कि जब तक वह यहां रही, उसका व्यवहार और आचरण कैसा रहा। आपके चले जाने के पश्चात् जब वह अपनी मुहर लगाई हुई कुटी में एकांत सेवन के लिए रखी गई, तो मैंने उसके भोजन के साथ बांसुरी भी भेज दी, जो ठीक उसी प्रकार की थी, जैसी नर्तकियां भोज के अवसरों पर बजाया करती हैं। मैंने यह व्यवस्था इसलिए की जिससे उसका चित्त उदास न हो और वह ईश्वर के सामने उससे कम संगीत-चातुर्य और कुशाग्रता न प्रकट करे, जितनी वह मनुष्यों के सामने दिखाती थी। अनुभव से सिद्ध हुआ कि मैंने व्यवस्था करने में दूरदर्शिता और चरित्र-परिचय से काम लिया, क्योंकि थायस दिन-भर बांसुरी बजाकर ईश्वर का कीर्तिगान करती रहती थी। अन्य देवकन्याएं, जो उसकी बांसुरी की ध्वनि से आकर्षित होती थीं, कहतीं—'हमें इस गान में स्वर्गकुंजों की बुलबुल की चहक का आनंद मिलता है!' उसके स्वर्ग-संगीत से सारा आश्रम गुंजरित हो जाता था। पथिक भी अनायास खड़े होकर उसे सुनकर अपने कान पवित्र कर लेते थे। इस भांति थायस तपश्चर्या करती रही। यहां तक कि साठ दिनों के बाद वह द्वार जिस पर आपने मुहर लगा दी थी, आप-ही-आप खुल गया और वह मिट्टी की मुहर टूट गई। यद्यपि उसे किसी मनुष्य ने छुआ तक नहीं। इस लक्षण से मुझे ज्ञात हुआ कि आपने उसके लिए जो प्रायश्चित्त नियत किया था, वह पूरा हो गया और ईश्वर ने उसके सब अपराध क्षमा कर दिए। उसी समय से वह मेरी अन्य देवकन्याओं के साधारण जीवन में भाग लेने लगी है। उन्हीं के साथ कामधंधा करती है, उन्हीं के साथ ध्यान-उपासना करती है। वह अपने वचन और व्यवहार की नम्रता से उनके लिए एक आदर्श चरित्र थी और उनके बीच और व्यवहार की नम्रता से उनके लिए एक आदर्शचरित्र थी और उनके बीच में पवित्रता की एक मूर्ति-सी जान पड़ती थी। कभी-कभी वह मलिन मन हो जाती थी, किंतु वे घटाएं जल्द ही कट जाती थीं और फिर सूर्य का विहसित प्रकाश फैल जाता था। जब मैंने देखा कि उसके हृदय में ईश्वर के प्रति भक्ति, आशा और प्रेम के भाव उदित हो गए हैं

तो फिर मैंने उनके अभिनय-कलानैपुण्य का उपयोग करने में विलंब नहीं किया। यहां तक कि मैं उसके सौंदर्य को भी उसकी बहनों की धर्मोन्नति के लिए काम में लाई। मैंने उससे सद्ग्रंथ में वर्णित देवकन्याओं और विदुषियों की कीर्तियों का अभिनय करने के लिए आदेश किया। उसने ईश्वर, डीबोरा, जूडिथ, लाजरस की बहन मरियम, तथा प्रभु मसीह की माता मरियम का अभिनय किया। पूज्य पिता, मैं जानती हूं कि आपका संयमशील मन इन कृत्यों के विचार से ही कंपित होता है, लेकिन आपने भी यदि उसे इन धार्मिक दृश्यों में देखा होता तो आपका हृदय पुलकित हो जाता। जब वह अपने खजूर के पत्तों जैसे सुंदर हाथ आकाश की ओर उठाती थी, तो उसके लोचनों से सच्चे आंसुओं की वर्षा होने लगती थी। मैंने बहुत दिनों तक स्त्री-समुदाय पर शासन किया है और मेरा यह नियम है कि उनके स्वभाव और प्रवृत्तियों की अवहेलना न की जाए। सभी बीजों में एक समान फूल नहीं लगते, न सभी आत्माएं समान रूप में निवृत्त होती हैं। यह बात भी न भूलनी चाहिए कि थायस ने स्वयं को ईश्वर के चरणों पर उस समय अर्पित किया, जब उसका मुखकमल पूर्ण विकास पर था और ऐसा आत्म-समर्पण अगर अद्वितीय नहीं, तो विरला अवश्य है। यह सौंदर्य जो उसका स्वाभाविक आवरण है, तीस मास के विषम ताप पर भी अभी तक निष्प्रभ नहीं हुआ है। अपनी इस बीमारी में उसकी निरंतर यही इच्छा रही है कि आकाश को देखा करे, इसलिए मैं नित्य प्रात:काल उसे आंगन में कुएं के पास, पुराने अंजीर के वृक्ष के नीचे, जिसकी छाया में इस आश्रम की अधिष्ठात्रियां उपदेश किया करती हैं, ले जाती। दयालु पिता, वह आपको वहीं मिलेगी, किंतु जल्दी कीजिए, क्योंकि ईश्वर का आदेश हो चुका है और आज की रात वह मुख कफन से ढक जाएगा, जो ईश्वर ने इस जगत को लज्जित और उत्साहित करने के लिए बनाया है। यही स्वरूप आत्मा का संहार करता था, यही उसका उद्धार करेगा।"

पापनाशी अलबीना के पीछे-पीछे आंगन में गया, जो सूर्य के प्रकाश से आच्छादित हो रहा था। ईंटों की छत के किनारों पर श्वेत कपोतों की एक मुक्तामाला-सी बनी हुई थी। अंजीर के वृक्ष की छांह में एक शैया पर थायस हाथ-पर-हाथ रखे लेटी हुई थी। उसका मुख श्रीविहीन हो गया था। उसके पास कई स्त्रियां मुंह पर नकाब डाले खड़ी अंतिम संस्कारसूचक गीत गा रही थीं–

"परमपिता, मुझ दीन प्राणी पर
अपनी सप्रेम वत्सलता से दया कर।
अपनी करुणादृष्टि से
मेरे अपराधों को क्षमा कर।"

अलंकार ❖ प्रेमचंद

पापनाशी ने पुकारा–"थायस!"

थायस ने पलकें उठाईं और अपनी आंखों की पुतलियां उस कंठ-ध्वनि की ओर फेरीं।

अलबीना ने देवकन्याओं को पीछे हट जाने की आज्ञा दी, क्योंकि पापनाशी पर उनकी छाया पड़ना भी धर्मविरुद्ध था।

पापनाशी ने फिर पुकारा–"थायस!"

उसने अपना सिर धीरे से उठाया। उसके पीले होंठों से एक हल्की सांस निकल आई।

उसने क्षीण स्वर में कहा–"पिता, क्या आप हैं? आपको याद है कि हमने सोते से पानी पिया था और खजूर तोड़े थे? पिता, उसी दिन मेरे हृदय में प्रेम का अभ्युदय हुआ–अनंत जीवन के प्रेम का!"

यह कहकर वह चुप हो गई। उसका सिर पीछे की ओर झुक गया।

यमदूतों ने उसे घेर लिया था और अंतिम प्राणवेदना श्वेत बूंदों ने उसके माथे को आर्द्र कर दिया था। एक कबूतर अपने अरुण क्रंदन से उस स्थान की नीरवता भंग कर रहा था, तब पापनाशी की सिसकियां देवकन्याओं के भजनों के साथ सम्मिश्रित हो गईं।

"मुझे मेरी कालिमाओं से भली-भांति पवित्र कर दें और मेरे पापों को धो दें, क्योंकि मैं अपने कुकर्मों को स्वीकार करती हूं और मेरे पातक मेरे नेत्रों के सम्मुख उपस्थित हैं।"

सहसा थायस उठकर शैया पर बैठ गई। उसकी बैंगनी आंखें फैल गईं और वह तल्लीन होकर बांहों को फैलाए हुए दूर की पहाड़ियों की ओर ताकने लगी। तब उसने स्पष्ट और उत्फुल्ल स्वर में कहा–"वह देखो, अनंत प्रभात के गुलाब खिले हैं।"

उसकी आंखों में एक विचित्र स्फूर्ति आ गई। उसके मुख पर हल्का-सा रंग छा गया। उसकी जीवन-ज्योति चमक उठी थी और वह पहले से भी अधिक सुंदर और प्रसन्नवदन हो गई थी।

पापनाशी घुटनों के बल बैठ गया। उसने अपनी लंबी, पतली बांहें थायस के गले में डाल दीं और बोला–कुछ ऐसे स्वरों में जिसे स्वयं न पहचान सकता था कि यह मेरी ही आवाज है–"प्रिये, अभी मरने का नाम न ले! मैं तुझ पर जान देता हूं। अभी न मर! थायस, सुन, कान धरकर सुन, मैंने तेरे साथ छल किया है, तुझे दगा दिया है। मैं स्वयं भ्रांति में पड़ा हुआ था। ईश्वर, स्वर्ग आदि ये सब निरर्थक शब्द हैं, मिथ्या हैं। इस ऐहिक जीवन से बढ़कर कोई और वस्तु; कोई और पदार्थ नहीं है। मानव-प्रेम ही संसार में सबसे उत्तम रत्न है। मेरा तुझ पर अनंत प्रेम है। अभी न मर। यह कभी

नहीं हो सकता, तेरा महत्त्व इससे कहीं अधिक है, तू मरने के लिए बनाई ही नहीं गई। आ, मेरे साथ चल! यहां से भाग चलें। मैं तुझे अपनी गोद में उठाकर पृथ्वी की उस सीमा तक ले जा सकता हूं। आ, हम प्रेम में मग्न हो जाएं। प्रिये! सुन, मैं क्या कहता हूं। एक बार कह दे, मैं जिऊंगी—मैं जीना चाहती हूं! थायस! उठ, उठ!"

थायस ने एक शब्द भी न सुना। उसकी दृष्टि अनंत की ओर लगी हुई थी।

अंत में वह निर्बल स्वर में बोली—"स्वर्ग के द्वार खुल रहे हैं, मैं देवदूतों को, नबियों को और संतों को देख रही हूं—मेरा सरल हृदय थियोडर उन्हीं में है। उसके सिर पर फूलों का मुकुट है, वह मुस्कराता है, मुझे पुकार रहा है। दो देवदूत मेरे पास आए हैं, वे इधर चले आ रहे हैं...वे कितने सुंदर हैं! मैं ईश्वर के दर्शन कर रही हूं!"

उसने एक प्रफुल्ल उच्छ्वास लिया और उसका सिर तकिए पर पीछे की ओर गिर पड़ा। थायस का प्राणांत हो गया! सब देखते ही रह गए, चिड़िया उड़ गई।

पापनाशी ने अंतिम बार, निराश होकर उसे गले से लगा लिया। उसकी आंखें तृष्णा, प्रेम और क्रोध से उसे फाड़े खाती थीं।

अलबीना ने पापनाशी से कहा—"दूर हो, पापी पिशाच!"

अलबीना ने फिर बड़ी कोमलता से अपनी उंगलियां मृत बालिका की पलकों पर रखीं। पापनाशी पीछे हट गया, जैसे किसी ने धक्का दे दिया हो। उसकी आंखों से ज्वाला निकल रही थी। ऐसा मालूम होता था कि उसके पैरों तले से पृथ्वी फट गई है।

देवकन्याएं जकरिया का भजन गा रही थीं—

"इजराइलियों के खुदा को कोटि-कोटि धन्यवाद!"

अकस्मात् उनके कंठ अवरुद्ध हो गए मानो किसी ने गला बंद कर दिया हो। उन्होंने दुत्कारा—"दादुर!"

वह इतना घिनौना हो गया था कि जब उसने हाथ मुंह पर फेरा, तो उसे स्वयं ज्ञात हुआ कि उसका स्वरूप कितना विकृत हो गया है!